家住六朝烟水间

薛冰 著

本书黑白图片除署名外,均为德国摄影家赫达·莫里逊(Hedda Morrison,1908—1991)所摄,经哈佛大学燕京图书馆同意使用。详见 https://digitalcollections.library.harvard.edu/

本书彩色图片除署名外,均为中国摄影家冯方宇所摄。

序

二十年前,在本书的序言中,我写下了这样一段话:"我有幸读到了前辈学人和当代文人有关这个城市的各种文字。这些文字的优劣并不重要,重要的是,它们为我提供了一个个或真或幻的参照系,使我在解读这个城市的同时,也能解读前人对于这个城市的解读。简单地说,今天重读这些记述和解读,已可以较为清楚地看出前人所想确立和抹去的都是些什么,而他们的努力中,究竟有哪些在历史中站住了脚,而哪些已被或正在被历史无情地抹去。"

这同样可以用来衡量我自己的文字。就像这本《家住六朝烟水间》,二十年间不断印行,如今后浪出版公司和北京联合出版公司又邀我修订再版,或许可以说明,我对这座城市的解读,是得到广大读者认可的。

这是我系统阐述南京城市文化的第一本书。由此发端,写南京的书,迄今已出版二十来种。我对南京的新认知,也就陆续写进了新书中。所以尽管意识到此书"难免显露出见识、学养和心性诸方面的不足,更可能出现某些疏漏或讹误"(《初版序》),屡次重印,都没有做修订。从作者这一面说,自己当年就是这样一个水准,无须回避。然而在读者这一面,花钱买了书,总希望分享到正确的知识与见解。同时,南京城市面貌也发生了巨大的变化,当年的有些叙述需要做适当的调整。

所以此次新版,我下决心来做一次全面的修订,城市空间研究,历代史事探索，人物故实评析，都有改正讹误、补充新知之处。并增入了《秦淮河》一文，借一河之变迁，领全书之纲要，而以《从六朝烟水到文学之都》作一结束。《虚妄的天堂神话》一文因已编入新版《金陵女儿》，故此书不再收录，以免重复。

全书架构也做了相应调整，以内容划分为六辑。随文插图之外，每辑之前都选配了摄影家冯方宇先生摄制的艺术照片，在提供空间信息之外，也可以成为审美欣赏的对象。作为对应的历史照片多选用了德国摄影家赫达·莫里逊的作品，并得到了哈佛大学燕京图书馆的版权许可。

当年曾自惭于文字的"火气"，如今看来，这恰恰不应算作缺点。那种云淡风清中允和平坐论古人前事的文字，于今日之社会，于我们的民族，不是太少，而是太多了吧。

愿读者朋友喜欢这一本《家住六朝烟水间》，同样期待着大家的批评指正。

2020 年 12 月 28 日

初版序

今天来写一本关于南京这样城市的书，其困难不是材料太少，恰恰相反，而是材料太多——前人关于南京的历史与文化已经说过那么多的话，无论学力或文采，我都很难说比他们更强。我的优势或许只在于，首先，我有幸在南京居住的时间更长，无意间成了她在20世纪后半叶发展变化的见证人。而这半个世纪，正是南京发生翻天覆地巨变的半个世纪，尤其是最后十年，南京从一个古风犹存的历史文化名城，急剧蜕变为一个失去个性的所谓现代化大都市。

其次，我是作为这个城市所不在意的一个普通市民长期生活在其中的，各种过客眼中的缤纷和浪漫，对于我来说是不存在的。我有幸得以从内部解读这个城市，因而看到了这个城市更多不足为外人道的底蕴，促使我思索这种种变迁背后的深层文化依据。

第三，我有幸读到了前辈学人和当代文人有关这个城市的各种文字。这些文字的优劣并不重要，重要的是，它们为我提供了一个个或真或幻的参照系，使我在解读这个城市的同时，也能解读前人对于这个城市的解读。简单地说，今天重读这些记述和解读，已可以较为清楚地看出前人所想确立和抹去的都是些什么，而他们的努力中，究竟有哪些在历史中站住了脚，而哪些已被或正在被历史无情地抹去。由此也可想见，今人对于南京所做所言的一切，究竟能有多少会为历史所接纳。

由于所处时间和空间的不同，由于主观视点和客观影响的不同，每个人眼中的南京都是不尽相同的，谁都不能说自己的所见所闻所思所述就一定比别人准确或正确。我以为，只要是用自己的嘴说自己的话，多少总能为读者提供一点新的东西，提供一个非别人所有的"我的南京"。正因为此，才有我写作这本书的必要。

我曾经在南京的各种大街小巷里钻过。不是小时候，我们那一代人小时候都非常守规矩，做游戏一定在学校的操场上，去公园一定有老师领着。也不是少男少女谈恋爱"逛马路"的时候，那个年纪我还在农村插队，绝无此雅兴。是在三十岁以后，文坛旋起"寻根热"的年代，我想我宗族的根虽未必在南京，但文学的根则基本上是在南京的了，所以不无功利地去补上认识南京这一课——然而一旦南京在你的心目中活起来，不甘寂寞的她就会以各种各样的理由不断地召唤你去与她周旋。

或许恰恰因为在南京生活得太久，看到南京的真面和内幕太多，总也觉不出南京的好——当然也绝不是说南京不好，只是觉得南京这样的城市，完全可以保存和建设得比现状更好，弄成现在这模样，遗憾与痛惜的地方未免太多。外地的朋友来，陪着他们逛个一天半天，听到的总是赞叹不已，悔不生为南京人似的，我虽出于礼节随口附和着，心里其实是疑惑的，为他们的不能由表及里、去伪存真而感慨，更为南京不能以更美好更丰富的形象示人而感慨。也曾有过这样的冲动，很想把自己的意见贡献给他们，但又顾虑不是三句两句话能说得清楚的。况且人家乘兴而来，只是想领略一下江南的风光，或者放松一下紧张的身心，并不是来同你做沉重的文化讨论，结果就总是把那些话题重新咽回自己的心里。

感谢上海古籍出版社为我提供了这样一个机会，使我有可能将半个世纪来对南京的阅读，做一个较为系统的清理，从零碎浮面的观感升华为较为理性的思考。不过这仍然是我个人的"读后感"，并不是对南京的历史文化做全面的系统的梳理，更不是全面的评判，那至少不是我这样的个人所能承担得起的。事实上，有些问题如果放在更大的范畴内讨论，答案可能会更清晰也更准确些，然而那已经不是这一本书的原旨了。唯愿我的思考能够起一个抛砖引玉的作用，引起更多的人，特别是南京人——热爱南京的人，睁开眼睛看自己的故乡、看自己生活于其中的城市。如果大家都能坦荡地贡献出自己的观察与思考，如果南京的主政者也能坦荡地对待大家的观察与思考，对于南京城市文化的未来发展，想必将大有裨益。

凑巧的是，就在酝酿此书的同时，我所供职的《东方文化周刊》转移主管单位，使我得以脱出那一份苦差，回江苏省作家协会工作，能够有时间写一点自己想写的东西。这本书中的大部分文章，就是在离职就职间的三四个月中完成了初稿。当然，这样的文章，不但要动用自己的长期积累，而且最好是在一个较长的时间里慢慢酝酿、慢慢写出、慢慢磨改，到得"火气"尽褪，则会更有韵味，也更耐咀嚼。急就章难免显露出见识、学养和心性诸方面的不足，更可能出现某些疏漏或讹误。凡此种种，我期待着读者的批评指教。

2000 年 5 月

目录

1	序
3	初版序
19	秦淮河
35	一代宏图开建业
47	雄才伟略建明都
71	金陵景物图咏
83	桨声灯影
89	秦淮烟月
99	白鹭芳洲
107	赤石矶下
113	市井风物
123	琉璃塔与咸板鸭
141	南京的旧书与文玩

- 165　园林六朝变
- 169　放眼豁蒙楼
- 175　城西佳山水
- 181　园中轻喜剧
- 187　瞻园古今谈
- 193　佳趣说莫愁
- 199　散落郊原的六朝瑰宝
- 215　南唐的孑遗
- 223　明太祖陵和清圣祖碑

- 247　东郊的风景（上）
- 261　东郊的风景（下）

283	旧街新路
301	从汉王府到总统府
311	民国建筑博物馆
343	吴头楚尾南京人
355	一江春水向东流
371	治隆唐宋明太祖
387	失踪的皇帝
399	秦淮八艳
411	芥子园外话李渔
421	踪迹随园
435	水木清华龙蟠里
445	小卷阿
463	从六朝古都到文学之都
476	出版后记

只因被误指为台城遗址,这一段明城墙最能引人感怀,纷呈才艺。莫里逊也不例外,为它摄下了不同角度的多幅影像。

沧桑巨变,城墙内外同妖娆。

鬼脸城下秦淮河,船拉竹筏如长龙。

鬼脸照镜子。
城墙和秦淮河都退出了实用领域,成为一种景观。

大江东去，在南京拐了个弯，孕育出这座历史文化名城。

秦淮河

在长江的数百条支流中,秦淮河小到排不上号,它的长度只有一百一十公里,流域面积二千六百三十一平方公里。然而,在长江文明的浪潮中,秦淮河却是一颗耀眼的明珠,它孕育了中国四大古都中唯一的江南古都南京,被南京人亲切地称为母亲河,甚至被誉为"中华第一历史文化名河"。2015年,为纪念中法建交五十周年,两国联合发行一组两枚邮票,由法国著名邮票设计师创作,画面表现的就是巴黎塞纳河和南京秦淮河。

秦淮河古名龙藏浦,"浦"是吴地人对河的称谓,汉代称淮、小江,唐代始得名秦淮。它有两个源头。东源句容河,来自宁镇山脉的宝华山,汇入赤山湖水后,经江宁湖熟,到方山埭西北村与南源合流。南源溧水河,来自横山山脉的东庐山,经禄口、秣陵与东源汇合,成为秦淮干流,经方山西侧北行,过东山,在七桥瓮附近西折,进入南京城区,穿城而过,汇入长江。

秦淮河下游的流域变化比较大。1983年通过地质钻探,发现了埋藏在地表之下的秦淮河古河道,从当年绘制的"古河道位置示意图"上可以看出,距今两三万年前,南京地区水域的分布远远大于现代。长江东岸大致在今城西的外秦淮河一线。数百米宽的秦淮河由东南而来,在今城南赤石矶以北入城,一支西行,从凤台山与石头山(今清凉山)之间汇入长江；一支北行，浩浩荡荡纵贯南京城区，从鸡笼山和覆舟山之间的垭口穿出，折向西北，在狮子山东侧进入长江。也就是说，玄武湖（古桑泊）与金川河都曾是秦淮河入江水道的一部分。其间的山丘冈地，犹如水中的小岛。

距今三千多年前，北行的秦淮河干流在鸡笼山、覆舟山一线被阻断，山南河道消失，山北渐形成玄武湖和金川河流域。西行的秦淮河所携带的泥沙，一方面在今天的主城区南部，即水西门、新街口、浮桥、逸仙桥、瑞金新村、通济门一线以南，逐渐形成秦淮河河谷平原，一方面在受到江水顶托的入江口形成洲渚，即后来大名鼎鼎的白鹭洲。直到六朝时期，长江的入海口还近在京口（今镇江）、广陵（今扬州）一线。西汉枚乘在《七发》中描写广陵潮，"蹈壁冲津，穷曲随隈，逾岸出追，遇者死，当者坏"，"鸟不及飞，鱼不及回，兽不及走。纷纷翼翼，波涌云乱。荡取南山，背击北岸，覆亏丘陵，平夷西畔。险险戏戏，崩坏陂池"，虽出于文学语言，并不是凭空虚构。六朝时秦淮河下游仍宽达百余米，赤石矶北麓的娄湖可以操练水军。杨吴徐知诰建金陵城，在东门南侧设上水门（今东水关），对秦淮河实行分流与管束，进入城内的一支，西南流至南门（今中华门）内，转折向西北，从下水门（今西水关）出城，汇入长江，也就是后世的"十里秦淮"；另一支则被引入城墙外新开河道南行，随城墙转折向西，过南门（今中华门）直入长江，成为南唐都城东垣南段及南垣的护濠，也就是最初的外秦淮河。北宋时期气候极寒，长江水位下降，江中诸多洲渚逐渐连片成陆，致长江岸线西移，李白诗中"二水中分白鹭洲"的景致不再。元、明之际，原近岸夹江成为外秦淮河道。内秦淮出西水关后汇入外秦淮，北行至龙江关（今下关）入江。

"大江东去",万里长江自西向东是大趋势。但是在苏皖交界一带,江流被江南山势阻遏,由西南折向东北,直到南京城北下关附近,才转折再向东行,形成了一个"厂"字形的大曲折。所以江南地区又被称为"江左""江东"。"至今思项羽,不肯过江东",便是这形势的写照。诞生于秦淮河与长江交汇处的古都南京,恰好被环抱在这个曲折之中,正符合美国城市学家刘易斯·芒福德的理论:城市首先出现在大河流域,是一个世界性的规律。

秦淮河被誉为南京的母亲河,世世代代滋养着这一片土地,哺育南京先民繁衍生息,提供城市所需要的生活资料、手工业生产原料,并成为交通与商业贸易的重要航道。东吴孙权定都建业(今南京),赤乌八年(245年)于句容河开凿破岗渎,使秦淮河与江南运河相衔接,以保障六朝都城与太湖流域吴、会地区的经济往来和文化交流,同时也促进了秦淮河上游和中游地区的安定繁荣。明太祖洪武年间开凿胭脂河,连接秦淮河与石臼湖,以沟通南京与两浙地区的漕运,至今还留下了天生桥的奇观。两千多年来,秦淮河与南京的生存和发展息息相关。

秦淮河也是中华文明发展的摇篮之一。当代考古发掘与研究告诉我们,江南吴文化的源头,是南京的北阴阳营文化,而其直接承袭的母体则是湖熟文化。南京地区的土著文化,称为湖熟文化或更为准确,而南京先民,也可以称为湖熟人。

20世纪50年代,在城中鼓楼冈西侧的一个椭圆形台地上,发现了新石器时期的北阴阳营文化遗址,长约一百五十米,宽约一百米,考古发掘时还高出平地约七米。在大约一万平方米的范围内,有厚约四米的文化层堆积:表土层下面,自上而下分为三个文化层,第一层属湖熟文

秦淮河中游山野,世世代代受着河流的滋养。

化；第二层距今约三千八百至三千五百年，相当于中原商代早期；遗址的主要部分是第三层，属五六千年前新石器时代的文化堆积。这证明在长达三千年的岁月里，几度有人类在此地生活。先民们趋利避害，在秦淮河畔的二级台地上定居，一是生活用水和鱼、蚌等食物容易取得，二是在附近较低一级的台地上种植农作物，排水、浇灌都方便，三是水上交通便利。而高居台地之上，又可以避免水淹之灾，满足安全需要。由此逐渐形成的村庄秩序产生的稳定性，家园保护作用带来的安全感，人力与自然力的相对统一，正是人们依恋故园、旧居的原因。今人所谓乡愁，其深刻的心理渊源也在于此。

北阴阳营文化晚期，距今三四千年的湖熟文化，因首先在江宁湖熟发现而得名。经过六十余年来的考古发掘，已发现湖熟文化遗址三百多处，以秦淮河中游湖熟、秣陵一带最为集中，多达百余处。其分布范围，西至皖南东部九华山脉，南至黄山、天目山脉，东越茅山山脉，直抵武进和丹阳九曲河流域，与太湖流域的马桥文化西缘相接，北达长江北岸的六合、仪征及扬州蜀冈一带，形成数千平方公里的文化圈。

湖熟文化是一种地域性的土著青铜文化，由于湖熟文化区正当南北交汇、东西融合之地，可以明显看出其不仅受到中原商、周文化影响，而且受到北方龙山文化、岳石文化，东方良渚文化、马家浜文化及西方楚文化的影响。也就是说，湖熟文化所处的地理位置，决定了它兼容并蓄的文化形态。不断出现的外来文化因素，往往只在短时间内起到引领作用，不久即被本土文化所吸收，化为其自身的新面貌和新活力。在周边强势文化的影响下，湖熟文化仍能够绵延千余年，顽强地保持着地域特色。湖熟文化后期孕育滋生了吴文化，换个角度说，吴文化，就是受

烟水似近城。

中原文化影响更为深刻、青铜文化臻于光辉灿烂的湖熟文化。

秦淮河直接影响着南京的城市建设与发展。

秦淮河入江口的白鹭洲，与长江东岸之间形成夹江，南、北两端都与长江干流相通，成为长江下游的良港。周元王四年（公元前472年），越灭吴，所建越城被视为南京建城史之始，越城的位置正在这夹江的南端。周显王三十六年（公元前333年），楚大败越，建金陵邑，是南京主城区最早的行政建置，其地则在夹江北端石头山。这两座最初的城池，都与秦淮河入江口密切相关，同样承载着"扼江控淮"的作用，也都具有入淮出江的交通便利。这既是当时因地理形势和军事需要做出的明智选择，又成为未来都市发展的基点。

东吴定都建业，首开南京建都史，孙权明确说过，他就是看中了"秣陵有小江百余里，可以安大船"，操练水军。东吴在金陵邑遗址建造的石头城，延续六朝，始终是卫护都城的军事重地和副政治中心。六朝台城四面环水，都城始终未筑城墙，宽逾百米的秦淮河及其支流，不但是有效的城市屏障，也是民生水源、交通干线、商市中心。

秦淮河南岸的越城周边，逐渐形成稠密的居民区、手工业作坊区和繁华的商业区，也就是后世蜚声天下的长干里，孕育出南京最初的市民文化。《殷芸小说》中那个"腰缠十万贯，骑鹤上扬州"的故事，其实说的是建康（今南京）。建康的西州城、东府城，都是扬州的州治。有文献记载，梁武帝时，建康户籍达二十八万户，算来该有一百余万人，是当之无愧的世界第一大都市。读李白的《长干行》、崔颢的《长干曲》，读唐诗中令人心向往之的长干里，可以知道，唐代初年扬州州治迁往江都之后，"扬一益二"的扬州，仍然以南京为中心。

南唐定都金陵，都城范围南越淮水，将秦淮河下游两岸的繁华商市区和稠密居民区包容在城墙之内，初步形成了政治、经济、军事相结合的城、市统一体。对于包入城内的"十里秦淮"，则巧妙利用其自然曲折，将东门、南门、龙光西门三座城门设置在相应的空间节点上，使其不但成为金陵城中最重要的水源，也成为串连三门的便捷交通干道。这充分证明了秦淮河水系对金陵城格局、方位的决定性影响。到明初建都，都城的再一次大幅度跨越式发展，正是以金陵城为基点的。

秦淮河入江口，越城与石头城之间的夹江，早在六朝时期，已成为名动天下的良港石头津，曾停泊舟船万艘。由此启航的船队，不仅航行于大江上下，而且"直挂云帆济沧海"。东吴黄武五年（226年）"南宣国化"，经历和了解到的国家共有一百多个。这是中国第一次派专使通过海上丝绸之路加强对外政治、经济、文化联系，其意义不亚于汉代张骞、班超通西域。东吴船队抵达台湾，也是首次见诸史籍的大陆与台湾联系。东晋南朝常有船队从石头津出发，南至海南岛和东南亚、南洋诸国，北至辽东半岛、朝鲜半岛和日本，进行海外贸易。建康输出的货物主要是丝织品，输入的则有琉璃、象牙、犀角、珍珠、珊瑚、玳瑁、木棉、香料以至珍禽异兽。这丰富了建康人的物质和精神生活，开阔了他们的眼界，也促进了商业经济与手工业技艺的发展。而不把外国人视为"洋鬼子"，就是一种难得的开放胸怀。据正史统计，六朝时有二十多个国家和地区的一百多批使臣来到建康，除购求佛教和儒家经典外，还聘请中国的学者、工匠、画师去外国。梁朝画家萧绎所画《职贡图》中有倭国、百济、波斯等数十国使臣形象。六朝建康与海外的密切交流，证明南京从开始就是一个视野广阔的城市。

中国四大古都中，唯独南京具有海洋文化因子。这一传统虽在王朝实施禁海政策时会受阻，但藕断丝不断。明朝立国之初，太祖朱元璋即展开"宣德化以柔远人"的和平外交活动，连续派出外交使团出访日本、韩国、安南（今越南）等三十六国。成祖朱棣登基后，自永乐三年（1405年）到宣德八年（1433年）的二十八年间，由郑和统领的庞大外交使团，以船舰一二百艘、军士二万余人，组成史无前例的远洋船队，由秦淮河畔始发，七下西洋，远航十余万里，到访三十余国，成为世界航海史上的一大壮举。作为这一壮举决策地、造船地与始发地的南京，遂成为海上丝绸之路与陆上丝绸之路的重要交汇点。南京丝织业源远流长，与苏州、杭州一样是中国特种锦缎的重要生产地。"秣陵之民善织"，"秦淮之水宜染"。尤其是肇始于元、成熟于明、昌盛于清的云锦，堪称丝织的最高技艺，一度成为南京的支柱产业，直接、间接的从业者不下十万人，销售地区遍及全国，年产值高达白银二百余万两。南京的经济文化繁荣离不开云锦，南京的丝织业也以云锦的璀璨登峰造极。南京云锦孕育出的最高文化成果，无疑是《红楼梦》。

鸦片战争后，主张"睁开眼睛看世界"的思想家魏源，定居秦淮河支流乌龙潭畔，编纂成百卷《海国图志》，影响了自洋务运动、戊戌变法到辛亥革命的几代人。作为洋务运动的重要试验场，秦淮河入江口的下关地区，开商埠，通邮电，修铁路，建码头，率先进入现代城区，同样显示出南京人的开拓与进取精神。光绪十六年（1890年），为培养海军人才，江南水师学堂创立，设驾驶、管轮两科。这所学校最有名的学生是鲁迅和周作人，南京是他们接受新教育、新文化的起点，也是他们留学日本、走向世界的起点。光绪二十七年（1901年），清廷下令各省

秦淮河下游入江口，上方长江如一线。

督抚学政"切实通筹认真举办大学堂"以推行新式教育,两江总督刘坤一、湖广总督张之洞第一次会奏变法事宜疏,已大致勾勒出小学、中学、大学循序渐进的现代教育雏形,并提出兴办师范学堂以解决新式教育所遭遇的师资匮乏等问题。次年底,张之洞等设三江师范学堂,后更名两江师范学堂,也就是民国中央大学的前身,今天的南京大学、东南大学、南京师范大学等多所名校的源头。光绪三十四年(1908年)经朝廷定名的江南图书馆,两年后正式开馆,是我国最早建馆的现代图书馆之一,由地方最高长官和国内一流学者共同创立,规模和影响在当时都是最大的。民国初年,该馆藏书已超过十万册八十万卷。宣统二年(1910年)的南洋劝业会,则是中国举办的第一次世界博览会。

　　城市既是文化发展的产物,又成为文化发展的外在环境。长期生活在一座城市中,人的思想意识、行为习惯固然会受到环境的影响,而人所创造的物质与精神产品,又会对城市形成反哺。城市文化,就在城与人的相互作用中日积月累,丰富繁荣。秦淮河孕育滋养的南京城,从六朝建都开始,就形成了一种兼容并蓄的学术氛围。文人的个性得以自由发挥,创造力被激发,因而产生了一系列重要的思想文化成果,举世瞩目。

　　赤乌十年(247年),康僧会从交趾(今越南)来到建业,译经传教,说服孙权建佛寺供奉舍利,在秦淮河畔凤台山麓建造的建初寺,是长江以南第一座佛寺,可说与洛阳的白马寺意义相当。"南朝四百八十寺"的盛况由此肇端。东晋南朝,佛教高僧与豪门士族交游日广,玄学和佛教互相影响,佛教因重思辨而学术色彩大增。南朝不少士人对佛学

燕子矶上望大江，长江即将告别南京东去。

有精深造诣。而佛教徒在译经时总结出汉字的声母、韵母和四种声调，发明反切拼音之法，也启发了当时的诗人。齐永明年间周颙撰《四声切韵》，沈约撰《四声谱》，提出"四声八病"之说，形成了中国古代格律诗的雏形"永明体"，为唐诗的鼎盛打下重要基础。这是翻译佛经给中国文学带来的意外收获。

道教是中国的本土宗教，正是在东晋南朝完成了经典体系和宗教形式的建构，成为能与儒家、佛教并立的成熟宗教。魏晋时期以洛阳为中心、以道家自然为本体的玄学，随着东晋南渡来到建康，继续影响当时士大夫的世界观、人生观和生活方式。东晋清谈在玄学理论上虽没有特殊建树，但其时佛教流播渐广，名僧加入清谈，佛义渗入玄理，以佛义解《庄子》，以清谈辩佛经，遂成一时风气。

六朝时期，在南京诞生了中国第一部文学理论专著《文心雕龙》、第一部诗歌理论批评专著《诗品》、第一部绘画理论专著《画品》、第一部诗文总集《昭明文选》、第一部志人小说集《世说新语》、第一部以男女闺情之作为主的诗歌集《玉台新咏》。其时从朝廷官学的设立，到民间私学的兴盛，都为人才培养创造了有利条件。南朝宋国子学中分设儒学、玄学、史学、文学四馆，各按专业招生。"四学并建"是我国乃至世界最早的分科大学雏形，是划时代的大事。南京的史学成就也很高，被列为正史的二十四史中，有《后汉书》《宋书》《南齐书》三部产生于六朝南京。此后南宋官修的《景定建康志》，在体裁、结构、章法等方面皆有所创新，超迈前人，地方志体例由此而定型。南唐后主李煜多才艺，尤其在词学上的造诣非同凡响，被后世奉为"词皇""百代词人之祖"。王国维曾断言："词至李后主而眼界始大，感慨遂深，遂变伶工之词而为士大夫之词。"

东晋王羲之被奉为"书圣",顾恺之被称为"三绝"。南唐时期人物画、花鸟画都出现崭新面貌,以董源、巨然为代表的江南山水画派,后得宋代米芾推崇、元代赵孟頫提倡,明代沈周、文徵明亦从董源、巨然汲取营养,至清初"四王"竟已奉董源、巨然为画坛的孔丘、颜回。南唐画院作为一种艺术组织和管理体制,也为此后历代王朝所承续。

凡此种种,可以说,南京是一个创立文化规范的地方。

明朝永乐年间在南京编纂的《永乐大典》,是中国历史上规模最大的一部类书,全书约三亿七千万字,尚有大量白描插图,保存了14世纪以前中国历史地理、文学艺术、哲学宗教等百科文献。它比法国狄德罗编纂的百科全书和英国的《不列颠百科全书》都要早三百多年。《不列颠百科全书》称《永乐大典》为"世界有史以来最大的百科全书"。

南京自宋代即成为重要的图书集散地,明代更与杭州、建阳并称全国三大出版中心,现可考的明代书坊多达九十三家,多集中在夫子庙三山街一带,出版图书品种、数量远超杭州与建阳。尤其是万历以降,金陵派雕版技艺臻于高峰,雕版印刷质量在全国名列前茅。中国文化史上的许多重要经典,都是在南京刊刻成书。《萝轩变古笺谱》《十竹斋笺谱》所采用的饾版、拱花技法,达到传统水印木刻的巅峰,也是世界上最早的套版彩印技术。《十竹斋画谱》《芥子园画谱》则是学习中国画的必读之书。南京在中国文化史上的重要地位,自六朝奠定,由唐、宋而明、清,"天下文枢",代有建树。

明景泰年间贡院被迁到秦淮河畔夫子庙东侧,此地遂成为全国重要的科举中心,经明、清两代不断扩建,江南贡院最终拥有号舍两万多间,占地面积近三十万平方米,其规模之大居全国各省贡院之首,而科举成绩也居全国之首。有清一代百余名状元,约一半是在江南贡院中举,取得进京会试资格的。现江苏、安徽、上海地区的考生在当时都要到江南贡院应考,每届应考者多时达两万人,常在南京逗留数月,因为一则可以读到"马二先生"们选评的"墨卷",二则可以拜访名师求教,三则可以通过考生间的交流切磋提高应试能力。他们的衣食住行,游学交际,方方面面的需求,促成了十里秦淮两岸庞大的文化市场。图书出版、文具、古玩业的兴盛,茶楼、酒馆的密集,画舫、灯船的繁华,船菜、茶点的精致,以至"秦淮八艳"的出现,都说明从业者努力提高文化素养以适应被服务者。明人《南都繁会景物图卷》中,招幌分明的百余家店铺,不同身份的千余个人物,生动地描绘出秦淮河畔繁华、富庶、闲适的市井生活景象。凡此种种,可以说是相当成熟的第三产业。清末废科举以后,这一行业顺利转型,成为文化娱乐和旅游服务业。龙门街和贡院街改建为商业街,茶楼酒馆比邻而立,菜点小吃愈出愈精。余怀们念念不忘的秦淮灯船,一脉相承,又成为俞平伯、朱自清笔下的桨声灯影。新进入的元宵灯彩市场,更为夫子庙地区增添了绚丽的色泽,发展成至今名重天下的秦淮灯会。这无疑是一种非常难得的传统振兴。

在广袤的中华大地上,南京这个城市一次又一次被选中,不会是偶然的。而究其原因,则仁者见仁,智者见智,多种说法,各有道理。从城市文化的角度而言,南京从湖熟文化时期即已显现的兼容并蓄、多元共生的特色,不容忽略。正是这样的文化氛围,有利于城市接纳新事物,吸收新元素,包容新成员,也就有利于新王朝的进入与振兴,成就了南京"十朝都会"的辉煌。

鬼脸城,也曾被误认作石头城,其实只是明城墙的一段。

一代宏图开建业

按照传统的观念，一座城市，首先必须有"城"，而无论现代观念如何开放，一座都市仍然不可能没有建筑。所以，对于十朝古都、千载名城的南京，首先进入我们视野的，自然该是曾经享有"天下第一大城"之誉的南京城。

人们常说建筑是凝固的音乐，像南京这样的历史文化名城，就应该是一首雄浑的交响乐。构成这首乐曲的音符，便是历史的长河流经这片古老的土地时，洒落下的那一朵朵瑰丽的浪花。从理论上说，是城市的文化精髓，决定着城市的建筑风貌，而在实践上，则正是建筑风貌的积淀、发展和变异，反过来不断丰富着城市的文化精魂。

时间造就了空间。正是一代代建筑的层累，镶嵌成了今天的南京城，也结构出了南京文化的独特载体与鲜明表征。

不过，究竟哪些建筑能够成为历史积淀，往往又似乎为偶然因素所左右。

偶然之中有必然。比如说，城市的某些构成部分，毁弃了，也就永远地被遗忘了，而有的建筑，就曾不断地被重建，有的景观，就曾不断地被修复——即使不被修复或重建，也会深深地铭刻在城市的地图上和人们的心灵中，甚至成为城市的徽记！

南京的辟邪，是一种例证。它将天人关系固化为一种生动的物象。

未来的越城遗址公园，现在还是考古现场。

南京的长干里，是另一种例证。人们记得长干里，多半不是因为这里曾经有过一座越城，而是因为这块土地上曾经滋生出中国早期的商业繁荣，以及在此基础上孕育的市民文化。这无疑是那个时代的新潮，所以唐人的诗歌中，长干里几乎成了南京的代称！

这大约也就是城市建筑与时代文明相关联的两种形态。

说南京的城，自然应从越城开始。

建于公元前472年的越城，距今已有二千四百多年的历史。越城是越王勾践"十年生聚，十年教训"一举灭掉吴国之后建造的，据说建造者就是那位与旧日情人西施始终大有瓜葛的大谋士范蠡，所以越城又被叫作"范蠡城"。其实范蠡肯定没有来过南京。这使南京城从一开始就酝酿着一种不宜深究的基调：它并非由南京人所建造，而是出自外来的占领军之手。即使是外来的占领军，在雄心勃勃的报国复仇外衣之下，骨子里却又隐约着暧昧不明的桃色意味。

关于越城，还有一个浪漫的传说，说有越女嫁江南国主为妃，以其地卑湿，运越土筑台以居。诗人因有作《越台曲》者，曲云："玉颜如花越王女，自小娇痴不歌舞。嫁作江南国主妃，日夜思归泪如雨。江南江北梅子黄，潮头夜涨秦淮江。江边雨多地卑湿，旋筑高台匀晓妆。千艘命载越中土，喜见越人仍越语。人生脚踏乡土难，无复归心越中去。高台何易倾，曲池亦复平。越姬一去向千载，不见此台空有名。"将这个传说与史实对照来看，其中的意蕴是颇耐人寻味的。

越城的位置，大致在今天秦淮河南岸，东对大报恩寺遗址，那是雨花台与凤台山之间的一片高地，直到明清之际，遗迹犹存，人称"越台"。

石头城考古中发现的"石头"铭文砖。

作者 供图

应该指出的是，越城的周长只不过"二里八十步"，其实只是一个驻军的据点，也就是本来意义上的"城"。在越城时代，真正的"老南京"们并不住在"城"里，而是住在"城"外的秦淮河两岸，从而在那里形成了南京最早的"市"。住在"城"里的则是外来的占领军——越国的士兵。

越城并没能如越王所想象的，成为攻打楚国的前哨阵地。到了公元前333年，楚威王熊商大展"熊"威，扫荡越国，南京地区又成了楚国的势力范围。因为有过这样一番拉锯，南京的地理位置才被人称作"吴头楚尾"。

正是楚国在今南京城西清凉山上修筑的"金陵邑"，开始和后来的南京城沾上了边。

这不仅仅是因为"金陵"这个名称一直沿用了下来，更因为，自秦而汉，南京地区的行政中心，都在今天南京江宁区的秣陵关一带，清凉山是其北端的军事据点。近代的南京城区恰恰在其"城外"。三国争雄，东吴的孙权在诸葛亮、刘备等人的建议下，自镇江京口徙治南京地区之初，治所始移往秦淮河北岸。公元212年，孙权在金陵邑的基础上修建的"石头城"，依然只是一个军事重镇。直到229年，东吴才毅然放弃前人经营数百年的秣陵旧城，改在清凉山之东、覆舟山之南，今大行宫、新街口一带营建新都城。结果，原先的"城里"成了"城外"，原先的"城外"成了"城里"。或许因为那个时代城乡差别原本就不明显，或许是那个时代的南京人就已习惯了"三十年河东，三十年河西"的通达，也并不曾听说有失去了"城里人"身份的南京人提出抗议。至于东吴后

驻马坡,据说诸葛亮就在这里论定龙盘虎踞。

梅花山孙权陵渺无踪迹,如今有了吴大帝孙权雕像。

主孙皓试图迁都武昌之际，造出"宁饮建业水，不食武昌鱼"口号的，也是东吴世族，而非南京居民。

"一代鸿图开建业"。从雨花台下的越城到清凉山上的金陵邑，再到东吴的新都建业，建业城不仅是南京作为六朝古都的开始，严格地说，它也是后世南京城的真正肇端。

作为东吴都城的建业，虽然先后有了太初宫、昭明宫两座宫城，却没有一道都城城垣。它的四面全靠自然水系和人工运河环护，东有青溪，南有秦淮，西有运渎、潮沟与长江，北有城北渠和玄武湖，城门干脆就是竹篱门。当时藉以拱卫都城的，是城市外围的一系列城堡。其中最著名的，还是石头城。石头城依山而筑，利用清凉山的天然砂砾岩为城基，岩高处以山岩为天然屏障，山凹处则填砖补石，其范围大略在清凉山与乌龙潭之间，"环七里一百步"。城内设军械和粮食仓库，清凉山东峰上有东吴的烽火总台。石头城烽火一举，半天之内，就可以经由沿江险隘之处的座座烽火台，东抵苏州，西达宜昌，传遍东吴全境。六朝石头城是兵家必争之地，其得失直接关系到都城的安危！

当时的清凉山扼江控淮，峭崎江畔，是南京西部的重要制高点，有"天生城壁"之誉。江水直激山麓，年深月久，冲刷得山崖岩砾裸裎，颜色绛红。不过今天清凉门以北依山而筑的城墙，并不是六朝石头城遗迹，而是明代南京都城城垣。墙面上时有岩壁露出，凹凸不平，形如兽面，因此被人呼作"鬼脸城"。20世纪中叶，漫步鬼脸城下，还可以看到"鬼脸照镜子"的奇景。所谓"镜子"，是长江水道西移后留下的大大小小的水塘。此后"鬼脸"犹存，"镜子"一度淤平，直到21世纪初秦淮河景观带建设，才得以重现旧观。

1944年的清凉山西麓,前端是扫叶楼,楼后是善庆寺,楼东是清凉寺山门。

石头山下,长河帆影。

今天辟为风景名胜区的清凉山公园，只是当年清凉山的一部分。宽阔的虎踞路割断了它与"鬼脸城"的联系，将它们变成了两个独立的景点，更兼江流远去，使登临者已完全无从想象清凉山石头城当初的雄姿和战略意义。

大约也就是从这时开始，关于南京的神话多了起来。

楚威王的埋金钟山以镇"灵异"，秦始皇的开凿秦淮以泄"王气"，应该都是此际文人的创作。其目的，无非是为当时缺乏自信的帝王打气。

"钟山龙盘，石头虎踞，此帝王之宅！""多智而近妖"的诸葛亮，据说曾驻马清凉山麓，对南京地理形势作此高度评价，不但为蜀吴联盟、三国鼎立奠定基础，而且开启了长达三百年的璀璨六朝文化。这是历史的一面。此间在南京建都的王朝东吴、东晋、宋、齐、梁、陈，都是偏安的、短命的，最长的不过百余年，短的只有二三十年，真个是"你方唱罢我登场"，"三百年间同晓梦，钟山何处有龙盘？"。"帝王之宅"不如说是帝王之舞台更确切。这是历史的另一面。

统治集团的更迭如此密集，造成了南京文化史上一个独特的现象。一方面，后继的王朝可以使它们的前任在一夜之间丧失政权，却无法在短期内完全消除其影响，或者说，后继的王朝总是来不及肃清前朝的思想文化影响。于是南京城里，陆续形成了一块块相对稳定的居民群落，每一个群落都试图固守自己的文化氛围，试图以固守自己的文化氛围显示某种优越地位。另一方面，对于南京的平民百姓，这些匆匆过客般的外来帝王，难以使他们产生认同感，南京人从来不曾有过像北京人那种"天子脚下"的自豪。没有认同也就不会有仇视，南京人更多地是怀着看客般的心情,对于台上的角色,他们宽容地欣赏,对于台下的角色,他们宽容地担待。这便形成了那些外来文化群落得以维系的大环境。这些文化群落之间的渗透融合是如此缓慢,以至于20世纪中叶,从南京的城南走到城北,仍给人以穿越大半个中国的辽远之感。然而也正因为过多以邻为壑的群落间留下了过多的文化裂隙,正因为没有一个统一的保守力量足以抵御外来文化的进入,新的文化因素总是能很容易地在南京站稳脚跟,获得足够的生存发展空间。从这个意义上说,璀璨的六朝文化的形成,正得益于王朝更迭的频繁。这种保守型的开放格局一旦形成,便贯穿了南京文化发展史的始终。前些年有一批专家学者讨论南京文化的特点,在保守性还是开放性的问题上争执不休。其实说白了,南京的开放性正得自其各构成部分的保守性。

也正是在这六朝时期,处于南北文化交会点上的南京,逐渐形成了它独特的地域文化:南而北,北而南,南不南,北不北。说句玩笑话,南京文化的最大特点,或许就在于没有可以简单概括的特点。

令人遗憾的是,历史文献中璀璨的六朝文化,在城市的意义上,除了散落城郊的辟邪,几乎就没有留下什么痕迹。"东府城""西州城""白下城""丹阳郡城",这些地名,我们或许只从唐诗的篇名上见过,而且也难以与某个具体位置发生联想。人们自以为熟悉的只有一个"台城",因为官私史籍和民间传说中都留下了太多有关台城的故事。然而当年的台城,可以肯定不是今天鸡鸣寺北解放门东侧那一段新修复供人登临玩赏的城墙,因为南朝宫城的位置到不了那一带。

东晋南朝的都城建康城,因为同样以四周的水系为环护,所以范畴与东吴旧都相当。只是在宫城的建设上，将当年东吴宫城的后苑仓城改建成为宫殿。或许正由于此，一部南朝史，几乎不脱后宫的裙带风与脂粉气。一代一代偏安一隅的君王，只会将宫殿和城门的名字改来改去而已。玄武、朱雀、万春、千秋、云龙、神虎、太极、含章、芳乐、重云、五明、景阳……这些用尽心思以吉祥字眼点缀的城门和宫殿，与作为六朝古都的建康城一样，早已片瓦无存。

隋唐两代都推行抑低金陵的方针。隋将建康、秣陵等均并入江宁县，设蒋州以治江宁、溧水、当涂，治所则重又回到了石头城的军事据点中。唐代改江宁为归化、上元，易蒋州为升州，甚至一度取消其州的建制，以上元县隶属润州（今镇江市），将许多居民迁往江都。然而，金陵在战略上举足轻重的地理位置，数百年来形成的经济、文化基础，绝不是简单的行政命令所能消解得了的。统治者的无视，恰恰使它多次成为叛乱者的据点。这其中至少有两次在中国文化史上留下过痕迹，一次是骆宾王与徐敬业起兵反对女皇帝武则天，曾派崔洪带兵占领石头城。另一次是吸引了李白欲效"铅刀一割"的永王李璘，曾据金陵打算与安、史叛军划江而治。

文化是一种奇异的力量，即使它的物化状态已被消灭，它的精魂却仍顽强地挣扎着，拼搏着，如涅槃的凤凰，孕育着烈火中的再生。

南京地区已经根深蒂固的都市文化，必然会促使新的城市在废墟上崛起。

西安门，门前有护城河（即杨吴城濠）流过。

雄才伟略 建明都

似乎是作为六朝文明的一种回应,南唐时期,南京又出现了一个短暂的安定繁荣局面。

公元914年,当时身为杨吴政权升州刺史的徐知诰,以明智的眼光,看出了这片土地的潜力,开始重建金陵新城。三年以后,杨吴权臣徐温也看到了金陵的繁华富庶,从扬州移驻金陵,使杨吴的权力中心实际上已经南移。徐知诰能得到杨吴政权的信任,因为他先是为时任淮南节度使的杨行密所收养,后又被杨行密送给权臣徐温,成为徐的养子并冒姓徐氏。这中间究竟有多少不足为外人道的暧昧色彩,笔者无意揣测。920年,新城完工,易名金陵府,徐温自己做了第一任府尹。徐温死后,徐知诰不但接任了金陵府尹,而且也接掌了杨吴的实权。932年,徐知诰再次拓展金陵城,这一回,他已经是在为自己的帝王事业打基础了。937年,徐知诰受吴禅,正式称帝,国号齐。做了两年皇帝后,他才想到要"恢复"本姓,易名李昪,并认了一个唐朝皇帝为祖先,以宣称自己是唐王朝的正统继承者,于是改国号为唐,史称南唐。他理所当然地以苦心经营多年的金陵为国都。

南唐的金陵新城,周长达到十二公里半,"西据石城,南接长干,东连白下桥(即今大中桥),北限玄武桥(即今北门桥)",与南朝建康城以秦淮河为限不同,金陵城把秦淮河下游两岸的商业区和居民区都包入了城内。它的南门，已在相当于今天中华门的位置上，而其北门，则在今珠江路估衣廊北口的北门桥。诸桥所跨的水，都是建造新城时所开凿的护城河。直到清末民初，北门桥下贯通东西的水道，仍被称作杨吴城濠。据考，南唐金陵城城墙基阔约十二米，顶宽八点三米，高八点三米，开城门八座。这个城市范围，延至宋、元，直到明初才有改变。可是千年以后的今天，在南京城市发展史上具有承上启下重要意义的南唐都城的明显痕迹，只剩下了大中桥和北门桥。大中桥早化身为现代化桥梁，千载劫余的北门桥，在最近一次拓宽街道时又被蚕食了一半。南唐的宫城，设在金陵城的中央，大体位于今洪武路南段一带。今天的中华路就是当年南唐宫城南门至都城南门的主干道"御街"，而内桥位于宫城南门外"护龙河"上。由内桥南行，经过镇淮桥和中华门，直到长干桥，这一条南北方向的城市中轴线，至今仍未改变。都城的东西主干道有两条，一条由东门（今大中桥西）到大西门（今汉西门），相当于今天的白下路、建邺路一线，与御街相交于内桥北堍。另一条由东门到龙光西门（今水西门），相当于今建康路、升州路一线，与御街相交于三山街。所以三山街会成为南京千年不衰的繁华商业中心。

  但是南唐宫城的地面建筑，那充满诗情画意的柔仪殿、瑶光殿、百尺楼、澄心堂、红罗亭、小虹桥，遗迹早已不存，使人难以窥其真面貌。20世纪80年代中期，在南京旧城区改造过程中，曾在内桥附近张府园发现过南唐护龙河、河边的石驳岸和船码头，然而不知出于什么动机，或许是因为南京这座历史文化名城中的文化古迹实在太多吧，这一切珍贵的历史文物都被人完全、彻底、全部、干净地消灭掉了，以至于考古学界和历史学界都没有来得及表示欣喜。直到20世纪90年代中后期,再二再三被发现的南唐宫城护城河遗迹,才有幸得以保存。

南京历史上的每一位统治者,都以为自己对南京的规划是最为理想的都市规划。然而,每逢改朝换代,后继者往往又努力打破前人划定的框框。值得指出的是,这种打破,并没有以野蛮破坏为手段,而是以辟建新区开创城市新格局,促成了城市的跨越式发展。这可以说是南京城市发展史上最为重要的特点。

南京城就是这样,在一次次的重新规划中逐渐成长起来。

1366年,又一位雄才大略的建设者打开了他的蓝图。

这就是明代开国君主朱元璋。

据说朱元璋决定大规模扩建南京城,是受了一位隐居学者的启发。这位名叫朱升的老儒,向朱元璋提出了"高筑墙、广积粮、缓称王"的建议。朱升的以守为攻、后发制人的战略思想,一直为后世的政治家所称许,到了20世纪的70年代,还以"深挖洞、广积粮、不称霸"的变体,又出过一回席卷中国、影响世界的大风头。

正是元末明初的这一次扩建,最后奠定了近现代南京城的轮廓。这座南京城,有宫城、皇城、都城、外郭四重城垣。都城(亦称京城)南北长十公里,东西长五点六七公里,城墙绵延三十三点六七六公里,围合面积达四十一平方公里,"东尽钟山之麓,西阻石头之固,南临长干而秦淮贯其中,北依狮子、覆舟诸山而控后湖",大大超过了南唐以来金陵城的范围,也超过了同时代世界各国的大都市!

这一浩大的工程,直到1386年才竣工,前后长达二十一年之久。从全国各地征调来参加"都城大会战"的工匠,就多达二十万人。至于

明城墙龙脖子段，城内就是明故宫，所以城外的富贵山被视为龙脉。

明城墙前湖段，大墙坍塌处，露出了里面先筑的小墙，也是一种千古之谜。

从附近农村招募来的劳动力以及各地征发来充劳役的罪犯，就更无法统计了。

按照中国汉唐以来的传统，都城多修建成方形，而宫城均处于都城中部偏北的位置上。此前的西安，此后的北京，都是如此。唯独明初的南京城，却修成了南北长、东西窄，方不方、圆不圆的多角不等边形，看上去像一只包得不地道的粽子。而宫城也相对独立地安排在都城的东部。

导致这样一个格局形成的原因，并不是朱元璋有意推陈出新，而是他迫于现实环境条件，不得不做此选择。

野心勃勃的朱元璋扩建南京城，其目的不言而喻，就是要在这里登基做皇帝，首先考虑的自然是皇宫的位置。民间传说是刘伯温和他的师父铁冠道人主持了皇宫的选址。其实当时原金陵城中，居民密集，已无建造皇宫的足够空间。而金陵城西临外秦淮河，河西是成陆不久的江滩地，城南门距雨花台不过一公里，空间逼仄，都不适合建造皇宫。城北有足够的空间，但北临长江，一旦江北敌军攻来，皇宫便首当其冲。所以剩下的就只有城东，为此不得不填平了青溪故道上的燕雀湖。这样，未来南京城的初步设计，便成了在南唐以来金陵旧城这个方块的东北面，再加上一个稍小的宫城方块。

对南唐金陵城城墙的改造，是与兴建皇宫同时进行的，主要是将金陵城南面和西面的城墙，进行拓宽、加高，然后从金陵城东门（今通济门附近）向东转折，再折北、折西，直至今太平门，环绕新建的皇宫区。都城的北端究竟应该划到何处，朱元璋此时尚未拿定主意。起先，他仍打算利用金陵城的北墙，向东北延伸连接太平门，并且已开始施工，即今鸡鸣寺后至鸡笼山一线的城墙，遗迹至今尚存。但在中途他又放弃了

中山门外护城河,现在成了月牙湖。

神策门外瓮城,是明都城十三门中唯一的外瓮城,建于清代。

这一方案。可能是考虑到都城北面的无险可凭，以及江防的困难，朱元璋最终决定改沿玄武湖的西岸向北筑城，新城直逼长江边，并将狮子山包入城内，再沿外秦淮河南下，与金陵城西垣相接。这就在已有的两个小方块北面，又增加了一个更大的不规则方块。三个方块拼合的结果，使南京城变成了一直保持到现代的这个怪模样，并无当下某些人宣扬的神秘意义。

从好处说吧，南京城的这次布局规划，虽然不及传统都城格局的庄严规范，却避免了对老城区进行大拆大建的损失，这充分体现了朱元璋讲究实用的农民本色，也符合明初让人民休养生息的政策精神。在元末明初那个国力衰微的时代，这无疑是十分明智的。而城市与山水的有机结合，相互交融，也造就了南京城在历代都城中的别具一格。值得指出的还有，明初南京城奠定的格局，为此后六百年的城市建设提供了发展空间。从这一意义上说，朱元璋在南京城的规划建设上，同样显示了他的雄才大略。

这个"不成规矩"的城市，有着举世瞩目的城墙。

恰如说到中国，不能不说万里长城一样，说南京，也不能不说到它的城墙。

明代南京都城城墙，曾经是世界上最长的一座砖砌城墙。在修筑这城墙的14世纪，巴黎城的周长还不足三十公里。

从某种意义上说，正是因为有了如此宏伟的城墙，才有了如此瑰丽的南京城。

新建成的南京城墙，高度一般在十四至二十一米之间。城基的宽度

通济门外街市

一般约十四米，顶部宽度在四至九米之间，最宽处竟达二十五米，可任战马驰骋。大部分城墙都先用花岗岩或石灰岩的条石做基础，条石上用大砖垒砌内外两壁，壁间以碎砖、砾石和黄土层层夯实，再以大砖铺出墙顶并砌成雉堞，也就是民间俗称的城垛。顶部和内外两壁的砖缝里，都浇灌一种以石灰、糯米汁等与桐油掺和而成的"夹浆"，它凝固后的附着力非常强，能使城墙经久不坏，在六百年后的今天，依然坚固如初。

为了保证南京城墙的建筑质量，所用的城砖都极其讲究，全部按照钦定的统一标准制造，长约四十厘米，宽约二十厘米，厚约十厘米，重量在十千克左右。因为所需数量浩大，除了由工部和南京驻军就地设窑烧造外，还动员了长江中下游今湖南、湖北、江西、安徽和江苏五省境内近三十个府的一百多个州、县，大量烧制城砖，从水路解送到南京。烧制地点如此之多，烧制的数量更是如此之大，怎样才能防止有人鱼目混珠呢？就是逐块进行验收，那工作量也将是惊人的！朱皇帝却自有妙法，他要求在每一块砖的侧面，都郑重其事地打印上烧造地从知府、知县到乡里各级督工监造官吏的姓名，以及砖工、窑匠的姓名。于是，制砖从一个工艺质量问题，变成了一个反映臣民对皇帝态度的政治问题。"忠不忠，看行动。"每一个制砖人都将面临着皇帝审视的目光，每一个人都将以身家性命对印着自己姓名的城砖负责！这种质地细密的青灰色城砖，简直就是中国封建社会君民关系的一个微妙缩影，难怪它在今天的国际古玩市场上，要卖到数百美元一块。在南京城砖中，还发现过一部分质量很高的白瓷砖，是由江西的袁州府和临江府用高岭土烧制的，其工艺价值和文物价值更高自不必说。明初修建的南京城墙，是世界上最长的砖砌城墙，而南京城的南门聚宝门，也就是今天的中华门，则是

明城墙砖铭文,从造砖人夫到县、府官员给皇帝立下的生死状。   冯方宇 摄

中国众多古城中现存最大的一座城门。

中华门设计十分奇巧，它有三道瓮城和四道石砌拱门，相互贯通，构成一座墙高二十五米、内部面积一万六千五百平方米的城堡。每道拱门都有内外两重城门，外面一道是从城头上以绞关启放的"千斤闸"，里面一道是包有铁皮的木门。这些城门随时可以紧紧闭锁，既能拒敌于城外，也能将敌人诱入瓮城围而歼之，所谓"关起门来打狗"。城门的左右两侧，各砌有一条一百多米长的缓坡，可供骑兵策马登上城头。瓮城四壁由条石砌成，其上下和内外城壁共建有藏兵洞二十七个，以备储放军事物资和埋伏士兵，总计可藏兵三千人之多！城门上层原建有重檐庑殿和三层敌楼等设施，可惜在1937年冬的南京保卫战中，被侵华日军的炮火全部摧毁。明初的南京城，共建有十三座城门。引以为自豪的南京人，曾将城门的名字编成顺口溜："神策金川仪凤门，怀远清凉到石城，三山聚宝连通济，洪武朝阳定太平。"此外还有一个位于狮子山东侧、与仪凤门相对的钟阜门。这十三座城门的上部，都曾建有高耸的城楼。格局与中华门相同（有三道瓮城）的，还有三山门（今名水西门）和通济门。石城门（今名汉西门，亦名旱西门）有瓮城两道，神策门有瓮城一道。自清末到民国年间，为解决交通困难，将在明代永乐年间即闭塞的金川门重新打开，以通自下关进城的铁道，后又新开了草场门、玄武门、挹江门、武定门、汉中门、中央门、中华东门、中华西门、新民门、雨花门、小北门等十一门，在孙中山奉安大典时将朝阳门易名为中山门，并改建为三拱券门。20世纪50年代以来，辟建了解放、集庆、长干等门。如今基本保持完整的，除已辟为旅游点的中华门瓮城外，尚有神策门门券和城楼、挹江门门券和城楼及清凉、石城、中山、玄武、

中华西门内的街市，循中华门瓮城右转。老城南繁华市井可见一斑。

解放门门券,近年又重建了仪凤门,新造了长干门。其余的城门,虽仍为出入南京城区的重要交通孔道,但作为城门的"门"则已名存而实亡。

令人痛惜的是,南京城墙和城门这一天下奇观的毁坏,主要并不是因为历代的战乱,而是由于20世纪中叶和平环境中的人祸。

1956年8月,南京竟有人忽发奇想,"古为今用",将古城墙作为救灾赈济经费的来源,实行以工代赈,凡从城墙上拆下一块城砖,就可以卖一角人民币!而这一荒唐的号召,竟得到了众多人的热烈响应。一时间,千年古城顿时陷入"人民战争的汪洋大海"之中。六百年古城上的青条石和城砖,被拆下来敲成铺路的砖石渣,南京城最为壮观的中华门瓮城,眼看就要沦为一片废墟……当时担任江苏省文化局副局长的朱偰博士,挺身而出,一边向上提建议,一边向下做宣传,联合社会各界有识之士共同呼吁,总算暂时制止了灾难的蔓延。然而没过一年,朱偰先生竟因此被打成右派。拆城墙又成了最时髦、最实惠又最安全的革命行动。结果,与中华门同等规模的通济门瓮城,被拆得块砖不存,水西门、太平门、草场门、水陆两座金川门,也都在劫难逃。三十多公里的南京古城墙,一时间被拆得七零八落,惨不忍睹。此后二十余年间,破坏残存南京城墙的事件层出不穷,行者不以为耻,见者不以为怪。谁都可以弄几块城砖去垫自家的墙角,去铺门前的小路,甚至有拆城砖盖起成片住宅来的。20世纪70年代末下放户回城,住房一时得不到妥善安置,有人干脆就在城墙下掏一个大洞穴居,据说还有冬暖夏凉之效……在南京这样一座历史文化名城中,如此惨烈的毁灭珍贵文化遗产的行径,竟能发展到让人熟视无睹的地步,大约也可以算南京文化的一个特质了。

改革开放以来,历史总算冲出了那一串愚昧荒诞的旋涡。又一代有

明故宫东华门

心人，在一块一块地搜集散失的南京城砖，在一寸一寸地修复残破的南京城墙。据文物部门统计，今天的南京城墙还保存着二十五公里多。当然，重新复原南京"世界第一大城"的城墙已没有可能，他们所修复的，已不再是作为城市物质屏障意义的围墙，也不仅仅是珍贵的历史文物，那应该是一种精神，一种文化，一种精神和文化的屏障，以护卫现在和将来生活于这座"围城"中的人们。

玄武湖，冬日的烟水迷离。

中山陵初建,林木犹疏。

今日中山陵，浓翠深碧环护。

牛首山弘觉寺塔,典型的江南楼阁式砖木塔,旧时雄姿。

金陵景物图咏

中国的大小城市，似乎都会选择若干具体的风景名胜，归纳出"十景""八景"的美称。"燕京八景""长安八景""洛阳八景"不用说了，即如南京主城外围的几个区，江宁区有"江宁八景"，溧水区有"中山八景"，高淳区有"高淳八景"，浦口区有"汤泉八景"，六合区有"六峰八景"，又有"六合十二景"。甚至某一胜迹之中，还可剖列出诸多景称。中国文化人的好大求全，由此可见一斑。

据说这种归纳始于北宋画家宋迪所作《潇湘晚景图》，此后就不断为人所仿效。南京之形成"金陵十景"似乎要晚一些，而且最初好像也不是南京人在凑热闹。有据可查的是，"明四家"之一的文徵明曾绘有《金陵十景册》，其从侄文伯仁亦画有《金陵十八景册》，所绘诸景是：三山、草堂、雨花台、牛首山、莫愁湖、摄山、凤凰台、新亭、石头城、长干里、白鹭洲、青溪、燕子矶、太平堤、桃叶渡、白门、方山、新林浦。文徵明是苏州人，文伯仁也只能算寓居南京。

当然此前此后金陵胜迹为人题咏者已甚多。有人检王安石集中纪游诗，直接提到金陵景观的，竟得一百三十六首，江总宅、青溪、钟山、八功德水、谢公墩、祈泽寺、冶城、雨花台、光宅寺、覆舟山、玄武湖等为后世所称赏的景点俱在其中。王氏毕竟是非同凡响的人物，所以诗中或咏景，或抒情，或纪游，或怀古，率性自然、直写胸臆，绝不费心

玄武湖诺那塔,一枝独秀。

愚园一角旧影

去翻检故典，落人窠臼，更无刻意纠合成数的小家子气。以《板桥杂记》闻名于世的明遗民余怀，清顺治初年也有《咏怀古迹》二十九首，所选几乎全是南京的人文景观，包括当时早经泯灭的谢公墩、新亭、麾扇渡、孙楚酒楼、临春阁、劳劳亭、景阳楼、羊昙别墅等，题旨自如诗名所出尽属怀古。康熙七年（1668年）他又有《味外轩集·戊申看花诗》一百首，写到当时南京大量的园林名胜和花木繁盛之地，以及文人学士的游赏活动。顺治末年，王士禛刊印《秦淮杂诗》，自述因"所居在秦淮之侧，所咏皆秦淮之事"，也没有做出"秦淮X景"的姿态来。

此间可以作为插曲的，一是周晖《金陵琐记》记明嘉靖年间贡生盛时泰所拟金陵十景，盛氏所欣赏的是祈泽寺龙泉、天宁寺流水、玉皇山观松林、龙泉庵石壁、云居寺古松、朝真观桧径、宫氏泉大竹、虎洞庵奇石、天印山龙池、东山寺蔷薇——周氏说，"此十景皆世人所忽，仲交所独取者"。想来此时"秦淮X景"的说法已经不少。盛氏这十景所取全属山水竹木，颇有与骚人墨客重人文景观轻自然景观的心态唱一唱对台戏的味道。他是南京人，能别具只眼，该是深得此中况味的。二是万历年间顾起元《客座赘语》中记"南都可登临处"，"在城中则有六"，为清凉山的清凉寺、鸡笼山的鸡鸣寺、谢公墩的永庆寺、冶城、马鞍山的金陵寺和狮子山的卢龙观。"在城外近郊则有十四"，分别是中华门外大报恩寺琉璃塔、天界寺，雨花台的高座寺和为纪念方孝孺而建的木末亭，牛首山天阙、献花岩、祖堂山，摄山的栖霞寺，弘济寺，燕子矶，一线天嘉善寺，梅花水的崇化寺，幕府山的幕府寺和夹萝峰太子凹。所取多为佛寺，恐怕未必是顾氏于佛寺有所偏好，而是应了那句"天下名山僧占多"的老话。

南京人也加入这种有图有咏的大合唱，是明代万历年间的事情。据顾起元《客座赘语》记载，先是榜眼余孟麟以生平所游览金陵诸名胜二十处，各著诗纪之，并约焦竑、朱之蕃先后二位状元公与探花顾起元同唱和，诗作汇为一集，名之曰《雅游篇》，刊行于世，一时以为胜事。余氏所选的二十景是钟山、牛首山、梅花水、燕子矶、灵谷寺、凤凰台、桃叶渡、雨花台、方山、落星岗、献花岩、莫愁湖、清凉山、虎洞、长干里、东山、冶城、栖霞寺、青溪、达摩洞。而朱之蕃兴犹未尽，更"搜讨记载，共得四十景，属陆生寿柏策蹇浮舫，躬历其境，图写逼真，撮举其概，名为小引，系以俚句"，也就是周亮工所谓"景各为图，图各为记，记各为诗"，最后编成《金陵四十景图像诗咏》。

要么不干，一干就弄出个"四十景"，也颇有南京人的"大萝卜"风味。不过明王朝到了万历年间，正是士大夫惰性渐成的时期。国家表面上长治久安，"海宇清晏"，内外危机都还没有激化表露，已进入封建官僚队伍的知识分子，思想上也就淡化了该追求的精神目标，而逐渐孳生繁盛的商业因素，又带来了物质生活的大丰富。不为无益之事，何以处有涯之生？"留连景物，托兴篇章"，已经算是高雅的了。

这"四十景"也就成了后世作金陵景物图咏的蓝本。陆生骑毛驴乘小船躬历寻访所绘的图，现已有了几种影印本流传。而万历二十八年（1600年）江宁画家郭仁所绘《金陵八景图卷》，现藏南京博物院。郭氏仅选"钟阜祥云""石城瑞雪""龙江夜雨""凤台秋月""白鹭晴波""乌衣夕照""秦淮渔笛""天印樵歌"等八景为题，各作一图，题七律一首。《金陵八景图卷》是后人的定名，所以也可能是郭仁画了更多的景观，而流传下来的只有这八幅。

到清初，"金陵八家"之一的高岑又绘过《金陵四十景图》，周亮工为这部图册写了题跋，回顾了"金陵山水，旧传八景、十景、四十景，画家皆图绘"的历程。高氏这一组金陵景物图后来刊入康熙《江宁府志》。同样得周亮工作序的是余宾硕的《金陵览古》，余宾硕是余怀的儿子，也颇有前明遗少风韵，他在康熙五年（1666年），"周游山水之间，感慨兴亡之事，探奇揽胜，索隐穷幽，地各为诗，诗各为记，次第汇成，凡六十首"。余氏对景点的选择排列很有趣，始于"旧内"，也就是朱元璋登基前所住的吴王府，终于"大本堂"——堂在明故宫中，用以教授太子及诸王公侯子弟，是培养接班人的所在，为国家社稷之"大本"。所以当时即被人看破，认定他是为怀念明王朝所作。陈其年的序中就隐晦地提到了这个意思："百年社稷，徐仆射所以悲哀。满目关山，刘宾客因而悼叹……属在乱离之后，翘在谣诼之辰，用吟眺以摅愁，乃踌躇而吊古。李广对军中之簿，今何时乎，江淹上狱中之书，君其是矣。"周亮工序中一再强调"风景未殊，河山不改"，也颇有欲盖弥彰的味道。这要算是金陵景物吟咏中的一个异数。而嘉庆年间的钱塘人陈文述，居留南京月余，竟作诗三百多首，涉及金陵旧迹近三百处，虽然诗序中摘引旧书煞费功夫，但其诗多不涉当时景物，一味咏史怀古，强做感慨沧桑状，遂致沦为恶札。还有比陈氏更快捷的诗才，光绪元年（1875年）易顺鼎中举，北上应试途经南京，冒雪骑驴于城中遍访六朝及南明遗迹，一日之间竟成《金陵杂感》七律二十首！

《儒林外史》的作者吴敬梓，在乾隆十八年（1753年），也就是他去世前一年，曾写过二十三首《金陵景物图诗》，记冶城、杏花村、燕子矶、谢公墩、凤凰台、莫愁湖、凭虚阁、青溪、雨花台、琉璃塔、灵

雨花台普德寺,当年规模宏大。

幕府山头台洞,岩山十二洞之一。

谷寺、桃叶渡、天印山、观音山、幕府山、乌衣巷、东山、鸡笼山、太平堤、长桥、三宿岩、龙江关、钟山。从吴氏诗前小记中可知,其诗是因图而作,这一组图则绘于康熙五年(1666年),画家是一位"王山人"。吴氏对此人像是有所了解的,现在是图和人都无从查考了。就连吴敬梓的这一组诗,也是在1956年才被从长沙发现,而且好像也不应该只有二十三首,当是二十四首,或者就是四十首。吴氏在数十年后得见"王山人"所绘的这些图,依图作记吟诗,他在小记中介绍景观位置、来历变化,而吟咏则多乃眼前景物,即涉怀古,亦属泛泛,非但没有怀念前朝的意思,而且颇有"颂圣"的词句了。"遗民"是不能遗传的。明代的遗民,到余宾硕那一代就算终结了。此后的知识分子,没有亲身经历过改朝换代的痛苦,也就完全不必去为前朝古人一唱三叹,更何况他还亲身体验着康乾盛世的滋味呢。

  大约在乾隆年间,"金陵四十景"发展成为洋洋大观的"金陵四十八景"。现在还能看到一种清代宣统二年(1910年)刊行的南京人徐上添所画《金陵四十八景》图册,1990年,南京古旧书店曾据旧本影印出售。其所列四十八景:莫愁烟雨、祈泽池深、雨花说法、天界招提、凭虚远眺、永济江流、燕矶夕照、狮岭雄观、石城霁雪、钟阜晴云、龙江夜雨、牛首烟岚、珍珠浪涌、北湖烟柳、东山秋月、虎洞明曦、冶城西峙、赤石片矶、清凉问佛、嘉善闻经、杏村沽酒、桃渡临流、青溪九曲、凤凰三山、达摩古洞、甘露佳亭、长干故里、鹭洲二水、化龙丽地、来燕名堂、楼怀孙楚、台想昭明、长桥选妓、三宿名崖、祖堂振锡、幕府登高、报恩寺塔、神乐仙都、鸡笼云树、灵谷深松、秦淮渔唱、天印樵歌、商飚别馆、谢公古墩、献花清兴、木末风高、栖霞胜境、星岗落石。每幅上各有简短题记,介绍景点来龙去脉。民

栖霞寺旧影

清凉寺山门，西侧可见扫叶楼登山石阶。

国年间还有陈作仪所绘彩色《金陵四十八景图》,近年才有影印出版。

自乾隆以往,人谈金陵风光,必说四十八景,虽各个小有区别,而大体因袭前说,徒以旧识宏博自矜且骄人,实则无论画面、题咏都少有创意。20世纪初,陈作霖之弟陈作仪退隐于南京城西,据说曾作《楚南宦游西城十六景》,"重墨千皴,方劲古黝",惜都不曾寓目。我只购得其晚年所绘《凤叟八十年经历图记》的影印本,其中多关涉南京景观者,如燕矶望晓、雨花寻石、秦淮放舟、鸡笼采菊、北湖二游、灵谷补松、扫叶登楼、桃渡寻诗、莫愁赏夏、三台探洞、清凉拜佛、半山逭暑、钟阜愁云、栖霞寻碑、逸园艺菊、愚园一角等,也保留下了百年前的南京风物旧貌。民国三十五年(1946年)冬,六合人张葆亨又有《金陵四十八景题咏》,其所据《金陵四十八景图册》原系徐行敏所作,因战乱丢失了一半,后由收藏此图册的李诚斋将其补全。与乾隆年间的四十八景相比,有二十五景全同,此外景点相同而景名略异的有二十一种,只减去了原来的"北湖烟柳"和"台想昭明",改换为"太平堤畔"和"周处书台"二景。其实此时"北湖烟柳"犹存,不失为金陵一景,而诸如祈泽寺、天界寺、永济寺、龙江关、虎洞、嘉善寺、杏花村、凤凰台、达摩洞、甘露寺、长干里、化龙亭、孙楚楼、长桥、报恩寺塔、神乐观、商飙馆、谢公墩、落星岗等处,均已面目全非,更无所谓风光名胜。画者非凭空结想,即摹古点染,咏者非一味怀旧,即感慨荒圮,读来味同嚼蜡。

时隔四十年,1983年春,南京一些新闻文化部门破天荒地举办了一次群众性的"金陵新姿揽胜评点征联活动",评选"新金陵四十景",并在全国范围内征集景名和楹联。对于南京这样的历史文化名城,此举当亦属太平盛事。

此次评出的"新金陵四十景"是：古亭晨钟（鼓楼广场大钟亭）、九华丹青（太平门内小九华山，旧称"甘露佳亭"）、天朝遗迹（长江路太平天国天王府）、灯火秦淮（夫子庙灯市）、五台晴光（五台山体育馆、体育场）、中山伟陵（中山陵）、植物阆苑（中山植物园）、中华古堡（中华门瓮城）、天堑飞虹（长江大桥）、玄武烟柳（玄武湖公园内，旧称"北湖烟柳"）、石城虎踞（石头城遗址，旧称"石城霁雪"）、雪松叠翠（北京东路沿线雪松）、白鹭芳洲（夫子庙白鹭洲公园）、汤山温浴（江宁县汤山温泉）、鸡鸣春晓（鸡鸣寺）、灵谷松风（中山陵旁灵谷寺，旧称"灵谷深松"）、血沃雨花（雨花台烈士陵园，旧称"雨花说法"）、明宫晨曦（明故宫遗址）、孝陵烟岚（明孝陵）、璇宫远眺（金陵饭店璇宫）、六朝石刻（栖霞区甘家巷南朝陵墓石刻）、怡然莫愁（莫愁湖公园，旧称"莫愁烟雨"）、栖霞丹枫（栖霞山秋景，旧称"栖霞胜境"）、清凉扫叶（清凉山扫叶楼，旧称"清凉问佛"）、梅岭暗香（明孝陵前梅花山）、梅园风范（梅园新村纪念馆）、渡江史碑（下关渡江胜利纪念碑）、朝天云阙（朝天宫，旧称"冶城西峙"）、紫峰神境（紫金山天文台，旧称"钟阜晴云"）、鼓楼揽胜（鼓楼公园）、燕矶临流（燕子矶及沿江诸洞，旧称"燕矶夕照"）、瞻园觅秀（夫子庙西侧瞻园）、石柱参天（六合县桂子山石柱林）、石臼渔歌（高淳县石臼湖）、狮岭雄姿（江浦县老山狮子岭）、绝世碑材（江宁县阳山碑村）、花神竞艳（雨花台区花神庙）、泉涌珍珠（浦口区珍珠泉）、十虹竞秀（秦淮新河十桥）、凝脂沉霞（溧水县胭脂河）。

一望可知，此次评选的重点在于推出南京近年的建设成果而非风光名胜。有关方面旨在突出六朝古都的新变化，用心良苦，除旧布新，亦无可非议。遗憾的是其中有些实不能成为景观，如五台山、狮子岭、花神庙、秦淮新河十桥,无论是官方组织的"万人看南京"活动,还是旅行社经营的"南京一日游",都无此内容,民间出游更不会想到去这些地方。南京长江大桥在20世纪70年代还堪一看,80年代后长江大桥渐多,此桥已成为纯粹的交通津梁,且算不上先进。金陵饭店初建时号称"中国第一高楼",如今即在新街口已成凹地。汤山温泉可供人洗浴,而无可供观赏处。五台山体育馆、场,亦只适合观看体育比赛或文娱演出。有些是一景而多名,如"古亭晨钟""鼓楼揽胜"二景均在鼓楼广场中,钟亭方寸之地,实难以作为独立景观。"孝陵烟岚"和"梅岭暗香",明孝陵与梅花山早已融为一体。"灵谷松风"亦已融入"中山伟陵"景区中。旧传"金陵四十八景",延续下来的不足四分之一,固然因历代破坏严重,但也有景观尚存却未能很好保护利用者。南京俗语说"春牛首,秋栖霞",春天上牛首山踏青,秋天上栖霞山看红枫,都是赏心乐事,牛首山竟被逐出新四十景之外,岂非怪事。又如绣球山、三宿岩、静海寺、天妃宫、挹江门一组自然人文景观("三宿名崖"),如献花岩、祖堂山("献花清兴""祖堂振锡"),如周处台("赤石片矶"),如鸡笼山、气象台、李宗仁公馆一组景观("鸡笼云树")。此外,如城西乌龙潭及龙蟠里江南图书馆旧址、颜鲁公祠、魏源故居等一组自然、人文景观,如南郊近年开发较好的郑和墓、浡泥国王墓、刘智墓、菊花台九烈士墓、天隆寺塔林、龙泉寺等景观,如至今保存尚多的明初功臣墓群,如江宁县湖熟镇杨柳村的清代建筑群,都是很有价值也很有看头的景观资源。门西凤台山下的愚园得以复建,是一个成功的范例,凤台山上的凤凰台("凤凰三山"),因李白名诗传扬天下,也该是有条件复建的。

夫子庙文德桥上西望秦淮河,河房隐约。

桨声灯影

十里秦淮在南京风景名胜中曾经占有重要位置，明代"金陵八景"中与内秦淮河相关的，有"凤台秋月"和"乌衣夕照""秦淮渔笛"三景。清康熙年间《金陵四十八景》中，有白鹭洲、凤凰台、赤石矶、长干里、桃叶渡、青溪、长桥、秦淮八景。民国年间徐行敏、李诚斋所绘《金陵四十八景》图册中，则有"赤石片矶""长桥选妓""桃渡临流""乌衣旧巷""周处书台""秦淮箫管""青溪柳岸"等七景。然而如今秦淮名胜多已有名无实，1983 年南京"新评金陵四十景"中，入选的只有"灯火秦淮（夫子庙灯市）""白鹭芳洲（白鹭洲公园）"两处。

秦淮烟月曾经是古今文人不朽的话题。"秦淮烟月无新旧，脂香粉腻满东流"。为当代人所最熟悉的，大约要算俞平伯与朱自清的那两篇同题游记《桨声灯影里的秦淮河》。近年来南京人所编、所印有关南京的各种出版物中，这两篇都是必选的。

因为有了这样两篇名文的缘故，"桨声灯影"几乎成了秦淮风光的代名词。南京的主人陪了外地的客人逛夫子庙，总免不了站在文德桥上指点河面的画舫，或炫耀或感慨地说起"想当年"的"桨声灯影"，外地的客人自然也是知道这典故的，双方很愉快地找到了共同语言。然而，不仅是外地客，就是南京人，也很少注意到，俞平伯和朱自清文中所写的"桨声灯影"，并不发生在夫子庙前的这段秦淮河上。虽说当

东水关,十里秦淮的起点。

桃叶渡前白鹭飞掠,有如美人临去一回眸。

年两位先生也是在夫子庙前上的船,但过利涉桥就一径向北,出东关头,直抵大中桥外,在大中桥与复成桥之间,才是那一种旖旎"繁华的极点"。那一带的河段,严格地说,已是内秦淮的支流之一,六朝时的青溪、明代的御河了。自20世纪80年代后期复兴的秦淮画舫,巡游的线路,是连东关头也出不了的,且船夫多用长篙,日落就不开船,桨声乎、灯影乎,是一样也没有的了。游人坐在简陋、局促的木船上,眼中一望只是秦淮人家后墙的白壁,既不见"河房的明窗洞启",也不见曲栏杆的"玲珑入画"。口鼻之间,更全无"茉莉的香、白兰花的香、脂粉的香、纱衣裳的香……微波泛滥出甜的暗香",有的,说好听些,只是臭豆腐似的或浓或淡的气味,南京人自嘲为"臭美"。船外滞重到泛黑的河水,使人怎么也不敢揭面前小几上茶碗的盖。所以,有勇气作这"画舫游"的,就一定是不知内情又不解风情的外地客。

当年秦淮河上的画舫游,是不能等同于今天的乘船出游的,说白了,那就是当年所谓的"游",必为"冶游",其目的,主要在于狎妓,第二才是品味船上的小吃与菜肴。冶游的路线,从夫子庙前泮池下船,可以如朱、俞二先生的过利涉桥向北,也可以过文德桥向南,直抵中华门内的镇淮桥。"绮窗丝幛,十里珠帘,灯船之盛,甲于天下",多半寄托于酒楼茶舍和妓家娼寮。妓有栖居于河岸房里的,故而沿河鳞次栉比的河房,临河一面,必然呈开放式,都有便于船中客人上下的水码头,豪华些的,更有伸入河中的平台水榭,妓女们坦然地守在上面与往来船只上的游客打情骂俏,一旦"郎有情姐有意",游客可以登岸进房,妓女也可以离岸上船。妓也有栖身于船上的,所谓画舫,高级的有灯船、楼船、边港,上面可以设酒宴、摆牌桌、饰雅室。稍次有漆板(也就是朱、俞文中的"七板子")、歌船。等而下的还有局船（旧称召妓为"叫局"）、摸黑船，顾名可以思义。为此类客人服务的尚有伙食船、私烟船、卖唱船、小卖船、围棋船等。漆板只设藤椅二、茶几一，通常是嫖客妓女在公众场合意犹未尽，相携登船，船夫心照不宣，打桨径去复成桥北空旷处停泊，借口上岸煮茶，客人不召唤再不回船。值得一提的是各类船上当年所用之灯，乃是金陵特产，名为羊角灯，是用羊角熬成胶，调和彩色，冷凝过程中压成薄片，连缀成灯，透光遮风，且不脆裂。也有用了来做房屋天窗的，俗称"明瓦"。据说清代皇宫中也用此灯。到清末玻璃多了，也就都改用玻璃了。南京新街口附近现在还有明瓦廊的地名，就是当年制售明瓦之处。

　　朱自清先生的文章中，用了相当篇幅，解剖自己拒绝"仍在秦淮河里挣扎着"的歌妓的心态。朱先生的"暗昧的道德意味"，俞先生的"似较深沉的眷爱"，使我们足以品味上一个世纪之交产生的文化人。尤其应该指出的是，当其时朱、俞二先生并非老成君子，而正是二十出头的青春年少。在我们所经历的这一个世纪之交，虽然"桨声灯影"的形式不再有，但檀板歌吹的实质却比比皆是。十里秦淮两岸的茶楼酒馆里，早在十年前就尝试着引入音乐内容。最初还打着"弘扬民族艺术传统"的旗号，让穿着民族服装的演员远远地坐在大堂一角，吹拉弹唱，甚至还要拉上纱幕或屏风，使食客只闻音声不见颜色。当然，哪一桌的客人点了什么曲子，演奏前或演奏后，总有人会对他的"欣赏"表示谢意。后来就日渐开放，由歌到舞，由远及近，由宾客点歌到演员"献歌"，由窈窕淑女到辣妹酷女，一直到三点式的"时装表演"和仿日本的"跪式服务"……诚可谓"秀色可餐"。这一切都曾作为餐饮行业

"提高文化含量"的"进步"上过报纸广播电视。来采访的风流倜傥的记者们，来考察的深沉庄严的专家们，无不认定自己的享用是"有文化"甚至"有爱心"的体现，笔下生花，意犹未尽。被"享用"的表演者们，则认为自己的艺术价值因他人的需要而得到了证明，在金钱的满足之外尚不乏心理的满足。谁若想就此发点感慨，不免会被视为食古不化的遗老。

世纪之交，尽管文化界劲吹怀旧风，狠翻老照片，游览秦淮风光带的人，大约也不会有谁再去寻访东关头。极能发思古之幽情的人，最多也只会觅到利涉桥边，看一看几无痕迹的桃叶渡。那种悠远绵长的恋爱故事，对于已经在玩"电视速配"的当代人，未免太过隔阂。所以在20世纪80年代，只有桃叶渡的一些老住户，自发捐款立起了一座简单粗糙的"古桃叶渡"石碑，寂寞地枯守在河岸上。而离桃叶渡一箭之地的淮青桥，也就是秦淮河与青溪的交汇点，已完全融入建康路中，连桥名都讹成了淮清桥，恐怕只有文史专家才会了解它在秦淮水域曾经享有的重要地位。

夫子庙聚星亭,科举废后,不聚文星聚市声。

秦淮烟月

初到夫子庙的人,站在孔庙前的广场上,往往会有无所适从、无处驻足的感觉。四面都是闹闹嚷嚷的店铺摊点,乱乱哄哄的过往人流,除了几座似古非古的建筑,再没有一点名胜古迹的味道。所谓"六朝金粉""秦淮烟月",又在何方呢?

说秦淮河的繁华始于六朝,那是不错的。然而六朝时的名胜,如今已化作文人笔下和市井流传的逸闻逸事,只留下若干令人疑信参半的地名,供后人做感旧抒怀的题目:"当年曾照影,终古尚含情"的桃叶渡,"吹笛与弹筝,俱见千古意"的桓伊邀笛步,"旧时王谢堂前燕,飞入寻常百姓家"的乌衣巷,"神女生涯原是梦,小姑居处本无郎"的青溪小姑祠,"高公柱自持师律,不斩蛮奴斩丽华"的青溪栅,"溪上柳花飞,溪中流水逝"的江总旧园,"树色老荒苑,池光荡华轩"的陆机故宅……诚所谓"六朝旧事随流水,但寒烟衰草凝碧",只剩下"淮水东边旧时月,夜深还过女墙来"。到了明清时期,六朝金粉早已换了妓家脂粉,而晚清废科举以后,这一带更逐渐衍化为民间商业与市民娱乐区,相差何止天壤。

所以我陪朋友逛夫子庙多选在晚餐时去品尝秦淮小吃,至八九点钟餐罢,街上行人已稀,尘嚣渐散,沿着大成门、东西市场、文德桥、乌衣巷漫踱过去,夜色更掩去了新造仿古建筑的浮艳,即与红尘女子错肩

武定桥下洗衣妇。旧时秦淮河是两岸居民生活用水的主要来源。

而过，亦只见其娉娉婷婷，朦朦胧胧间倒能享受几分"烟笼寒水月笼沙"的韵味。倘有兴致，也可以从新旧居民宅第间迤逦东行，去看一看名存实亡的桃叶渡。世人所熟悉的只是王献之那一首"桃叶复桃叶，渡江不用楫。但渡无所苦，我自迎接汝"。其实《桃叶歌》共有四首，似男女唱和，桃叶的两首和歌更深挚有味："桃叶映红花，无风自婀娜。春花映何限，感郎独采我。""桃叶复桃叶，渡江不待橹。风波了无常，没命江南渡！"

现在能够见到的夫子庙建筑群和秦淮河房，包括复建未久、焕然一新的乌衣巷"王谢古居"，其实都是仿明清式的建筑。六朝建筑究竟是什么样子，恐怕已没有谁能说得清楚。而真正的明代遗迹，大约也只剩下两处，一是夫子庙前泮池北岸整石雕琢的几十架石栏杆，一是泮池南岸的赭红大照壁，都是游人不容易注意到、导游也很少会讲解的地方。石栏杆如今都换成了新的，旧物据说是被保存起来了。20世纪90年代初，当地官员为了赶时髦，要在照壁前建音乐喷泉，结果受到文化界的一致讨伐。大家这才想起，这座大照壁尚是明代万历年间的遗物，高十米，长达一百一十米，位居全国照壁之最——也可以说是"世界之最"。音乐喷泉最后还是造起来了，大照壁看上去成了喷泉的衬景，壁上还特为镶上了腾飞的龙灯。古董新贵暂时相安无事，也就不再见人唠叨。其实这也难怪地方官员，夫子庙历来是个追新逐异的地方，如果明代就有音乐喷泉，那么它一定首先出现在夫子庙。

南京夫子庙实与六朝无涉，始建于北宋景祐年间，明代为应天府学，清代为上元、江宁两县县学，咸丰年间毁于天国兵火，同治年间重建，日寇侵华期间又遭焚毁，除聚星亭外皆被夷为平地，战后逐渐恢

数以万计的号舍

闲适的明远楼

贡院内部　　据1910年日本出版的《金陵胜观》,乐淘乐书店 供图

江南贡院,给世人多少一飞冲天的遐思。然而进了号舍,才明白脱颖而出是多么艰难。

复，但大成殿有半个世纪未能重建。现在所见的建筑则是1988年起陆续复建的。值得一提的是，南京夫子庙不同他处，以秦淮河为泮水，秦淮河水直接流经月牙形泮池，颇有源远流长的意味。

梳理今天夫子庙的旅游景点，泮池北岸的风景点大致分布在两条轴线上。正对泮池的是夫子庙也即孔庙建筑群，首先是"天下文枢"牌坊，东为奎星阁，西南为聚星亭。坐落在广场中心的是石结构六柱五楹、三门两壁、壁间浮雕牡丹团花图案的棂星门。棂星门北为大成门，门内侧壁上嵌有四块石碑，其中最享盛名的，自该是南齐永明二年（484年）的《孔子问礼图碑》，此碑系民国年间戴季陶自洛阳移来，先于考试院中筑问礼亭供置，后复移至此处。然而现在有人说，那是当年古玩商人伪造的，戴季陶上了当。院内有石砌甬道通向主体建筑大成殿前的丹墀，旁有东、西两庑，其墙外就是东、西市场。甬道中部耸立着高达五米的孔子雕像，大成殿正中供奉孔子，左右配享的是颜回、曾参、孟轲、孔伋四亚圣。大成殿后，是以明德堂、尊经阁为主体的学宫建筑，尊经阁东尚有当时的图书馆青云楼。

孔庙东面，是江南贡院轴线。现存的中心建筑是正方形三层木结构的明远楼，明远楼系科举考试期间，执事官员警戒监督和发号施令的场所。明远楼下就是考场了，清代最盛时，号舍多达二万余间，但在民国年间就被拆除殆尽，里面一度成为南京市政府的办公地。如今复建了四十间号舍，作为江南贡院陈列馆，至2014年升格为中国科举博物馆。明远楼前的南北向街道名龙门街，龙门街口的东西向街道名贡院街，两侧街道名贡院西街、贡院东街，其源皆出于此。

从泮池向东直到龙门街口的秦淮河北岸，夹在店铺与河水之间，蜿

夫子庙正殿里的"至圣先师孔子"牌位,比峨冠博带的画像更显肃穆。

夫子庙内殿　　据1910年日本出版的《金陵胜观》,乐淘乐书店 供图

蜒曲折的一窄条,点缀着些廊亭花木,号称"秦淮小公园",算来也有近百年的历史。只是时间越长,就越映衬出空间的尴尬。近年忽在秦淮小公园前修造华丽大门,挂上"江南贡院"的匾额,又水淹龙门街,将明远楼前化为一片汪洋,使人再也无从揣摸当年贡院的格局。

孔庙西面,是因瞻园而得名的瞻园路。

泮池南面的主要景点,是被誉为"秦淮明珠"的白鹭洲公园。通往白鹭洲公园的石坝街,就是当年"长桥选妓"的长板桥旧址,后水面渐涸,桥废易以石坝,又堙为街路。这一带自明初起就是安置官妓的教坊司所在,俗称"旧院"。顾起元在《客座赘语》中说,他还得闻万历十年(1582年)前那一带的"房屋盛丽,连街接弄,几无隙地。长桥烟水,清泚湾环,碧杨红药,参差映带,最为歌舞胜处",而前后不过二十年,旧院房屋,半行拆毁,"遂鞠为茂草","歌楼舞馆,化为废井荒池"。他认为从这"淫房衰止",可以占验出"民间财力虚赢"。过了三百年,清代同治年间,消灭了太平天国的曾国藩,同样认为恢复市井繁华最便捷的措施就是开妓院。又过了一百年,20世纪末,有人竟造出了一个"繁荣娼盛"的新词。此间是非,自有公论。且说晚清时南京另一个妓家集中的地点,是淮青桥下的钓鱼巷。所以直到20世纪中叶,南京市民斗口,往往骂人为"钓鱼巷石坝街的",意即妓家之后。其实夫子庙的妓业昌盛,主要是为科举时代的应试士人服务的,清末废科举,妓业已衰。民国年间禁娼,秦淮妓女多改做歌女,至少名义上已归化为歌女,旧日妓寨亦多成为民居。新中国成立后禁绝娼妓,这些地方就更与妓业无涉了。

改革开放以来,南京市政府在经营夫子庙地区上颇费苦心,投入资

国民政府考试院（今南京市政府）大门内的问礼亭，亭中即南齐《孔子问礼图碑》。

金亦不在少数，成绩自然是看得见的，至少夫子庙地区有了一个仿明清建筑的外壳，秦淮河的水也不再如20世纪80年代初那样令人掩鼻。但实际效果，仍大值得推敲。南京的媒体逢年过节就会拿夫子庙鼓噪一番，以其为"人文渊薮"，更说它是南京的什么"窗口"。这实在是抬举了夫子庙。太平天国占领期间，夫子庙地区堪称文化遗迹的内容，尽遭灭顶之灾，毁弃殆尽，同治年间得以复兴的，已是经济内容而非文化内容。民国以降，夫子庙定型为民间游乐、传统民俗活动场所和旧书古董文玩的集散地，一直沿续到20世纪60年代。改革开放后的再度重建，以发展商业经济为重点，以修整文化遗址为点缀，这也无可非议。遗憾的是主持其事者缺乏文化眼光，一边修造假古董，一边破坏真文物，如拆毁尊经阁造秦淮区文化馆大楼，将夫子庙地区唯一没有受到破坏的古建筑明德堂辟为游乐场，将青云楼装修改作咖啡馆，将原祀孔子父母的崇圣祠改成卡拉OK厅，严重破坏了孔庙中轴线的建筑风格与文化特色。如自鸣得意地将富于民族特色的民间游艺项目和戏曲表演逐出夫子庙，如将错就错地把来燕桥下那幢晚清官宅讹作明代的媚香楼大肆张扬，败笔不一而足，还自以为得意。最莫名其妙的，是在乌衣巷中建造一处"王谢古居"，王、谢乃东晋前后两大豪族，岂有住到一个院子里去的道理？且建筑不仿六朝，纯取清代样式，"青砖小瓦马头墙，回廊挂落花格窗"。稍稍聪明一点，将名称换成"王谢纪念馆"或"王谢展览馆"，也不至于贻笑大方。据传江苏一位前省长，在表扬乌衣巷改建工作时，两次将其说成"鸟衣巷"，或许是对此类情状的一种无奈调侃吧。

白鹭洲公园俯瞰,不愧为秦淮明珠。

白鹭芳洲

说到白鹭洲，人们不免会想起李白的诗句："三山半落青天外，二水中分白鹭洲。"实则南京有古今两处白鹭洲，李白所咏的古白鹭洲，并不是"新金陵四十景"中的"白鹭芳洲"。唐代天宝年间，长江尚流经凤台山麓，秦淮河入江口的白鹭洲剖江流为二支，李白在凤凰台上南望三山矶，西观白鹭洲，借景抒情发点怀古伤今的牢骚。南唐建金陵城，凤台山完全被包进城里，江、山已被城墙分隔。宋、元之际水落沙涨，白鹭洲与江中诸洲渐渐连为一片，也就是今天的河西地区，江流远去，"二水中分"的景观不再。白鹭洲旧地，应当就是今水西门外、莫愁湖公园以南的狭长陆地。至于明人"金陵十八景"和清人"金陵四十八景"中的"鹭洲二水"之类，不过是想当然了。今天有"秦淮明珠"美誉的白鹭洲公园，原名东园。明永乐初年，开国功臣中山王徐达的长女、明成祖仁孝皇后，借口怀念父亲生前的功绩，将此园赐给了徐家，成为徐府的东花园，故时人称其为徐太傅园、徐中山园，徐达裔孙徐霖曾在园中建世恩楼。正德年间，徐达六世孙徐天赐开始大力经营，"叠山凿渠，引水间山曲中"，成为当时南京私家园林之冠，因徐天赐世袭锦衣卫指挥，人称"徐锦衣东园"。入清后徐氏特权丧失，家业衰败，子孙售花石、卖园墅，东园荒圮，部分易主变为新贵别业，到嘉庆末年竟大半已成菜园。道光三年（1823年）的特大洪涝，更使其成了文人

鹫峰寺,因傍旧院而名垂千古。张宗子特意点明这个格局,是在隐喻"色即是空"?

骚客寻访野趣的地方。

直到 20 世纪初，才有人重新开发东园旧地。据说 1924 年修葺原鹫峰寺遗址时，在断墙残垣中发现李白《登金陵凤凰台》诗碑，因将新建茶馆命名为"白鹭洲茶庐"。其时荒园水沼，确有黄芦白鹭，也能算名副其实。当时曾立有《白鹭洲茶庐建筑碑记》，记此一段故事，据说 1971 年南京大学吴新雷教授还见到过残碑，现在也不知下落了。此后园区内逐渐拓建，至 1929 年由南京市政府接管，正式辟为"白鹭洲公园"。所以现在园中还有一副抱柱联，写的是"此地为中山故苑，其名出太白遗诗"。明代极盛之时的徐氏东园，王世贞《游金陵诸园记》中曾有详尽的描写，所记景物，进园之初有心远堂，前有月台，后枕小池，与小蓬莱相对。小蓬莱"山址潋滟，没于池中，有峰峦洞壑亭榭之属，具体而微"。又有"两柏异干合杪，下可出入"的柏门，入门左为一鉴堂，前枕大池，出堂后左转"则丹桥迤逦，凡五六折……桥尽有亭翼然，甚整洁，宛宛水中央，正与一鉴堂对"。入柏门绕池右行至水尽处，有"石砌危楼，缥缈挈飞云霄"。整个园林是围绕着水池营构的，池中可以"画船载酒"，园中时时可见佳木。据说《西游记》的作者吴承恩在南京国子监读书时，曾游过东园，并以"淮海浪士"的身份拜访主人。

在 20 世纪的百年之间，白鹭洲公园又几经沧桑。1947 年，黄裳先生在《金陵杂记》中写到过兴而复废的白鹭洲，"里边也还有一二假山石，几树春花，几处亭台"，"坐在沿河的一排茶馆里，前面正好有一树垂柳，已经抽出了绿条，在微风里荡，飘得那么柔宛……不远处即是那一堵城墙，在烟雨凄迷之中，只剩下一抹淡淡的影子。城头的雉堞，依

20世纪八九十年代的白鹭洲公园,从这个角度,尚可领略疏野之趣。然而白鹭已是假鸟。　　作者 供图

稀可见"。"伫望城墙一角,在左首,露出一角小红庙宇,就是鹫峰寺,是六朝时的江令遗宅"。黄裳先生眼光犀利,寥寥数语,就点破了白鹭洲公园景致的特色。正是"春水垂杨",诱人来此踏青访柳,并将其与"辛夷挺秀""红杏试雨""夭桃吐艳"共誉为"鹭洲春日四景"。白鹭洲的另一个值得骄傲之处,就是其东部相邻的明代古城墙,是劫后残余的南京古城墙中保存得最为完好的一段。在饱经沧桑的古城墙映衬之下,山水亭阁花石别具韵味。古城墙下的鹫峰寺之所以出名,主要是余怀《板桥杂记》中那一句说明旧院长板桥位置的"回光、鹫峰两寺夹之",回光寺早已泯灭无闻,便让鹫峰寺独擅其美了。

至于说鹫峰寺寺址就是六朝江总遗宅故基,似未免有牵强之处。江总由陈入隋,后来回南京寻访故园,就已经是"见桐犹识井,看柳尚知门"的荒芜。南宋《景定建康志》固曾说江总宅在青溪最胜处,但确切位置早就无法确指,所谓"江家宅畔成花圃,东府门前作菜园"。近人好事,以吴敬梓《移家赋》中一句"诛茅江令之宅",便指吴敬梓所居为江宅旧址,甚至为古人担忧,说江宅旧址必定豪贵,不是吴敬梓这样的穷书生所住得起的,吴氏寄居的"秦淮水亭"当在江宅左近云云。实则吴氏不过文人习性,随口掉文而已。看其《金陵景物图诗》中《青溪》诗前小序,明说秦淮水亭与"青溪一曲"相连,"笙歌灯火称极盛。路入青溪,则两岸皆竹篱茅舍,渔唱樵歌互答于冷烟衰草之外,耕夫扶犁,渔家晒网"。可见无论秦淮水亭在不在江总故宅基上,吴敬梓可能"住不起"的正该是秦淮水亭,其所寄居的或是秦淮水亭旁的普通民宅。还是清人金鳌说得好,江总宅"桃花园路今已不能确指,其人品又极卑下,似不必苦争界址"。不过,倘能于鹫峰寺左近择地复建吴敬梓故居,自可为白鹭洲公园更添一人文景观。

20世纪50年代初，南京市政府在整治秦淮河的同时，就着手复建白鹭洲公园，浚湖堆山，植树种花，维修旧观，增建新景，前后历时二十余年，而主持其事者始终初衷不移，遵从园林建设规律，保持江南园林风格，甚至在十年浩劫中仍坚持原定规划，是十分难能而可贵的。但看今日南京城中一再出现毁弃古建筑而滥造假古董、丑八怪的闹剧，我们就不能不为白鹭洲的命运感到庆幸了。在南京园林史以至南京建筑史上，白鹭洲公园的整修拓建是应该留下一笔的。从夫子庙过秦淮河，沿石坝街向东南行，一箭之遥，便是白鹭洲公园的西大门。迎面就是一座小巧典雅的双曲拱桥白鹭桥，桥栏板上浮雕双双白鹭，直如公园徽记。前行不远，过七孔桥，是位于公园西南部的东园旧址景区，也是全园的古典园林游览区，烟雨轩、心远楼、小蓬莱、回廊、话雨亭、玩月桥、半青桥、碧波桥等新旧建筑参差嵯峨，涉足成趣。其中心建筑是始建于1914年的烟雨轩，烟雨轩似即在明代一鉴堂位置上，轩前为涉水台榭，面对湖石假山，怪石奇峰古柏融于一体。轩右回廊尽处，檐下嵌有"东园故址"横匾。玩月、半青、碧波三桥风姿各异，宛如环扣，串联起东园故址与藕香居。藕香居初建于1924年，亦属仿古建筑群，有花廊、水榭、平台、亭阁，怀抱荷塘，夏日赏荷尤见妙处。藕香居南过三曲桥，是通向长乐路的公园南大门。出南门不远处，就是周处读书台所在的赤石矶了。

公园的另一个主景区是白鹭岛，有七曲桥与外相连。岛上林木葱郁，山峦起伏，石径曲折，主峰挺秀，山顶建有白鹭亭，是眺览全园景色佳处。岛畔水中有湖石岛两座，石画舫一只，画舫前有平台临水，后成两层亭阁，与湖石岛相接，可以攀援而过。湖石岛间则以块石为渡，仅容一人跨步。水边老柳成行，千丝万缕，惹人遐思。

  位于公园东北部古城墙下的鹫峰寺，清代建筑尚存，经整修已复旧观，现为南京市文物保护单位。寺旁有曲径通向新辟建的公园南大门，南大门外是长白街与建康路，现已作为白鹭洲公园的正大门。但南京人好像仍喜欢从毗邻夫子庙的西门出入，因为他们还是愿意将当年十里秦淮至今唯一幸存的明珠"白鹭芳洲"，看成夫子庙景区的一个不可或缺的部分。

赤石矶段明城墙。当年城墙就以山冈为基础,是古人的智慧。 冯方宇 摄

赤石矶下

我们这一代人,在读小学的时候,都曾听老师讲过"周处除三害"的故事。大约是怕我们仿效周处的劣迹吧,说到他如何搅扰乡里,老师照例用骆宾王《讨武氏檄》的办法,一言以蔽之曰"州曲患之"。

直到20世纪80年代,读黄裳先生的《金陵五记》,才知道儿时听说的周处故事,大有不尽准确之处。周处的父亲在世时做过东吴的鄱阳太守,不过死得早了些,则周公子的种种无赖行径和邻居的畏怯,便不能完全用其个性的顽劣来解释了。黄裳先生见过他的画像,印象极不佳,道"真是豹头环眼,十足的流氓相"。这位仁兄后来居然也封了侯。他先是在东吴做到东观令,后更被升为无难督、太常卿。晋灭吴,饱读诗书的周处又一次脱胎换骨,成了晋臣,追谥"晋散骑常侍平西将军周孝侯"。他浪子回头时也早不是少年,而是三十多岁的中年人。但他最后死得确实很壮烈,所以古人有"不死东吴死西晋,城南可惜孝侯台"的惋叹。

这里所说的"孝侯台",就是地处南京武定门下老虎头四十四号的"周处读书台",俗称周处台。周处台与它所在的赤石矶,该是今天秦淮风光带上最后一个尚值得看的人文景观了。

赤石矶在历史上,曾是颇大的一座山包,六朝人称为南冈。南唐筑金陵城时,即借其为城基,致其一剖为二,半留城内,半出城外。明

周处读书台门坊,遗迹犹存。台上享堂院落,面目全非。

都城城墙在这一段相沿未变。清康熙初年,余宾硕作《金陵览古》,曾极力铺陈那一带的自然景观:周处台"高接城巅,下俯赤石矶,左带芳园,高林秀木,翘楚竞茂,右凭南冈,丹崖霞驳有若缋焉。夜观灯塔,近在目前。城中万户千门,连甍鳞次,眉睫相承,一览悉尽"。赤石矶下"长河东来,绕城而过,有石枕流,可坐十许人。矶上人家种石榴花数千株,每盛夏花放,凭流回瞰,有若锦焉。都人鼓楫熙游,欢情自接"。东来而绕城的长河,即在东水关分流的外秦淮河。然而如今城外的一半矶体完全湮灭,城内这一半,被新旧建筑遮掩,也已面目全非。

出白鹭洲公园南门,沿小心桥东街走到底,错眼之间,便是"周处读书台"的石门楼了。门楼右侧钉着一块扁方木板,黑底白字,说明此处属于南京市人民政府1982年公布的第一批文物保护单位。进得门去,是一个不大的院落,两侧密密匝匝盖成了简易住房,当院空空如也,不说"石榴花数千株"了,就连黄裳先生四十年代所见的"假山怪石孤松",也已荡然无存,唯遗下一片不甚雅洁的清疏。院子深处有零乱的石阶,依山而砌,石阶侧边露出的岩石,果然"赤若丹霞",时隐时显地环抱着整个的享堂院落。时光如水,洗去了多少人造的富贵尊荣,却愈发展现出自然的色泽光彩。拾级而上,再进一重砖门厅,迎面便该是记载中周孝侯的享堂了,可惜建筑内部结构已彻底改造成民居,隔着窗口的铁栏杆望进去,障壁纵横,沙发电扇赫然在目。只有房顶伸向天井的前檐,依稀残留着旧时光景,再就是院中铺地的石板,勾起人破碎的思古之情。据说还有一方光绪年间的石刻碑记,翻修时被嵌在了墙壁间。

周处台所处的地名老虎头,并不如某些杜撰典故者所说,是周处杀

芥子园新貌,远处为复建的大报恩寺塔。 方飞 摄

虎抛掷虎头的地方。周处杀虎当在故乡宜兴，他总不会提着个死虎头到南京来拜师求学。老虎头当是"娄湖头"的音讹，因东吴娄侯张昭在此建娄湖苑而得名。娄湖早已大大萎缩，只剩白鹭洲公园内的水面，南近周处台则唯余乱石狰狞。南京民俗有"正月十六爬城头"一说，旧时就是从这老虎头沿石观音山登城墙，一时游人如蚁，谓之"走百病"，又叫"踏太平"。

与周处台相关的另一处人文景观，是李渔的芥子园，"孙楚楼边觞月地，孝侯台畔读书人"，如今竟然泯灭得一点痕迹也没有了。按说李渔生活的年代比周处晚一千四百多年，距今不过三百来年，芥子园的建筑艺术价值要远过于周孝侯的享堂，读过《默记》和《风土记》的人怎么也不会比读过小说《十二楼》《连城璧》和看过传奇《风筝误》的人多，至于梅兰芳先生据此改编的京剧《凤还巢》，就更加脍炙人口。芥子园被毁灭得如此干净，被遗忘得如此迅速，确实是耐人寻味的。

南京城内这东南一隅，兴盛的顶峰当然要数六朝，那时它曾是最集中的士大夫萃聚之所。周处台与芥子园，约略正代表了它人文荟萃历史的肇端和终结。芥子园在近年终于得以复建，重现当年"芥子纳须弥"的文人园林景观。周处台的修复，也已经有了实施的规划。游人在饱览绮丽金粉浮艳之余，也可以欣赏别一种风格的传统，对夫子庙地区的文化韵味，或有更全面的了解。

走街串巷卖元宵,锅灶碗筷一担挑,老城南旧日风情。

市井风物

南京夫子庙地区的繁华，是从科举时代为应试士子服务而发展起来的。

江南贡院是江南乡试的考场。科考三年一度，在该年的八月举行，习称"秋闱"，但江南省包括今江苏、安徽、上海的广大区域，古时交通不便，所以外地考生往往春节后即动身，到南京复习备考，一则可以读到吴敬梓笔下"马二先生"们选、评的最新辅导材料，二则可以通过考生间的交流切磋提高应试能力，三则有机会向聚集在南京的学者名士请教。考试结束后，有条件的考生往往也要滞留南京一段时间，一则总结考试失败的教训，二来也放松一下紧张过度的身心。这一提前一滞后，待在南京的时间往往将近一年。家境富裕的考生，更有考不取也不回家，长年居住南京一科接一科往下考的。《儒林外史》中许多脍炙人口的场景，如范进应乡试、周进哭考场，都发生在江南贡院。余怀的《板桥杂记》，则是与贡院隔河相对的妓院风情写照。文人雅士沉湎于"妖冶之奇境，温柔之妙乡"，会旧友，结新知，开诗会，以至于品说时政，商讨国事。那一种扭曲的情境中，名士教妓女作文赋诗，抬高妓女的身价，同时也通过妓女沟通信息，联络同好，直到利用妓女的宣传抬高自己的声名。《儒林外史》中写一个书呆子，作了诗想方设法去求取某名妓的褒奖，后人以为这是吴敬梓的幽默，其实那在当时不足为奇。

科举考试犹如买彩票，中彩的人虽极少，但人们眼里看到的却只是

小馄饨,现包现煮,立等可食。小吃之妙,正在其小。

聚星亭前的豆腐担子

中彩者，至于身边成千上万的落空者则一概视而不见，只要腰包里能掏得出两元本钱，就都想去玩一把。所以连"大萝卜"的南京人也把这些应试士子叫作"考呆子"，一则言其执迷于科举终身不悟，所谓"读书读呆掉了"；二则言其缺乏生活经验又爱摆大老倌派头，在市井交易中常受欺骗，"明则尊之，暗则朘削刻剥靡不至"。直到晚清，来南京应试的"考呆子"还数以万计。应试者的队伍既如此庞大，这一批人的学习、居住、饮食、交际、娱乐需要，甚至直到落魄考生的出卖书籍、抵押典当文玩器物，便形成了一种特殊的"一条龙"服务行业。这个行业官称该叫什么好像没人研究过，俗名则因地制宜，就叫"夫子庙"。

说白了，夫子庙是旧时文人谋取现世功名和预支成功后享乐的地方。

20世纪上半叶鼎盛时期的夫子庙，可谓百业兴旺。构成夫子庙特色的主要行业，大致是这样几种：一是继承旧日传统的书坊和文玩古董店，二是茶楼和风味小吃，三是花鸟虫鱼市场，四是新兴的民间杂耍游乐项目，此外还有元宵节期间的花灯。

夫子庙虽然早在晚清已失去学术活动中心的地位，但仍不失为文化经营中心，其重要标志之一，便是南京的旧书店大多集中在三山街、状元境至贡院西街一带，延及太平南路。至于旧时读书人所喜爱的文房四宝、金石书画、古玩玉器，更是夫子庙的特色。当年与贡院毗连的一条街道名字就叫奇玩街，规模较大、声名卓著的古玩店有数十家。这些古玩店货色丰富、货源充足，店家除了专门有人在江南民间和南京黑市上搜集古玩，扬州甚至安徽、河南、山东等地也都有古董商贩送货上门。所以民国年间的学者名士、附庸风雅的达官贵人以至一些驻华的外国使节，都爱到夫子庙去访书觅古。

南京人素有"早上皮包水,晚上水包皮"的习惯,早晨坐茶馆因而成为一种风景。据说六朝时秦淮两岸的大小商市上,茶铺已经兴起。一方面,这是因为旧时南京居民水、火两不便利:江南不产煤,举炊多用柴灶,能用木炭风炉随时烧开水是一种奢侈,而饮用又多为井水,其味咸苦。茶馆和烧开水出售的老虎灶所用,则是专人从城外大河或长江边运来的水——以木船或水车运水、卖水亦成为一种专门行业。另一方面,茶馆也就成为新闻传播中心和行业聚会地点。夫子庙曾是南京茶馆最为集中的地区之一,多达数十家。这些茶馆各有各的茶客,诚如俗语所说的"奇芳阁、奎光阁,各吃各"。奎光阁在科举时代是专做应试士子生意的,废科举后,早晨是生意人的交易场,午后则成为说书场,王少堂在这里说过扬州评话,范雪君在这里唱过苏州评弹。此类茶馆当时在夫子庙有十多家,演出以京剧为主,兼及其他地方戏曲和曲艺,俗称"戏茶厅"。新奇芳阁、六朝居、雪园等是古董、锦缎、营造、建筑材料等行业集会的地点。义顺茶社上午是各行业手艺人聚会的地方,下午又成为玩鸟人的聚会场所。饮绿上午是瓦木工人聚集待雇之处,中午是挑高箩收旧货者销货之处,下午又是谈房产交易之处。万全、得月台、迎水台则是文人雅集的处所。棋客的天地是市隐园。六朝居和新奇芳阁楼上又是民间评判是非、调停纠葛的地方。

南京茶馆多兼营小吃,且各家各有其拿手的品种,故而老南京人将各式甜咸点心统称"茶食"。天长日久,面点小吃竟喧宾夺主,成为某些茶馆的主业,秦淮小吃的名声也就传扬天下。有的茶馆更发展出特色菜肴,佐以香醇名酒,成为酒家。这茶、点、菜的三合一,大约要算夫子庙茶馆的一大特色。用老南京的口气说,便是"夫子庙茶酒楼"。吴敬梓《儒林外史》中，就已经写到这样的茶酒楼。当然，随着茶楼的兴衰、时代的变迁，特色小吃也在不断变化中。民国年间张通之《白门食谱》中，曾写到全鹤美的醉蟹，问柳园的炒鱼片、煮豆腐，老宝兴的烤鸭与鸭腰，奇斋的拆烧肉，韩益兴的泡牛肚与泡羊肉，得月台的羊肉面，迎水台的油酥饼，东牌楼南口元宵店的软香糕、芝麻馅汤圆，北口稻香村的蝙蝠鱼和麻酥糖……于今多已无闻。1987年，南京秦淮区的风味小吃研究会，正式命名了小吃中的"秦淮八绝"，依次是魁光阁的五香茶叶蛋、五香豆、雨花茶；永和园的开洋干丝、蟹壳黄烧饼；新奇芳阁的麻油干丝、鸭油酥烧饼；六凤居的豆腐涝、葱油饼；新奇芳阁的什锦蔬菜包、鸡丝面；蒋有记的牛肉汤、牛肉锅贴；瞻园面馆的薄皮包饺、红汤爆鱼面；莲湖糕团店的桂花夹心小元宵、五色糕团。其间很有几种，是近百年的老品牌了。有趣的是，"八绝"的每一套，都是一干一稀的搭配。这也是秦淮茶馆为吃客着想的细微之处。今天再到夫子庙去品尝小吃，店家能拿出来的，往往不止于这"八绝"，有多至十二套、十六套的。至于秦淮画舫中所艳称的船菜，主要是将两岸酒家的名厨请上船去"烩菜"，或由酒家做好送上船。也有食客将自家厨师带来操刀，间或有宾客自己动手献艺的。能摆得起画舫宴的，不是达官贵人，就是巨商富贾，其目的则在于交际或交易，所谓醉翁之意不在酒，故而船菜以用料规格高、花色变化多、制作精细、口味清淡为特色。

　　夫子庙地区的花鸟市场形成也已有百年历史。早在明代，南京城里就有花农挎着花篮走街串巷叫卖，明末清初，南郊花神庙一带已出现专业花农世家。现中华路许家巷口至长乐路口一段，旧时人称"花市大街"。20世纪上半叶，夫子庙地区花鸟商店星罗散布，泮宫前、文德桥

当铺是旧时的好营生,没有大本钱做不来。

看相、算命、拆字,这位是全才。命运多舛,此业兴盛。

畔、东市场内以及一些茶馆中，都有花鸟经营。所经营的品种，花有四季盆栽花卉、观叶植物和南北各派盆景。鸟以皖南画眉、黄莺为最，鸽的品类也多，还有张家口的百灵、山东的芙蓉和虎皮。虫是季节性的，主要是秋季的鸣虫，如蟋蟀、金铃子、金钟儿、金琵琶、纺织娘，会养的人冬季暖在怀里，能活到来年开春。后来观赏鱼也成为时兴的玩物。

自清末废科举后，昔日庄严的孔庙门前，渐渐形成五花八门的游乐场，到1937年大成殿被侵华日军夷为平地，大成门内外广场连成一片，更成为江湖卖艺人的天地。武术、马戏、杂耍、魔术、鼓书、说唱、相声、木偶戏、拉洋片，看相卜卦测字算命，练把式卖假药，以至于架上一口大锅当街熬膏药，无奇不有。据说"狗肉将军"张宗昌发迹前，就在夫子庙广场摆过赌钱摊。故而夫子庙广场长年吸引无数游人看客围观，人山人海，水泄不通。

稍高一层次的，则有各种手工艺品，如腊月里的年画、正月里的花灯、三月里的风筝、六月里的扇子。前店后坊长年经营的有刺绣、剪纸、天鹅绒、绢花、脸谱、乐器、微雕、木雕、彩塑、瓷刻、玉石镶嵌等，异彩纷呈。再就是南京大戏院、中央戏院、首都大戏院、丽都大戏院等"戏园子"的戏剧演出，南北各派京剧名角都曾来此献艺，张桂轩、李桂春、毛韵珂等前辈名伶，梅兰芳、程砚秋、荀慧生、尚小云四大名旦，以及孙菊仙、周信芳、马连良、言菊朋、金少山、俞振飞、林树森、孙瑶芳、王虎辰、李万春等一时俊彦，都曾在夫子庙留下过倩影。在曲艺舞台上，王少堂、王树田、刘宝瑞、骆玉笙、刘宝全、白云鹏、富少舫、高元钧、严凤英等也曾各显身手。有这样的名角叫板，人们怎么能不来夫子庙一饱耳福！此外，沿秦淮河文德桥至大中桥一带，也是南京地方曲种白局的演唱中心，随地成群，坐唱围听，自成风景。

笼中灵鸟会叼签,先生解签能知命。

编箩筐的手艺人,多是连家店,临街店面兼作坊,后边住家过日子。

由此可见，夫子庙地区原有的特色，并不是一般性的商业经营，而是一种值得深究和借鉴的"夫子庙文化"。

20世纪50年代以后，夫子庙地区的旧书文玩业渐趋消灭，60年代手工艺品和各种游乐项目亦被扫荡一空，连茶点小吃也必须改小为大、化精为粗，才算是"适应劳动人民需要"，商家的特色经营都向大路货、中低档的日常用品靠拢。大成殿址和东西市场都变了民居，繁花似锦的夫子庙颓败成一株全无生气的秃树。

20世纪80年代夫子庙商业区开始复建，遗憾的是主持其事者严重缺乏文化眼光，既不了解夫子庙的历史，也不研究夫子庙的现状，完全不懂得夫子庙之为夫子庙的奥秘所在。对于如何繁荣今日夫子庙，缺乏整体规划和形象设计，定位不准，布局模糊，盲目地认为有商店就会有顾客、有饭店就会有吃客，所以尽管耗费巨资，将夫子庙的外观由废墟改造为仿古建筑，而不幸的是，在文化内涵上，却反其道而行之，毁弃夫子庙地区的固有文化基础和个性特色，一味求新求变，结果因专业性弱化、老字号萎缩，使夫子庙的自家面目几乎损失殆尽。

我们当然可以为夫子庙的管理者出谋划策，建议将花鸟虫鱼市场迁入白鹭洲公园，在东西市场和贡院周边招商经营古玩字画和古书旧籍，将秦淮花灯、云锦小饰物、新印线装古籍和雨花玛瑙石等设计成夫子庙的特色旅游纪念品，设置有权威的古玩鉴定和管理机构，让秦淮小吃仍回到"奇芳阁，奎光阁，各吃各"的自创特色状态……但根本的一条，还是希望主持其事者要明白，夫子庙不是一个简单的商业区，而是环境独特、个性鲜明的文化商业区，只有在这个基础上求发展，才能使夫子庙保持不竭的生命力，永远是个无可替代的"夫子庙"。

咸板鸭,又称琵琶鸭,挂树上晒着真像曲项琵琶。

琉璃塔与咸板鸭

明、清以降，南京地区曾流传过这样一首民谣："大脚仙，咸板鸭，玄色缎子琉璃塔。"说的是南京几件特色风物。

"大脚仙"是人物，简单地说也就是大脚女人。按南京方言，"仙"字儿化，两音连读，所以也写作"大脚三"。大脚女人如今遍地都是，没有什么稀奇，然而正如女人的小脚现在成为不文明的表征一样，在男性病态地嗜好三寸金莲，大家闺秀、小家碧玉不裹小脚就难嫁如意郎君的时代，保持一双天足曾被人看成是没有教养的。当时人把相貌俊俏而不缠足的女仆称为"大脚仙"，是不无色情意味的。后世也有将那种喜欢吧嗒吧嗒地甩着一双大脚板、东游西荡、步履发飘、家长里短、好管闲事强出头的妇女，叫作"大脚仙"，带有明显的贬义。此类女性并没有到沦落为妓的地步，须知那年头做妓女，脚比头面还重要，也还不是今天人们所说的二百五、十三点、少一窍的程度，论形象或许有些接近《水浒》里开茶馆的王婆，但未必要做马泊六。用南京人今天的形容词，该是有点"能滋滋"而又"能"不到正处的女人。

此类女人，别的地方未必就没有，南京也未必就最多或最盛，而南京人竟不惜"家丑外扬"，将其编入民谣，冠于南京的几大地方风物之首，弄得好像此类人物也是南京特产一样，真真是有些"萝卜味"的。所以王东培在《乡饮脍谈》中说南京人的自夸出产"鄙琐而又滑稽"。

巧运机杼织云锦。

"玄色缎子"指南京云锦。在中国古代丝织物中,"锦"是代表最高技术水平的品种。南京云锦则是一种大量用金（捻金、镂金，也包括缕银和银线），并善于用金装饰织物花纹的传统提花丝织品。《金陵物产风土志》中说，"金陵之业，以织为大宗，而织之业，以缎为大宗。缎之类有头号、二号、三号、八丝、冒头诸名，莫美于靴素，玄色为上，天青次之"。所以民谣中以"玄色缎子"出名。按"玄"，有浓、深、厚之意，也有奥妙、微妙之意，用以形容云锦都恰当。

云锦图案严谨庄重，它取材广泛，龙的矫健翻腾，凤的飘逸潇洒，云彩的流动自如，海水的澎湃汹涌，缠枝花卉的优美流畅，飘带的转折灵活，都能撷取入画，纹样变化概括性很强，繁而不乱，疏而不凋，层次分明，主题突出，变化丰富而统一和谐，且讲究主宾的呼应与协调。云锦图案的配色，与我国宫殿建筑的彩画装饰艺术一脉相承，很少用浅色，除皇家专用的黄色外，地色多用大红、深蓝、宝蓝、墨绿等深色，也有用黑色的。主体花纹的配色，也多用红、蓝、绿、紫、赭、古铜、藏驼等深色，浓艳而大胆，设计上且非常注意花纹造型和章法的处理，形成庄重、典丽、明快、轩昂的气势，同时巧妙地动用色晕的装饰方法和片金绞边、大白相间的处理技巧以调和对比，达到浓而不重、艳而不俗、对比强烈而不刺激的效果。晚明诗人吴梅村的一首《望江南》词专写南京云锦："江南好，机杼夺天工，孔雀妆花云锦烂，冰蚕吐凤绡空，新样小团龙。"其中说到能工巧匠能将孔雀羽捻成线织进云锦中。在北京定陵中就曾出土一件用金线、彩绒与孔雀羽线等织成的"织金孔雀羽妆花纱龙袍"，数百年后，经丝纬绒色彩多已褪变，唯孔雀羽织制的龙纹金翠依然。

(民国)明黄地八吉凤莲纹妆花缎(纵345厘米,横77厘米)　　南京市云锦研究所藏

南京云锦的历史，据说可以远溯到三国时代的东吴。东晋以往，随着中原居民的南迁，江南发展蚕桑业的优越自然条件得以充分利用，丝织技术也不断提高，南京与苏州、杭州逐渐成为特种锦缎的重要生产地。元世祖于至元十七年（1280年）在南京设东、西织染局，明承元制，不但在南京设有内织染局，而且还有神帛堂和供应机房，"岁造有定数"，每年都有固定的生产指标。清代分设于江宁、苏州、杭州的江南三织局，更是规模宏大。据前人记载，自乾隆、嘉庆直到咸丰初年，南京的织机达到五万多台，"机杼之声，比户相闻"，直接、间接为丝织生产服务的就业者数以十万计，而产品销售地区遍及全国，是南京丝织生产有史以来的鼎盛时期。明、清两代作为御用贡品生产的南京云锦，在元代金锦的基础上又有重大发展和创造，产生了库缎、织金、织锦、妆花几大品类，尤其妆花新技法艺术成就非常高，成为南京云锦中独具特色的代表品种。大面积地应用各种金银线交织于一件彩锦中，更使整件织物显得金彩辉映、瑰丽灿烂、典雅高贵。所以准确地说，南京云锦该是肇始于元代、成熟于明代、发展于清代。

亦如扬州的繁荣离不开盐商，南京的经济文化繁荣可说离不开云锦。南京云锦业对中国文化的影响，则远不止于技术和艺术、纺织和服饰。说云锦，就不能不说到江宁织造曹家，不能不说到曹雪芹与《红楼梦》。

明、清易代之际，因为南京城"和平解放"，破坏较小，在清代江南三织局中，江宁织局早在顺治二年（1645年）就已开始恢复生产，其地址在今大行宫南、北利济巷、汉府街一带。所谓大行宫，原来就是江宁织造衙署，因为清圣祖六次南巡有五次曾驻跸于此，乾隆年间改建为行宫。此后江宁织造衙署迁至淮青桥东北，而织局仍在汉府街一带。

大报恩寺琉璃塔的残存构件，曾经去日本展览过。由此一斑，可以想见当年琉璃塔的辉煌。

太平天国战事之后，清政府重建织局于珠宝廊，即今白下路西段，内桥至中山南路口一带，至今那一带还有锦绣坊、绒庄街、彩霞街等地名。

历任江宁织造中最为后人所关注的是曹家，曹玺、曹寅、曹颙、曹頫三代四人任江宁织造长达六十年，几乎占了清代江宁织造二百六十年历史的四分之一。尤其是曹雪芹的祖父曹寅在任期间，苏州织造李煦是他的内兄，杭州织造孙文成是他母亲的亲属，成为以曹寅为中心的"三处一体"，可以说是《红楼梦》中"护官符"的现实依据。而曹雪芹在书中也多次写到云锦为材料的服饰用品，晴雯所补的"孔雀裘"，便是典型的云锦制品。

曹寅不但管经济，而且管文化，成为皇帝笼络江南文化人的重要代表，前朝遗老、名门望族、江南士子，都是曹家的座上宾。江宁织造府西花园的楝亭，一时成为江南的文化活动中心。曹寅有《楝亭集》四卷，为之题咏、作画者，海内名士几网罗殆尽。曹寅主持扬州诗局刻印的《全唐诗》，至今仍是无可替代的经典。其他如《佩文韵府》等"扬州诗局本"书籍，精校精刻精印，纸墨工料均选上等，当时就为人所宝惜，甚至可与宋版书比肩，不但成为清代刻本的代表，而且为古籍版本增添了一个"扬州诗局本"的新类型。

关于曹氏织造世家的研究，红学家们所做的已经够多，这里不再赘言。简而言之，没有南京云锦就没有织造曹家，也就不会有曹雪芹这样伟大的作家。在某种意义上说，曹雪芹的《红楼梦》，就是南京云锦所孕育出的最伟大文化成果。

南京云锦的衰亡，其直接的原因仍是太平天国的破坏。咸丰三年（1853年），太平军进城前，南京云锦年产值达白银二百余万两。太平

大报恩寺宣德御制碑旧影

大报恩寺遗址公园建设过程中的宣德御制碑

天国统治期间，机户为避战乱而外逃，织机损失几尽，南京云锦从此一蹶不振。同治三年（1864年）后逐渐恢复，到光绪六年（1880年），仅得织机六百台，年产值三十余万两。光绪三十年（1904年）官办的江宁织局奉旨裁撤，民间机坊曾有过一个短暂的中兴时期。但随着西方纺织品的大量倾销，云锦产销更是每况愈下，到1930年仅剩织机百余台，工人二百余人。再经侵华日军的疯狂屠杀和破坏，云锦的生机全部断绝，20世纪40年代后期，能勉强维持生产的织机只有四台，年产值不足万元。50年代以后，人民政府组织老艺人抢救云锦技艺，搜集有关资料，总结技术和艺术规律，后又成立了专门的南京云锦研究所。然而研究至今，终究没能解决适合当代社会生活和人民需要的问题，以致云锦亦如某些非遗项目一样，变成为一种传统艺术的标本，也就难以进入消费市场、重振蓬勃生机。

"琉璃塔"，指的是原建于南京中华门外大长干的大报恩寺塔。

南京的这座大报恩寺塔，也是一个说不完道不尽的话题。这座九层八面五彩琉璃塔，开了世界琉璃宝塔的先河，建成之际就号称"第一塔"。明末杰出的散文家张宗子，幽默地称它为"中国之大古董，永乐之大窑器"。近世更被与长城、罗马大剧场、比萨斜塔等并列，誉为"中古时期世界七大奇观"之一。

中华门外长干里，据说早在东晋已建有大长干寺，此后曾多次修建易名，北宋重建名天禧寺，至元末寺、塔俱毁于兵火。明永乐十年（1412年）开始大兴土木建造大报恩寺及塔，直到宣德六年（1431年）才全部完工，前后历时十九年。据前人记载，大报恩寺的建筑简直有皇宫的气势。寺内且种有许多奇花异草,据说郑和下西洋带回来两棵五谷树,就有一棵种在大报恩寺内。大报恩寺塔"八面九级,外壁以白磁砖合甃而成,上下万亿金身,砖具一佛相,自一级至九级,所用砖数相等,砖之体积则按级缩小,佛像亦如之","其衣褶不爽分,其面目不爽毫,其须眉不爽忽"。"第一层四周镌四天王、金刚护法神,中镌如来像,俱用白石。每层覆瓦五色琉璃"。"烧成时具三塔相,成其一,埋其二,编号识之。今塔上损砖一块,以字号报工部,发一砖补之,如生成焉"。"其塔高三十二丈九尺四寸九分,面顶以黄金风磨铜镀之,以存久远,其色不晦。上九霄龙头,挂铁索八条,垂铃七十二个,上下八角,垂铃八十个,通共铃数一百五十二个"。"通身共用过钱粮银二百四十八万五千四百八十四两正。顶上铁圈九个,大圈方圆六丈三尺,小圈方圆一丈四尺,计重三千六百斤。顶镇压夜明珠一粒,避水珠一粒,避火珠一粒,避风珠一粒,避尘珠一粒,黄金一锭重四千两,茶叶一担,白银一千两,明雄一块重一百斤,宝石珠一粒,永乐钱一千串,黄缎二匹,地藏经一部,阿弥陀佛经一部,释迦佛经一部,接引佛经一部",以保南京全城的安宁。明、清两代,李东阳、王世贞、陈沂、盛时泰、钱谦益、张岱、屈大均、潘耒、施闰章、查慎行、王士禛、厉鹗、高士奇、沈德潜、汪士铎等人都曾有诗文吟咏大报恩寺塔。当年南京,地面极大者为小校场,形势最高者莫如琉璃塔,故南京人常以"小校场铺地板,琉璃塔上绸套"为强人所难之事。

　　大报恩寺塔的成与毁,历来为人所关注。按明成祖朱棣的说法,他不惜民力财力,兴造这空前绝后的一代名塔,是为了报生身父母明太祖与马皇后的"大恩"。可是民间从来就不相信他的宣传,较为普遍的说法，认定成祖是为纪念自己真正的生母碽妃，故南京人直称大报恩寺大殿为"碽妃殿"。近代南京地方文献学家陈作霖在其《养和轩笔记》中说，碽妃"本高丽人，生燕王，高后养为己子，遂赐死，有'铁裙'之刑，故永乐年间建寺塔以报母恩"。朱元璋怎么会有这个高丽妃子，生了儿子为什么要赐死母亲，都是疑案，无非表现民间的一种情绪而已。至于"铁裙"之刑，查《历代刑法考》不见著录，正好可供民间文艺家和宣传家充分发挥创造能力。

也有人不在成祖身世上作纠缠。张宗子就别具只眼，他感慨的是"非成祖开国之精神，开国之物力，开国之功令，胆智才略足以吞吐此塔者，不能成焉！"另一位是清人陈文述，设想"永乐之为此，殆自知杀戮过重，藉佛力以忏除恶业耶"，并赋诗道："靖难师来孰闭门，孝陵云树黯销魂。忠臣已尽神孙死，却建浮图说报恩。"堪谓毒口。成祖无疑是大明天潢第二代中的佼佼者，但他以叔夺侄，无论怎样遮饰辩白，终究史有定评。且靖难之役兵进首都后杀戮株连之惨酷，令人发指，自然是难脱千古骂名的了。

大报恩寺塔之毁，若干年来，先是含混其辞地说成"毁于清代咸丰年间"，使人模模糊糊地以为此塔之毁是清王朝的罪过。后来又明确了一点，说是"毁于太平天国革命战争期间（1856年）"，"革命战争"者，自然该是太平军与清军之战争了。然而稍有军事常识的人都会看出，塔在城外，只对守城者形成威胁。早在明末，沈德符《野获编》中就已有此顾虑："南京报恩寺逼近聚宝门外，其塔高入云表……帝城胜概，一览无遗，万一风尘之警，城阖尽闭，能不寒心？昔人云：'兀术登雨花台，则城中飞走皆不能遁。'况此塔高于雨花台二三倍耶！"倘若此塔真是太平军为防清军窥城而毁,倒也算是为"革命"做了牺牲,"死得其所"吧。遗憾的是,事实并非如此,而是天京事变后,石达开仓皇脱逃,韦昌辉惧石达开引军反攻,将借大报恩寺塔以窥城,遂连夜以火药将塔炸毁。对于天京事变,无论史家做何种是非评判,它的实际后果,则是使这一个农民王国丧失了全部重要的政治领袖。在某种意义上说,太平天国也随着大报恩寺塔的轰然坍塌而走向崩溃。

大报恩寺塔在中外关系史上的遭际,尤其令人难忘。张宗子曾自豪地说:"永乐时,海外蛮夷重译至者,百有余国,见报恩塔必顶礼赞叹而去,谓四大部洲所无也。"待到中国在第一次鸦片战争中成为战败国,中英南京谈判期间,中方代表曾假大报恩寺设宴款待英方使节,大约也是想让"蛮夷"慑服于中华文明吧。"蛮夷"果然将此塔记在了心里,中国近代史上第一个不平等条约——中英《南京条约》签订后,英国侵略者又曾"游寺登塔"。然而当此之际,"蛮夷"不但"顶礼赞叹"的心情不再,而且公然窃取塔上的琉璃瓦作为"纪念品"。又一个世纪后,日本侵略军占据南京期间,竟将大报恩寺塔的重要遗物——重达数吨的塔顶包金承露盘盗运回国!

时至今日,大报恩寺琉璃塔已只剩下些空地名。20世纪后半叶,不断有该塔的琉璃构件被发现,证实着古人关于造塔之际曾将两套琉璃备件埋藏在地下的记载。据说这些琉璃构件在烧制时,掺入了郑和下西洋带回的火山灰,所以色泽极为润艳。然而1958年,南京人却将地下挖出的大量琉璃瓦敲碎了充作耐火材料用于"大炼钢铁"。尽管有识之士不断呼吁利用这些构件择地重建大报恩寺塔,这批构件却在有意无意间逐渐消失。最终复建的"大报恩寺塔"选用了一种新建筑材料,以致白天看上去总给人脚手架未拆除的感觉。

"咸板鸭"倒真要算南京的一宝。将"咸板鸭"留在最后来说，因为它是这几件南京风物中，唯一流传至当代的，也因为南京人与鸭子的因缘实在太深。

明、清两代，"南京板鸭"曾经是进贡皇帝的"贡鸭"。官员逢年过节互访时，也喜欢以板鸭为礼品，所以又有"官礼板鸭"之称。1910年的南洋劝业会上，南京韩复兴鸭店生产的板鸭获得一等奖和金质奖章，曾远销东南亚。20世纪50年代，韩复兴与魏洪兴两家老店合营，生产雪花牌咸板鸭，亦远近驰名。直到70年代，"南京板鸭"还是著名的土特产，南京人去外地探亲访友，仍时兴以咸板鸭作为礼物。可如今除了南京的方志史料，还有几个人会提起南京板鸭呢？

咸板鸭衰败的原因，大约有两条，一是口味的多年不变，二是烹调技术的难以掌握。煮板鸭是很要懂些技巧的，煮不好又咸又老，难以入口。当年我曾请教过行家，才知道板鸭不是煮熟的，而是烫熟的。煮前先要用清水浸泡一天，泡时要用空心竹管插进鸭肛门，使鸭肚里的盐水能渡得出来，才不至于太咸。煮时应将佐料随冷水下锅煮沸，停火止沸后才能将鸭放入，焖浸四十分钟后将鸭提出，倒出鸭肚里的咸水，然后再入水焖浸四十分钟即熟，待鸭冷却后便可切来吃了。倘若认真去煮，无论猛火文火，都是越煮越老，再也啃不动。按说厂家如果顺应时代变化做些改进，并不至于太困难，可是南京人却好像宁可被市场所淘汰，也要维护"咸板鸭"的"老牌正宗"。

当然更实际的原因，则可能是南京人几乎都不吃南京板鸭——南京人爱吃鸭子不假，但他们爱吃的不是板鸭，而是盐水鸭。陈作霖在《金陵物产风土志》中，曾大谈南京人的吃鸭经："杀而去其毛，生鬻诸市，

南京郊外的鸭栏。从乡下收来的鸭子会在这里育壮。

谓之水晶鸭，举叉火炙，皮红不焦，谓之烧鸭，涂酱于肤，煮使味透，谓之酱鸭，而皆不及盐水鸭之为无上品也，淡而旨，肥而不浓，至冬则盐渍日久，呼为板鸭，远方人喜购之以为馈献。"据此，则板鸭当是盐水鸭的副产品。到了冬天鸭子全靠饲料喂养，养着它成本太高，宰杀了又难以保存，所以制成板鸭，恰又便于远销。难怪近年盐水鸭的真空包装保鲜问题一解决，板鸭几乎退出了市场。同样作为盐水鸭副产品的是烧鸭汤，印象中直到20世纪50年代，大些的鸭子店里还有的卖，极便宜，几分钱就可以端一小锅回家。南京人用这鸭汤煨萝卜，成为一味家常菜——真是，一不小心又扯上了萝卜，南京和萝卜的因缘真是非同一般。不过这个传统好像已被南京人遗忘了，近几年南京小饭店里大卖"老鸭汤"，汤里就没见有放萝卜的。

　　盐水鸭的副产品也有流传下来的，如鸭四件和鸭血肠汤。20世纪70年代，鸭血肠汤还要算南京的名小吃，五分钱一碗，红的血，白的肠，青的蒜叶，清的汤，色香味俱美。后来就有些不地道，没有了较贵的鸭肠，成了鸭血汤，依然卖得很红火。如今更是加上粉丝，变成了鸭血粉丝汤，同样号称南京名小吃，可见南京人的包容。鸭四件者，指的是鸭的心、肝、爪、翅，有生卖的，也有熟卖的。20世纪末，店家多将爪、翅和心、肝分开出售，价格也不相同。爪和翅又有一个生动的名字，叫作"飞飞跳"。鸭肫历来单独出售，生、熟都有。腌制的鸭肫用绳子串起来挂在店堂里，很有些像北方人家的挂着大蒜或辣椒。鸭舌也是拔下来供饭店作菜或煮好单独卖的，据说多吃可增长口才。鸭肠上的胰子白，在民国年间被做成了一道名菜，叫作"美人肝"，据说系马祥兴菜馆所创制，现在还是马祥兴的招牌菜。最后是鸭头，鸭头可以随盐水鸭卖，也可以单独卖，价钱便宜得多。南京人有专爱吃鸭头的，看上去一个光脑壳，绝无可食之处，然细细抉剔，皮、筋、眼、脑，各有风味，一个鸭头能下二两酒。

世界上还有什么地方，能将一个鸭子吃出如许之多的名堂来？

盐水鸭的香嫩以八月为最佳，张通之《白门食谱》中说，"金陵八月时期，盐水鸭最著名，人以为肉内有桂花香也"，俗称"桂花鸭"，如今已成了南京盐水鸭的品牌，不必专待八月。因为南京人吃鸭成风，所以苏北的水乡兴化、高邮、宝应，皖南的芜湖、大通等地，鸭农们都把鸭子赶到南京来出售。南京郊县的江宁、六合、高淳，也逐渐发展起大规模的养鸭业。鸭子的运输是很有趣的，并不需要车载船装，鸭农们利用鸭子善凫水的特点，初秋时节，将鸭群沿江河水面一路放养而来。鸭们自行赶路，沿途自行觅食，千百成群，蔚为风景。当年主要的鸭市是在水西门一带，但也有鸭农沿内秦淮河将鸭群直接赶到饭店酒家出售。讲究的店家都有自己的饲养场，买下鸭子后，还要精心喂养肥壮后再宰杀。

南京人从什么时候开始与鸭子结下不解之缘，似已无法查考。不过南京人吃鸭子的劲头，却令人没法不佩服。试看南京的大街小巷，哪一条能没有卖盐水鸭的摊点？哪一个摊点又不是顾客盈门？夸张点说，如果哪条街上没有盐水鸭卖，简直就可以怀疑它是不是南京的街道。记得报纸上公布过统计数字，说南京人一天就要吃掉鸭子若干万只！

南京的盐水鸭也确实做得好吃，外地的朋友到南京，吃过一回后，就会牢记在心，下次再来，往往会主动找鸭子吃。在南京买盐水鸭也可以放心，当今市场上，只要是名牌、畅销产品就会有假冒，唯独南京的盐水鸭没有假冒——大约因为南京人吃鸭子的经验已经太过丰富，假冒产品一天卖不到头就必然被淘汰。然而说不清是什么原因，南京的盐水鸭再好，也只是在南京城里好。到别的城市去，好像从没看到以南京盐水鸭为号召的饮食店。尽管今天的真空包装保鲜技术，已完全能让盐水鸭出门远游。镇江的肴肉、常州的酥饼、无锡的酱排骨、苏州的汤包，甚至扬州的酱小菜，都可以名扬四海，当地人馈赠亲朋，厂家到外地设点，各地且多有打出"某某风味"的仿制品。究竟是盐水鸭与南京的感情过于深厚、不愿"背井离乡"呢，还是南京人不愿意把这样的好东西拿出来与人共享？

南京人应该不会如此小气。举一个例子就足以证明这一点：声名卓著的北京烤鸭，最初便是出产于南京，据说是明代永乐年间迁都时才带到北京去的。南京人度量宽宏，不但从来不曾与北京人争过这一项发明权，而且索性不再做烤鸭，另做出了咸板鸭作为贡品，做出了盐水鸭、后来还有烧鸭、酱鸭自己吃。如今南京的饭店里也有卖北京烤鸭的，但一定明标出处，决不含混为"南京烤鸭"。

想来我们不必为南京盐水鸭的命运担忧。即使盐水鸭也重蹈咸板鸭的覆辙，相信南京人的智慧也足以发明出新的吃鸭方法。然而，从南京板鸭和北京烤鸭的不同命运中，南京人是不是也应该得到一点什么启发呢？

书似青山常乱叠。三山街旧书店的迷人景象。

南京的旧书与文玩

南京向称人文荟萃之地——"人文荟萃"是一个太大的题目，所以这里只能从"人文"的边缘，择出"旧书"与"文玩"两个小枝节，说几句供人消闲的话头。

"旧书"这个概念的现行意义，应该是在20世纪以来才逐渐形成的，其内涵的发展大致可分为三个阶段：在20世纪上半叶多指雕版线装书，也就是今天通常所说的"古籍"，相对于新出现的洋装书，它的形式"旧"了。50年代以后又增加了民国年间的出版物，业内人称"旧版书""旧平装"，相对于新中国的出版物，它的内容"旧"了，而将民国之前的出版物称为古籍——这以后才有了"古旧书店"的名目。80年代中期以来，新华书店不断将压库的新版"流行畅销书"降价处理，起初号称"特价"（此词汇与"调价"一样极富中国特色），至90年代末，因为"古旧书"已难得一见，古旧书店库存的古籍，都送往拍卖会，店中除了新印古籍，基本上已只销售大众化的"特价书"。21世纪初各出版社大规模清库，低至一折倾销，"五元书店"如雨后春笋，成为"旧书"业的主体。

至于"文玩"，俗称古玩、古董。大约因为欣赏古玩需要足够的文化底蕴，能欣赏古玩的多为文人雅士，所以才会有"文"人之"玩"物这一近乎专利的称谓。权贵富豪当然也有爱好此道的，文士们则另备一说，视之为"附庸风雅"。换句话说，文玩当以典雅、清幽、精妙、含蕴丰富、耐得品味者为上，冠冕堂皇的说法是能够"考典章之得失，补史乘之缺遗"，而非徒以贵重取胜。

说句玩笑话，"六朝烟水气"便是最现成的文玩标准。

当然这也是旧时的标准。经过"文革"十年浩劫，民间流散的古董文玩也与善本古籍一样成了凤毛麟角，今日之奇货，在昔年不过是寻常之物。对于大部分有把玩欲望的文化人来说，他们的财力和精力所允许选择的，也已只能是大众化的民间收藏品了。

南京历来是图籍与文玩的集散地。

先说旧书。一个城市的古旧书市场，可以看作考评其文化底蕴的重要标尺。南京的图书市场，可谓历史悠远，在明代就与北京、苏州、杭州并列为全国四大书业中心之一，直到晚清，三山街夫子庙一带的书肆，状元境一带的书坊，仍然为读书人所称道。民国年间，南京更成为全国重要的图书出版中心和营销中心，书业集散地则由南而北，逐渐从夫子庙向大行宫方向发展，太平南路一条街，大小书店多达四五十家。尤其杨公井花牌楼一带，更成为新版洋装书的集散中心，商务印书馆南京分馆、中华书局南京分店、世界书局南京分店、开明书店南京分店、北新书局南京分店、神州国光社南京分店以及中央书店、正中书局等，星罗林立。经营雕版线装书的旧式书肆虽也有迁至太平南路的，但仍以夫子庙一带为重，这应该是因为古籍尤其是善本古籍日渐远离实用而趋近于文玩的缘故，而南京古董文玩的主要集散地当时还在夫子庙一带。

不少学人都曾写到过清代以至民国年间南京的书市盛况。被人引用最多的是纪庸的《白门买书记》，记载20世纪40年代初的南京旧书店情况颇为详尽。其实此前中央大学汪辟疆教授在1928年的日记中就曾描述过花牌楼和状元境的书市情状，已有今不如昔之叹。1929年钟敬文先生游秦淮，想在江南官书局买点线装书，"一查目录，竟空虚得可怜"，但他仍能够"随意地购了一部《秣陵集》出来"。可见那时的旧书店，还可以套一句俗话，叫"瘦死的骆驼比马大"，到今天，则真是连骆驼骨头也化为尘灰了。1999年4月创刊的《藏书家》杂志上，有陕西师范大学黄永年教授的《半世纪前南京买书小记》，记其1944年和抗战胜利之初的访书经历，与纪庸所记稍有前后，尤其纪氏是为图书馆买书，而黄氏系穷学生自己买书，所注意的侧面自有所不同。黄文中且提到当时旧书店大多兼卖"旧的新书"，而对他这样的大学生就"无吸引力"。这与今天新版"特价"书的不受文化人欢迎是一样的。抗战胜利之后，旧书店中则又多出一道新风景，就是日文书，"且有大量印制确实精美的考古发掘资料和大型艺术类书籍"。此类书籍直到半个世纪之后我还有缘买到几种，但必须说明的是，所谓"考古发掘"，则多是日本人在中国所做的考古发掘，应归入文化侵略与殖民行为中去的。不说当时前辈学人们所淘得的书了，就是他们所提到的那些书店，朱雀路北的翰文斋，路南的保文堂、国粹书局，太平路南端的老字号萃文书店、庆福书局，状元境的幼海书局和文海书局，贡院西街的问经堂、萃古山房，莫愁路上的志源书店……如今已徒然惹人遐思了。

  南京旧书市场的急剧衰落，是20世纪50年代以来的事，其原因不言自明。除了经济方面的对私改造，我手中还有50年代初文化管理部门的查禁书目，洋洋乎大观，足以令旧书商却步。至于落网的禁书，大约是都化了纸浆,"脱胎换骨,重新做书"的了。1958年之后,旧书市场曾经有过一个回光返照般的繁荣。先是因为要"跑步进入共产主义"了,私有财产面临消灭,一些文化根基不牢而政治敏感太过的知识分子,也就抢先一步将私人的藏书卖了去换红烧肉吃。后是三年困难时期,米珠薪桂,家无长物的文化人,唯有卖书贴补肚皮,我的一位老邻居,就曾用一部清版的二十四史,易得十斤苞谷面,维持全家七口人生命一星期。当然那年头买得起书的人也微乎其微,除了特殊的高薪阶层,只有高校的图书馆还能收购少许,大多压在了旧书店的仓库里。所以在60年代初,我的识字数量够得上钻进旧书店看白书的时候,书架上尚堪称琳琅满目。隐约记得那时的几处旧书店,一是夫子庙东、西市场中,所售多线装古籍,兼做字画、文房四宝买卖;二是杨公井一带,即民国年间名盛一时的"花牌楼",古旧书的档次也较高,杂有新近出版的苏联小说之类;三是新街口摊贩市场内,书的品类就很杂了;四是堂子街的旧货市场内,迹近地摊,书如废纸。这几处都集中在城南一带,城北地带是否还有,就为我所不解了——顺便说一句,近半个世纪以来,除了新街口摊贩市场的原址上在20世纪80年代初盖起了金陵饭店,从此永与旧书市场无缘,另几处竟始终与旧书交易保持着藕断丝连的微妙关系。

  改革开放之初的南京,若论古籍书店,只剩下唯一一家,位于杨公井原中华书局南京分店店址。店内的书,则基本是新印古籍,且有四分之一的店面摆放的是特价书。名副其实的古籍当然也有,且据说数尚以十万计,但还都堆在库房里。直到20世纪80年代初,古旧书是不对中国读者开放的,主要用来为国家换取外汇。后来成为不对普通读者开放,有"关系"的人可以进一个隔出的小间一饱眼福。再后来限制是取消了,读者有意都可以去翻检那几架古旧书,但书价已今非昔比,乘风直上了九重天。到20世纪末,晚清雕版本已到了非百元一册莫办的程度,其余可以想见,就是能壮起胆子如黄永年先生那样说一句"还买得起",也决不会太轻松。

近代以来,南京的古玩业相对集中于城南夫子庙和城西升州路至朝天宫一带。两地的来龙去脉,也各有故事。

夫子庙是一个笼统的称呼,其范围远不止于当年的孔庙一隅,而大致包括了东边的江南贡院,西边的瞻园路,南边的大、小、东、西石坝街,北边的状元境和奇玩街(今并入建康路)。因为明代南直隶、清初江南省的范围,都包括今江苏、上海、安徽,考生乡试都在南京今江南贡院,每逢科考之年,两江文人士子纷至沓来,为其服务的各种行业应运而生,其中最为突出的,便是妓院群与文玩店。

奇玩街原名祈望街,后因诸多古董文玩店争奇斗胜而被讹为奇玩街,其中历史最久、规模最大的便是奇玩阁,不仅经营面宽,而且信誉卓著。清末废科举,奇玩街的地位并未受到大影响。1924年冬,军阀齐燮元被免去江苏督军职,在撤出南京时,乱兵乘机劫掠奇玩街,奇玩阁等大小商家被洗劫一空,奇玩街从此一蹶不振。

国民政府定都南京后,古董文玩业又开始复兴。继起的店铺转移到贡院西街和环绕大成殿的东、西市场一带。其时规模较大的,在贡院西街有奇玩阁、集粹斋、义源斋、春源斋、松宝斋、乐古斋、王钰记等。春源斋业主鲁小松,鉴别瓷器颇有眼光,传说其父原为鉴瓷高手,后双

美盛纸号,地处升州路评事街口黄金地段。读书人多纸行多,旧时南京纸行不下数十家。

目失明，以手代目亦能大致判定真伪。乐古斋店主杨乐民曾任古玩业理事长，对各类古玩的见识和经验都较丰富。集粹斋为陈新民与李寿桐二人合伙经营，李寿桐幼年曾往上海学艺，研究古瓷多年，珠宝鉴识亦高，曾在瞻园路开设博雅轩，陈新民系鲁小松高足，后又去上海学书画鉴定，不但是夫子庙看画高手，而且模仿齐白石虾、蟹几可乱真。故而当时夫子庙古玩店家遇到陶瓷、书画方面的疑难，上集粹斋求教往往能迎刃而解。瞻园路上，则有迪华斋、悟宏斋、罗祥记、陈春记、春源斋分店等。迪华斋店主伍氏是南京古玩业世家，抗战前经营颇具规模，日寇侵占南京期间日见衰落。罗祥记店主罗思祥鉴定翠玉宝石眼光甚高。此外尚有沈润生、经古舍等，计数十家。店堂内琳琅满目，青铜白玉、古陶名瓷、宋版明刻、碑帖字画，无奇不有，其间不乏精品珍玩。仅就书画而言，文徵明的《金焦落照图》《盆兰图》《白岩图》，渐江的《峭壁孤松图轴》，以及马远、仇英、唐寅、徐渭、朱耷、石涛、郑燮等的扇面，张大千、齐白石、徐悲鸿、傅抱石、苏曼殊、刘海粟等的许多作品，都曾在夫子庙流传。

不少名流学者都与夫子庙文玩市场结下了不解之缘。胡小石教授在东南大学和金陵大学授课，时间均安排在上午，下午常驱车夫子庙访书觅古，尤爱古书画，但遇所喜之物便不惜重金，故珍藏日富，而所藏古瓷亦不乏精品，后不幸在日寇侵占南京时毁于战火，成终身之叹。胡先生通过收藏古玩，在文物鉴定上颇多独到之处。20世纪50年代胡先生任江苏省文管会主任，其高足曾昭燏先生任南京博物院院长，南博藏品的断代和文物收购有疑难时，多以胡氏一言而定。宗白华教授也常与胡小石先生为伴，他曾慧眼识宝，以数十元的廉价购得一尊雕刻精美的唐代石佛头,引得文化界同仁纷纷前去观赏拍照,也引得文化界同仁纷纷去逛夫子庙。抗战期间宗先生随校赴渝,仓促间将佛头埋于院中,战后归来,家中珍玩已荡然无存,唯佛头幸存,因此得"佛头宗"雅号。"补白大王"郑逸梅20世纪20年代也曾涉足夫子庙,他爱梅成癖,曾搜罗得古今善画梅者的作品编为《百梅集》。当时的国府主席林森是夫子庙的常客,每发薪后必轻车简从,独自流连于古玩店铺中,某次竟以三百大洋的高价在迪华斋购下一柄精雕细镂、古意盎然的湘妃竹扇,旁观者为之咋舌。其官邸墙上挂满字画,架上摆满古董,有友人调侃他:"你这些古玩,不少都是假货吧?"林森风趣地回答:"再过几百年,就都成真的了。"国民党元老张静江亦爱收藏古玩,他当时住在南京上海路陶谷新村,于各古玩店家广事搜罗,家中名瓷甚多,据说堪称民国年间南京藏瓷第一家。

当时在南京的一些外国人,如日本驻南京总领事须磨弥吉郎、德国驻华大使陶德曼及英美驻华使节等,也常常光临夫子庙搜求古玩。其中的佼佼者,当数先后在中国居留五十余年的汉学家福开森,他长期担任金陵大学校董,曾先后被聘为大总统府、国民政府行政院顾问,后将其四十年间重金所得古董珍玩近千件捐赠给中国政府。这批稀世珍玩品种多、数量大,铜器中的周克鼎,书画中的宋贤手札、南朝齐画家王齐翰的唯一传世作品《挑耳图》、宋拓《王右军大观帖》和《欧阳率更草书》等,均堪称国宝,为金陵大学文化研究所开展考古和文化研究提供了良好条件。

与精品珍玩屡屡现身相映成趣的,则是赝品假货的层出不穷。从帝王的印玺到名妓的信物都有人伪造。沈润生古董店免费代客鉴定古玩,但其店内仅真假难辨的郑板桥闲章就有十余件。一些仿制古玩的高手也在夫子庙安营扎寨,如状元境的尹丑生,专仿名家字画,一年只要做几件"活",就够他抽鸦片烟的了。瞻园路还有位没留下姓名的老手艺人,专门修补古玩残件,能做得天衣无缝。即使是花重金买了假古董的人,也多半不愿声张,因为传开来徒然惹人笑话,损失的就不光是金钱了。当然对地位够高、权势够大的人,古董商轻易也不敢欺骗。

偶或也有因造假而闹上公堂的。如抗战前轰动一时的任仲年仿徐悲鸿画案。年仅十九岁的任仲年为生活所迫,摹仿徐氏奔马及花鸟画作,并署名"悲鸿",在夫子庙出售,因仿作水平甚高而频频得手。案发后被蒋碧薇诉诸法院,社会舆论却多同情任仲年,以为人才难得,孺子可教,甚至有人建议徐悲鸿收任为弟子以成艺苑一段佳话。任也在法庭上狡辩:"画上署名悲鸿,难道就不许我叫任悲鸿吗?"法院最终宣告任仲年无罪,打油诗人黄甘草更在《南京晚报》上发表新作:"你悲鸿我也悲鸿,任氏徐家各不同,子曰后生诚可谓,居然真个有神通。"诗前短序说:"任仲年从此大可正式更名任悲鸿矣!前程无限,好自努力,寡人有厚望焉!"由此也可见南京世风一斑。

另一件古董官司是1936年的"谓山窑"古碑案。先是经古舍古玩玉器铺老板张熙园在南京光华门外草场圩发现梁代制钱范的窑场,后又在同地发现"谓山窑"古碑,且有"梁普通元年三月建"字样,张以三十元买下此碑,制拓片数十张分寄各方,金陵大学商承祚教授曾据以制版刊载于《金陵学报》五卷二期。后张又将石碑送时任中央大学历史系主任并兼中央古物保管委员会委员的朱希祖教授请求鉴定,朱初步判定碑系真品,遂建议张将其献给国家,古物保管委员会通过朱发给张奖

彩霞街中段,街道逼仄,商铺繁华。

金六十元。后朱反复研究，发现此碑实系伪造，而报纸已将此事捅出，并说朱从张的奖金中分肥二十三元。同是古物保管委员会委员的张道藩认为此系合伙串骗，力主法办，张熙园遂被逮捕。后经首都地方法院多次开庭审理，最后一次法庭辩论时，朱希祖教授以证人身份出庭，介绍了从现场考察到明辨真赝的经过，以渊博的学识和严肃的态度赢得法庭和旁听者的钦服，分肥之说不攻自破。法院也认为身为古玩店老板的张熙园没有必要为区区六十元冒伪造古物的风险，更不至于明知其伪还送请著名考古专家鉴定，足见其无心行骗，故宣判张氏无罪。

当年南京市场上的古董文玩和古籍图书，大致有几个来源。一是去扬州、苏州、徽州等地收购，二是向本地破落的大户人家中搜罗，再就是来自南京的一种特殊的旧货交易市场——黑市。

南京黑市可考的历史，有人直推至明代。明人笔记中就有"古语云'金陵市合月光里'"的记载，并说明代后期"饮虹桥、武定桥尚有夜市"，大致在今长乐路西段。清朝初年，黑市西移至今升州路一带，且繁盛于一时。因为弘光小朝廷过于迅疾的溃灭和"清流"领袖的率先降清，使此前抱着各种目标蜂拥而来的前明官僚，坠入一种难言的尴尬处境。中国的官僚们除去做官便一无所能，故而很快落到变卖家产以维持生计的地步。然而他们还要勉为其难地撑持着脸面，所以采取了一种特殊的经营方式，就是在评事街一带的茶馆里与买主们接头洽谈，表面上看似与朋友品茗小酌，而付账的往往已经是他们的买主。这种矫揉造作的高雅也没能维持多久，随着旧时豪族的破落日甚一日，新贵们的代理人也就失去了侍奉他们的耐心。遗老遗少们终于弄到只能借昏蒙的夜色

笔墨店,笔墨纸砚,文房四宝,为旧时文人所必不可少。

掩面，提着货物站在街边待价而沽，并且逐渐从繁华的评事街退向朝天宫周边的仓巷、莫愁路、堂子街。经营的时间，也从黄昏入夜，最后约定俗成为黎明之前——这未必是为了让出卖者可以及时得到度过一日的开销，而是为了收买者可以有充裕的时间处理所购进的货物。无论如何，这总是南京人的宽厚之处，能为人留脸面，就决不把人逼到墙角根。

黑市的出现，使南京的旧货行业，在数量上和质量上都得到了一个空前的大繁荣。首先产生的一个新行业是黑市贩子，他们活跃在夜色中，无情地从旧主人手中搜刮各类物品，然后转手去卖给他们的新主人。接着被引来的则是各路盗贼，纷纷混入黑市销赃。收货商贩看准卖主脱手心切，能将价格压到令人难以置信的低点，然后立即转手牟取暴利。一件有利可图的货色，一夜之间能在黑市上转卖几次，价格翻数倍甚至数十倍。对他们的报复则是黑市上开始出现各类伪劣赝品，使眼光不敏的倒爷大吃其苦。至此，黑市以其独特的"天黑、人黑、货黑、价黑"形成了自己完整的体系。南京人并不以为如此黑市的存在有损忠厚，他们认为在黑市里翻了船的人都是自找苦吃，同时总结出许多至理名言，劝诫世人不要误入歧途，比如"一等价钱一等货""便宜无好货，好货不便宜""讨不尽的便宜吃不尽的亏""只有错买的，没有错卖的"……

正因为黑市中货物来源微妙，真赝混杂、好坏难辨，所以也就成了古董文玩商们淘金的用武之地。当年奇玩阁、乐古斋等古玩店，都有专跑黑市的精干伙计，这些人眼明手快，更兼心灵手巧，提着盏灯笼在黑市上走一遭，往往只花极低的代价，就能觅得价值连城的蒙尘之宝，经过修补整理，获利成百上千，而又令人不得不心悦诚服。纪庸《白门买书记》中也写到翰文斋的书源取诸莫愁路一带的黑市,而莫愁路志源书店的老板陈某,就是收旧小贩出身,所以他的小贩同仁收到了古旧书都愿意卖给他,往往能得到意外的善本精刻。

民国年间,朝天宫东、新街口南的丰富路一带一度成为最大的黑市,北接破布营、估衣廊。日寇侵占南京期间,汉中路中段及上海路、莫愁路街头都成为旧货市场。20 世纪 50 年代中期,人民政府对黑市进行改造,规定天明才可以入市,并采取有力措施防止盗贼销赃,人们虽仍惯称其为"黑市",但实际上其"黑"的内涵已丧失大半,经营地点亦渐集中于新街口西北角摊贩市场和莫愁路、堂子街。同时,一方面私营古玩店在对私改造中停业或被合并入国营的文物商店,文物商店原则是只收不售,一方面随着"思想改造"的风潮日紧,人们已不敢再有收藏古董文玩的兴趣。黑市也就渐渐蜕化为普通的废旧物品集散交易市场,由挑一对高箩走街穿巷收旧的行贩,将收来的旧货分类转售给在堂子街和莫愁路上摆摊设点的坐贩。此后南京幸存的文玩交易,大约只有夫子庙一带几家苟延残喘的旧书店,兼卖点字画文玩。新街口摊贩市场中的旧货店,也有将一些低档文玩混在旧货中出售的,价格自然就极低。能够成为买主的,只有一些收入较高的知识分子和文化官员了。

"文化大革命"初期大规模的"破四旧"和烧书毁书,对于图书文物本身的摧残,还只是一个表象。其更深层的影响,则是造成全社会性的"知识无用论"的泛滥。读书既无用,书籍自然也就成了无用之物,况且还会给持有者带有不测之祸、无妄之灾,谁还愿意保藏它呢!所以当年除了毛泽东著作的各种版本外,一般人家敢于留存的字纸就只有学生课本。书店中的旧书也都深藏密锁,唯恐被发现作为宣扬"封资修"

的罪证。那时候卖旧书只敢说是"卖废纸",买主只有废品收购站,去处只有造纸厂。至于带有"四旧"色彩的古董珍玩,也有人悄悄地送到堂子街去当废铜烂铁卖,但敢于顶风收购的人微乎其微,所以大部分仍然落到被销毁的下场。1968年开始的上山下乡,与1969年开始的城镇居民下放,在南京都是推行最力的,致使大量市民离乡背井之前,多半将家中的图书作为废纸处理掉了。

1944年鼓楼旧影。
南北交通干道已不从鼓楼券门中通过,形成以鼓楼为中心的环线。

今日鼓楼公园俯瞰。
1934年在鼓楼东边另辟鼓楼广场交通环线，鼓楼公园即得以独立于广场之外。
随着广场交通线的提升，鼓楼也得到更好的保护。

明故宫午门，俗称午朝门，城头上的大标语十分醒目。

午朝门公园新景,大树参天,白雪覆地,更衬出古城的沧桑感。

六朝松,以顽强的生命力,延续着六朝一脉。

园林六朝变

说到南京的山水林园,文化人不免喜欢攀扯上六朝。南京的园林文化,自然是从六朝开始的,与上了几岁年纪的南京人聊天,覆舟山南的乐游苑,鸡笼山东的上林苑,台城脚下的华林园,至今仍常在口中。前些年在覆舟山下开张的一家宾馆,居然就以乐游苑命名,大家也不以为怪。

据史料记载,六朝时期南京先后出现的皇家园林就多达三十多处。东吴有芳林苑、落星苑、桂林苑,东晋有华林园、乌衣苑,刘宋除了乐游苑和上林苑,还有青溪上的芳林苑和玄武湖东岸的青林苑,萧齐有赤石矶下的娄湖苑、青溪上的新林苑、钟山脚下的博望苑、江边的灵丘苑、江潭苑、芳东圃、玄圃,萧梁时又增加了秦淮河南岸的建兴苑、延春苑……此外还有大量的寺院园林,所谓"南朝四百八十寺",并不是诗人的浪漫。《高僧传》《建康实录》《金陵梵刹志》诸书均载录寺名甚多,至晚清南京方志学家陈作霖编纂《南朝佛寺志》,尚得二百二十六寺。据说极盛之时,仅紫金山中就有佛寺七十余座。六朝佛寺有相当一部分是当时权贵"舍宅为寺",自然也就承继了原先的私家园林。兴建于深山幽谷的佛寺,所选寺址则必为山林优胜处,故此后世才会有"天下名山僧占多"的说法。明人笔记中还提到南京佛寺,"若鸡鸣寺则坐鸡笼山,永庆寺则傍谢公墩,吉祥寺则负凤凰山,清凉寺则屏四望山,金陵寺则倚马鞍山，上瓦官寺则峙凤凰台，皆务登临之美。下瓦官寺在杏花村内，林木幽深，入其门令人生尘外想"。权臣贵胄兴造私家园林也肇端于六朝，其中有些私园的华丽程度甚至不亚于皇家园林。更值得注意的是文人化园林的出现，自然淡泊，恬适清雅，为后世江南园林的文化风格开了先声。

在中国园林发展史上，六朝园林具有划时代的意义。

六朝时期，是中国经济与文化重心东移江南的肇始。与前此的秦、汉文化相比较，六朝文化显示出鲜明的差异。城市建筑尤其是园林，有着由大到小、由粗犷到精致、由豪富到雅游的变化。有研究者认为，秦、汉园林多以外在占有为主体，跑马占山，划地为园，将辽阔的自然景观收揽入皇家或私家园囿，人工营造则以地表建筑群为重，如"阿房宫三百里"，项羽放火去烧会"三月不灭"。六朝园林则已经转化为以内在创造为主体，在面积大幅度缩小的同时，以借助和再现自然风光为园林主体，重在满足欣赏主体的心理需求。明人笔记中说到姚元白造市隐园，请教于顾东桥，顾东桥只说了六个字："多栽树，少建屋。"所以市隐园在明人园林中最得"疏野之趣"。这六个字可谓文人园林审美情趣的高度概括。也就是说，造园者已从不自觉地观照自然山水，发展到有意识地探寻自然之美、创造自然之美，追求身心与外物的相协交感。

产生这种文化差异的原因，首先是由于外在环境的变化。建都于南京的六朝，都属偏安一隅、半壁江山的小王朝，已不再具有秦、汉雄吞万里的现实与气势。江南的自然山水也难比西北的雄奇，而是以秀丽取胜，江南的地理气候较温暖，建筑物无须如西北那样庞大厚重，江南的开发程度与人口密度，也使大规模圈地为园受到限制。新的客观条件孕育出新的人文情趣，从神异化转向山林化，从夸豪斗富转向游观清赏，从罗列铺陈转向顺应自然，从粗放转向精约，"螺蛳壳里做道场"，在有限的空间内营造丰富的观赏意境成为新的竞争方式。庾信在其著名的《小园赋》中，曾描绘过这种"欹侧八九丈，纵横数十步，榆柳两三行，梨桃百余树""一寸两寸之鱼，三竿两竿之竹"的六朝文人园林。这在某种程度上也表明了审美主体的逐渐成熟。

南京"城市山林"、山水兼备的自然地理环境，为造园者提供了广阔的用武之地，也有利于促进新的园林形态的生成。故此六朝园林能蔚为一时之胜。然而人为营造的，也容易遭人为破坏，隋、唐以后，六朝园林即已杳无踪迹。但这并不妨碍后世文人的津津乐道——或许正因为六朝园林的无迹可寻，才能任凭人们将其想象得越加完美而大作惋叹。说白了，今天对于六朝园林的所有讨论都带有纸上谈兵的味道。

以我揣想，六朝园林的风格很可能尚属于过渡阶段，与今日可见的江南园林距离不会太小。这只要看南京现存的六朝文化遗迹无不显露出北方文化遗风就可以知道。南京地区六朝园林最可靠的遗址当是玄武湖，虽经后世一再改造，其大而无当的特点至今仍一目了然，与宋、元以降形成的莫愁湖都不可相比，更不用说明、清时期的瞻园和愚园。南朝陵墓神道石刻风格雄健，连样式也是从洛阳学来的，南朝佛教石刻与北朝石刻的相似相承之处就更加多了。

鸡鸣寺东山墙旧影,有壁立千仞之感。

放眼豁蒙楼

说到宗教艺术,不免还要提及脍炙人口的"南朝四百八十寺"。当年的"多少楼台烟雨中",如今除了仅存的栖霞寺千佛岩,也都与六朝园林一样泯灭无迹。名存实亡的还有一个雨花台高座寺,传说云光法师在高座寺讲经说法,"天花飞坠",雨花台因此得名,而高座寺却在太平天国劫火中"荡为丘墟"。另一座似是而非的名寺是鸡笼山上的鸡鸣寺,据说建于六朝古同泰寺遗址上。同泰寺因梁武帝四次舍身为僧而成为南朝寺院之首,侯景之乱时即已被毁,其位置当紧邻台城之北,约在今珠江路浮桥一带。现在的鸡鸣寺始建于明,先毁于太平天国,后毁于"文化大革命",改革开放后方逐渐重建至清末的规模。"人世几回伤往事,山形依旧枕寒流",古人的诗境不知怎么竟会如此切合今人的心境。

今天还值得一游的是鸡鸣寺中的豁蒙楼。豁蒙楼的历史远没有鸡鸣寺久远,但其意义却远比"梁武帝饿死台城"的旧话重要。豁蒙楼名,出自杜甫诗句"忧来豁蒙蔽"。据说甲午战争期间,力主抗战的张之洞署理两江总督,某日与得意门生杨锐同游鸡鸣寺,在南唐涵虚阁墟址上畅谈,深忧国事。杨锐反复吟诵杜甫《八哀诗·赠秘书监江夏李公邕》中的名句:"君臣尚论兵,将帅接燕蓟。朗咏六公篇,忧来豁蒙蔽。"四年后戊戌变法失败,杨锐与谭嗣同、林旭、康广仁、刘光第、杨深秀等遇难,时称"戊戌六君子"。1902年,张之洞复任两江总督,怀念旧人,

豁蒙楼上放眼观,"忧来豁蒙蔽"。　　　　　　　　　　　　　　　　　　　　　　　　　　　　　　作者 摄

鸡鸣寺旧景　　　　　　　　　　　　　　　　　　　　　　　　　　　　　　　　　　　　　　作者 供图

遂提议在鸡鸣寺涵虚阁墟址上建楼，"尽伐丛木，以览江湖"。两年后楼成，张之洞亲题"豁蒙楼"匾并作长跋。梁启超也曾为此楼题写楹联："江山重叠争供眼，风雨纵横乱入楼。"也算是话里有话。

即使不知道这一段历史，豁蒙楼也是观览玄武湖、紫金山景致的好地方。登楼推窗，"群峰拱抱，烟岚蓊郁，东抗钟阜，西接北极，下瞰台城，俯临玄武，山色湖光，湖中枭雁，历历可数"。朱自清先生说玄武湖"像大涤子的画"，那是一定得在豁蒙楼上才看得出的。倘得二三好友，倚栏观画，品茗抒怀，更是人生妙事。

玄武湖是个可远观不可近玩的所在，水面太大而景点太稀，能让人驻足、令人流连的景致就更少。湖中有五个小岛，号称"五洲"，过去是亚、欧、美、非、澳五洲，现在是梁、樱、菱、翠、环五洲。玄武湖也一度被叫作"五洲公园"，可是要绕这"五洲"转一圈，总会令人产生疲于奔命的感觉。这很有点像南京的"大萝卜"，吃着不能说没有味，但终是味淡而少变化，满以为盛名之下，后面或许会有点精彩的东西，费力费牙嚼了半天，从头到尾给人的感觉是不过如此。故而置身其中，大不如置身其外。当然"远观"的立足点要够高，视点也要好，能将紫金山也尽收眼底成为衬景，近水远山融为一体，更须观赏者的胸襟广阔，览天下而小之，才能得其佳处。

纵览南京城市文化，也使人时时生此宜宏观不宜微观的感触。倘若身陷其中，为局部的辉煌、细节的灿烂所迷惑，被"远近高低各不同"的枝蔓弄得莫衷一是，则难免"不识庐山真面目"。

观赏玄武湖的另一个好地方是覆舟山头。向覆舟山南寻找六朝乐游苑的豪奢是不会有结果的，当代人若还只能鹦鹉学舌地发几句君王荒

采菱船，采红菱。

淫、奸佞祸国的感慨，未免可笑复可怜。而山北一望，湖光山色，较豁蒙楼上视野更为开阔。尤其是细雨蒙蒙之际，登山远眺，雨丝如纱如帘，平时一览无遗之平湖变得含蕴深致，阴云忽聚忽散，平时端立不动之钟山转而灵动妩媚，真是"别有一番滋味在心头"。

清凉山扫叶楼旧影,雄踞山崖之上,一望无际。

城西佳山水

南唐时期的南京园林，据记载有北苑、金波苑等，已都无从考究，只有先主李昇曾建石城清凉大道场的清凉山面目依稀可辨。石城清凉大道场主持文益在此创立法眼宗，死后被中主李璟谥为"大法眼禅师"。这里还是南唐诸帝的避暑行宫，后主李煜常留宿于此，据说寺内"德庆堂"匾就是李煜的"撮襟书"。现在清凉山内尚存南唐义井，传说寺僧因常饮此井之水，虽老须发不白，故得名"还阳泉"。

抗战前，南京诗人卢前曾建议于山上建"词皇阁"以纪念李煜。1984年，唐圭璋先生又重提此议，然而竟如石沉大海，毫无反响。

清凉山也曾是著名的"六朝胜迹"，因东吴石头城就修建在此山上，故最初即名石头山、石城山，宋以后始称清凉山。近代因开辟道路，逐渐将鬼脸城所在一段山体完全分割出去，后人遂淡忘了其与石头城的这段因缘。现在公园东大门内的"驻马坡"刻石，算是纪念诸葛亮驻马发布"钟山龙盘，石城虎踞"的名言的，也该是一种"六朝胜迹"吧。其实诸葛亮并未到过南京，而人们印象中的诸葛亮又好像并不骑马，所以连南京的普通市民都知道那纯属附会。

清凉山上靠得住的古迹，除了还阳泉，只有东侧冈埠上明嘉靖年间督学御史耿定向兴建的崇正书院和西南坡上明末清初山水画家龚贤的扫叶楼。当然今天所能看到的实物，已都是改革开放后重建的了。清凉山

扫叶楼门坊，今不存。门内登山石阶比现在长，所以坡度较缓。

的建筑以至林木，近代以来曾三次遭劫，一毁于太平天国，二毁于侵华日军，三毁于"文化大革命"。现在的崇正书院，依然有名无实，虽然由著名建筑学家杨廷宝先生领衔规划设计复建，造出了一个仿古学府的外壳，几十年来三翻四覆，仍然看不出什么书卷气。号称"人文荟萃"的历史文化名城南京落到如此地步，是很有些可悲的。南京著名的私家藏书楼不断被毁弃。清代道光年间建造的两大藏书楼，甘熙的津逮楼和朱绪曾的开有益斋被太平天国连楼带书烧为灰烬，也就罢了。20世纪90年代建同仁大厦时，竟将保存较为完好的明代建筑、焦竑的藏书楼五车楼拆毁，据说当时曾商定大厦竣工后复建，但至今不见着落。古代书院，除了惜阴书院旧址上后来建起了江南图书馆，复建而稍有规模的只有这一座崇正书院，竟始终不能作为发展"书文化"的一个基点，委实可惜。

在南京人口中常与清凉山并举的是扫叶楼。龚贤字半千，别号柴丈，《金陵通传》说他"工诗善画"。明清易代之际，他曾四处逃亡，在扬州住了一段时间，晚年还是回到故乡来做前朝遗老，于清凉山下造半亩园定居，与清凉寺僧宗元时相往来。宗元号扫叶，人称扫叶上人，名其所居处为扫公房、扫叶楼。龚贤曾为他画扫叶僧形象悬于楼中。"与人落落难合"的龚贤，在诗中还要指桑骂槐："橐驼尔何物，驱入汉家营。"其实清代统治者对他并不见外，清高宗登清凉山，不过淡淡地调侃了一句"隔岫谁家扫叶楼"，坦然承认其"清标占断石城秋"。现在扫叶楼中还有不知什么人涂抹的一幅和尚赤足扫叶图，两边的对联写的是"老不白头因水好，冬犹赤足为师高"，拉扯了还阳泉来与扫叶僧作对。

但龚贤的山水着实画得出色，同时代的周亮工对他大为赞赏，说

"其画扫除蹊径，独出幽异，自谓前无古人后无来者，信不诬也"。后人将龚贤列为清初"金陵八家"之首。因为龚贤的关系，扫叶楼遂成为南京文化人的一种情结，三百年间登览聚会不断，诗、词、文、联酬唱题咏不绝。杜于皇、吴嘉纪、屈大均、洪亮吉、周亮工、卓尔堪、姚鼐、蒋士铨、施闰章、刘春霖、薛时雨、端方、顾云、陈作霖、陈三立、王东培、程先甲、易顺鼎、夏仁虎、仇埰……由这样的一份名单，可见对扫叶楼发生兴趣的远不止于明遗民，也不仅是南京人。直到民国年间，还有人煞费苦心搜罗前人诗文编成一册《扫叶楼集》。当然扫叶楼的景致也不尽在楼内，如果说豁蒙楼上是看水的好去处，那扫叶楼上就是看山的好去处，登楼放眼，满怀都是欲滴的苍翠，让人心静神宁，真不枉叫了清凉山。

与清凉山相近的乌龙潭，也是可以追溯到六朝的名胜，据说因晋人曾在潭中看见黑龙而得名。但它确曾充当过颜真卿的放生池，现在潭畔还有颜鲁公祠遗址在。千余年来，一代一代文化人，同乌龙潭、同乌龙潭畔的苍山翠阜，结下了不解之缘。明、清以降，在这片水木清华境界中，更建起不胜枚举的园墅书斋：明代藏书家丁雄飞的心太平庵，明末南都"五秀才"之首吴应箕的吴氏园，清初桐城派散文家方苞读书的来兹庵，方氏家祠教忠祠，近代思想家魏源的小卷阿，同光间学者薛时雨的薛庐……吴晗著《江苏藏书家史略》，"统凡得五百人"，南京籍者仅二十四，然而其中与乌龙潭因缘际会的，仅清代就有丁雄飞、黄虞稷、汪士铎、陶湘、罗震亨、孙文川、甘熙、朱绪曾、陈作霖等近十人。时时聚合于此的文人学士就更多了，尤其自道光年间两江总督陶澍在盋山办学，从惜阴书舍、惜阴书院一脉相承到江南图书馆，乌龙潭畔可谓群星璀璨,不仅聚集了胡培翚、汪士铎、薛时雨、马沅、冯桂芬等学者在此讲学,而且也确实培养出了一批人才。此后缪荃孙、柳诒徵、贺昌群等著名学者先后主持江南图书馆、南京图书馆,更为众多学人求学苦读提供了一方难得的天地。

乌龙潭自古以来号称佳山水,其优势在于环潭皆山。20世纪以来,由于广州路的开通,东、北两面诸山已与潭无缘。龙蟠里的新建道路民宅,又隔断了盋山。不知什么时候划定的疆界,将南面的蛇山、峨眉岭、龟山等也切出乌龙潭的辖区,使今天的乌龙潭仅剩环潭一圈狭窄陆地,韵味全失。近年来复建的乌龙潭公园,想借"红楼旧址"做文章,在临广州路一面陆续造起荣禧堂、天香楼、稻香村、潇湘馆等"红楼建筑群",在园内塑起曹雪芹造像,建了曹雪芹纪念馆。对于主持者的这种努力,一批红学家给予了很高的评价,而某些有关部门却嗤之以"不伦不类"。如果硬与《红楼梦》里所描写的园林建筑相比照,这些新建筑确实"不伦不类"。然而南京毕竟与大观园有着那么一段因缘,搞一个局部性或迷你型的"大观园",对于后人了解南京的历史文化不无益处,对于开发南京的旅游事业亦有好处。倘得有关部门支持,有关专家介入,应该是能够做得更为地道的。而自乌龙潭至清凉山一带,可说是"大观园"最适宜也最可能的复建地。

半山寺旧影 据1910年日本出版的《金陵胜观》,乐淘乐书店 供图

园中轻喜剧

　　南京城里有记载的宋代园林不多，现在还有迹可寻的只有一个王安石的半山园。半山园的得名，是因其正处在金陵城东门（今大中桥西）到钟山路途一半的位置上。若从园林建筑的意义上说，半山园在当时就没有什么特色。倒是南宋马光祖所建的青溪园，以亭阁溪桥之胜，直到清代还为人津津乐道。青溪园的景观都有极雅致的名字，如门前临水小亭叫"放船入门"，门内四望亭名"天开图画"，环亭四池分别叫"玲珑池""玻璃顷""金碧堆""锦绣段"。园内的亭名有"撑绿""割青""看竹""苍雪"，桥名有"镜中""绿波""望花随柳"，堂名有"尚友""清如""闲暇""近民"，径名"添竹""香远"，即此已足供人遐思。虽然马光祖也能算一个有所作为的官员与文士，但毕竟难比王安石这位"改革家"，所以半山园不断有人出钱重建。王安石的"天变不足畏、祖宗不足法、人言不足恤"，直到20世纪中叶还能成为政治家的精神武器。但他在南京的政绩，恐怕就不大能拿出来说了，其间最著名的一件，就是奏请皇上将玄武湖围湖造田。只要看玄武湖至今尚存，就可以明白他的荒唐。据说当其时就有政治笑话，说王相爷还打算废太湖为田，只是不知把太湖水弄到哪里去是好，有人报告说好办，只要另挖一太湖，将水放过去就是了。至于王安石在南京编纂的《三经新义》，好像连后代的经学家也不见提起。民间传说里对王安石改革中种种扰民措施是很不

愚园别具特色的花墙。这座园林曾遭损毁，今已修复。

满意的，对他的讽刺也相当深刻，读《警世通言》中的一篇《拗相公饮恨半山堂》就可见一斑。20 世纪以来，半山园一带长期为驻军所占有，现在还在海军指挥学院内。新建的半山园，大约只有园名还能令人发思古之幽情了。

明代初年定都南京，农民出身的明太祖朱元璋反对奢华，约束文武官员家"不得多占隙地，妨民居住"，"又不得于宅内穿池养鱼，伤泄地气"，破坏国都的风水，所以当其时权贵大家都很少有建造园囿的。明人笔记中有一个故事，说魏国公之子徐桐冈，家有合抱大柳树一株，偶过邻家，见树影成荫，归家遂伐柳树，曰："我家树，乃影落邻家乎！"因为当时风俗，以为"大树有神，其影照人宅辄兴旺。"徐桐冈不愿自家的树影"兴旺"了别人家，未免小量，但树影会落到别人家院中，可见宅院不会太大。还有一个也是关于徐氏的故事，说中山王徐达的六世孙徐天赐，住宅在大功坊，其后与应天府学相接，不能扩充尺寸之地。徐天赐同京兆尹蒋某、督学赵某商量，并贿赂生员任芳等人，相约以尊经阁后民间之地，调换学宫右边的空地。生员周膏得知后，作了一篇《非非子》，粘贴在学宫照壁上，夸张地形容孔子贫厄、门人售地，字里行间影射两位当任高级官员。赵督学听到后，"畏公论不容"，遂放弃了换地的打算。此亦可见当时风气一斑。

正德、嘉靖以后，南京的私家园林才开始多起来。据万历年间王世贞《游金陵诸园序》所载，仅徐达后人各处住宅中的大小园林就多达十处。此外还有齐王孙家的同春园、乌龙潭园、武定侯竹园、姚元白市隐园，顾司寇息园等。不过王世贞游览之际，这些园林多已盛而复衰，所以他"殊无艳羡语"，没有什么太高的评价。

明人笔记中，常有发生于这些园林中的故事。其间最有趣的，当数

半山园门前太湖石,玲珑剔透,与"拗相公"恰成对照。 作者 供图

王世贞不知为什么没有提到的快园。快园主人徐霖,字子仁,据说他"诗才笔阵,丹青乐府,足称能品",曾供奉内廷。他于弘治年间在乌衣巷附近建造快园,落成之日,锦衣卫指挥使黄美之携酒饮于园中,一友人说:"此园正与长干里大报恩寺琉璃塔相对,可惜为城墙所隔,如果能造一座楼,夜晚登楼观塔灯,最是佳境。"黄美之说此有何难,次日一早就送来白银二百两让徐霖造楼。黄美之出手如此大方,则因为他的叔叔黄太监当年保养孝宗最有功,到了孝宗登基做皇帝,黄太监的富贵自无须说,连带着其侄儿也富贵尊荣。据说后人所作《妆盒记》戏文,就是影射黄太监的。正德年间,那个风流浪荡的明武宗巡游到南京,曾在快园的水池边钓鱼,并且当真钓上了一尾金鱼,旁观的宦官捧场起哄,争着出高价竞买,终于将得意忘形的皇帝弄到自行失足落水,衣衫尽湿。这大约是中国有皇帝以来绝无仅有的奇闻,于是快园中不但有"宸幸室",园中的水池又得了一个"浴龙池"的雅号。当时的文化人因此对徐霖颇有微词。周晖在《金陵琐事》中记及此事,说:"太祖三幸陈遇家,武宗两幸徐霖家。陈参帷幄之谋,徐进词曲之技。陈、徐皆布衣。"陈遇是明洪武年间人,时称"金陵第一人品",明太祖"每询以大计,皆称旨命,与官始终不受"。"陈、徐皆布衣"五字深得中国史家三昧,堪称冷隽。"布衣"这个称谓曾经是江南文化人的骄傲,而徐霖竟以布衣而做弄臣,不免让他们伤心。

快园后来虽然荒废了,但曾经"浴龙"的水池子是一直还在的,不过已被南京人易名为"小西湖"。换个别的地方,没准会重修快园、开辟"明武宗游泳池"的吧,南京人却就这么淡淡地将一个风流天子剔出了自己的记忆。

瞻园。倒映池中的不止瞻园美景,还有天空。

瞻园古今谈

徐氏诸园中，最负盛名的，还是至今尚存的瞻园。

瞻园虽然是徐达中山王府第的一部分，但在徐达生活的时代，并不是园林，而是织室、马厩等附属用房的所在地。直到嘉靖初年，徐达的七世孙徐鹏举才开始在这块土地上修造园林，徐鹏举之孙徐维世更大兴土木，挖池叠山、建堂筑亭，并购四方奇石装点，命名为"西圃"。这固然因为新园在魏国公府第的西边，也因为徐家已有一个"东园"在，也就是今天的白鹭洲公园，那是永乐年间徐达的女儿、明成祖仁孝皇后赐给徐家的。仁孝皇后此举明为怀念父亲生前的功勋，其实另有深意。因为在"靖难之役"中，徐达的儿子们分成了两派，继承魏国公爵位的徐辉祖拥护建文帝，而他的弟弟徐增寿则暗中帮助燕王朱棣。朱棣登上皇帝宝座后，曾经追究过徐辉祖的罪责，据说徐辉祖拿出明太祖赐给徐家的免死文契才保住性命。仁孝皇后当是以这种方式来保护她的弟兄们。

朱家与徐家的关系是明初的一个极妙话题。徐达是明代"开国第一功臣"，朱元璋在兴建新皇宫时，曾许诺把自己在王府园的旧王府赐给徐达，但他不久就反悔了，大约是担心从那座旧王府中，再生出一个新皇帝。于是他改在旧王府的北面，原关公庙的地基上，为徐达新建了一座王府，借以表示自己是像刘备待关羽那样，把徐达当作手足弟兄看待

瞻园池畔回廊

瞻园北假山,尚是明代遗构。

的，所以南京民间相传徐达是关公转世。朱元璋还亲自书写过两副对联赐给徐达，一副是"始余起兵于濠上，先崇捧日之心；逮兹定鼎于江南，遂作擎天之柱"，另一副是"破房平蛮，功贯古今人第一；出将入相，才兼文武世无双"。并且在王府左右各建一牌坊，以为表彰之意，所以新王府所在地俗称"大功坊"。然而这位"世无双"的第一人，尽管已经只能诚惶诚恐地陪皇帝吃酒下棋，再也不敢言勇，最后还是死在朱元璋的疑忌之下。

  明成祖朱棣所娶的是徐达继妻谢夫人的长女，即仁孝皇后。她的大妹妹也是朱家的媳妇，小妹妹则尚未出嫁。永乐五年（1407年），仁孝皇后病逝，朱棣示意谢夫人，想继娶其小女儿为皇后。谢夫人大约是徐辉祖一党的，所以淡淡地回了一句："我的女儿只怕配不上皇上吧！"朱棣何等人物，当即反问道："夫人的女儿不愿嫁给朕，还想再择什么样的女婿呢？"这就断送了姑娘的一生，不肯嫁给当今皇上，休说不敢再受别人家的聘礼，又有什么人敢娶皇上看中而得不到的女人呢？此女最后只好出家做了尼姑。据说南京凤台门外有王姑庵，即其出家之处。又据说庵后生长一种奇竹，最宜于做手杖。杖者，供扶持之用者也，这个女人应该是能成为丈夫贤内助的，却只能化为竹杖一显身手了。

  瞻园在明代已有"南都第一名园"的盛誉，当然可能有拍徐家马屁的成分，不过园北现存的假山可以肯定是明代遗物，其叠石水准绝不亚于苏州和扬州的园林假山。但它的极盛时期则在清代乾隆年间，据说园中多达"十八景"，清高宗南巡时曾两度到瞻园游览，乾隆二十二年（1757年）还为瞻园题写了匾额，至今仍有砖刻嵌在瞻园的门楣上。乾隆二十五年（1760年），定居南京的袁枚也写过《瞻园十咏》。入清以后，瞻园东边的魏国公府邸已经改为布政使司衙署，但仍供有中山王徐达的神像。太平天国定都南京，最初是东王杨秀清占据了此地作为东王府，传说在梦中被中山王神像打了耳光，于是赶紧搬走了。后来洪天王为纪念战死的西王萧朝贵，一度将瞻园作为西王府，安置萧朝贵的儿子"幼西王"，似乎又并没见什么怪异。最后此地又做了夏官副丞相赖汉英的府第。太平天国溃败时瞻园被放火烧毁，清同治四年（1865年）和光绪二十九年（1903年）两次重修，仍远未能达旧观。20世纪60年代初，南京市政府委托建筑学家刘敦桢教授主持瞻园的恢复整建工作，至1966年西部景区完工。此后一停二十年，80年代中期才着手东部景区的整建。

在瞻园旧址上整建而成的西部景区，现仍是瞻园的主体，南北纵向展开，中心建筑静妙堂将全园划分为南、北两部，各以假山水池为主景，配置花木。静妙堂北一望草坪，伸向北水池，池中旧有普生泉，池北即明代遗构北假山，山体崇宏，含瞻石、伏虎、三猿诸洞，山间磴道盘环，间置林木，而石矶与水涧的处理尤为精彩。山顶原有一座六角草亭，整建时改为石屏，以障蔽北墙外的建筑，也增添了山势的峭拔。静妙堂前水榭下临南水池，池南假山是刘敦桢教授的杰作。山分前后两重，前山由主峰延伸至池中呈丘陵状，将池水隔为两部，增加了景深层次。后山由主峰、次峰、峭壁组成，跌宕起伏，下构洞穴，上悬泉瀑，虽高不足十米，而使人生磅礴幽深之感。20世纪江南叠石作品中未见能出其上者。池西假山又是一种风格，以土带石，冈阜宛若天成，山间谷道石叠成壁，山脊曲径石缀为阶，临水处则以太湖石驳岸，乔木灌木相映成趣。

东、西景区之间有一条南北向逶迤曲折的长廊，南接入口处的门厅，北达北水池边的观鱼亭。依廊三座小院，分别按院中所植花木定名为玉兰院、海棠院和桂花院。仙人、倚云、雪浪等山石点缀其间，据说尚是北宋花石纲遗物。

长廊东部景区为近年扩建而成，俗称东瞻园，以庭院建筑为主。园南部以清风爽籁堂、一览楼、迎翠轩和回廊组成两个相对独立的幽雅庭院，西、北各有门与东、西两院相通。中部为宽敞的大草坪，东面辅以曲廊，北侧为一组迭落亭廊，间有竹木山石。北部水院将东、西回廊贯通一体，池水直通廊下，池边峡石壁立，池北有一览亭和后殿。

瞻园在南京现存园林中是一个异数，其空间适当，结构紧凑，蕴藉丰富，抑扬有度，理水堆山别出心裁，既有城市山林的佳趣，又有江南园林的韵味，可谓一时之冠。

莫愁湖,"金陵第一名胜"。图中建筑是郁金堂,堂侧曾公阁轩窗临水,今不存。　　　　作者 供图

说莫愁

佳趣

在明代人的心目中，南京的山川之美，当首推紫金山与玄武湖，然当时一为皇陵一为黄册库，"游趾不得一错其间"，使不少人引为憾事。我想明人对紫金山与玄武湖景致的盛赞，很可能就是出于"游趾不得一错其间"的神秘感，而恰恰紫金山与玄武湖又都是远观胜于近玩的景致。所以到了清代，紫金山和玄武湖都能够自由出入了，人们却将莫愁湖推举为"金陵第一名胜"。

莫愁湖据说得名于六朝时期的女子莫愁。因为传说中的莫愁女最喜欢郁金香，所以后人在湖畔建有郁金堂，堂中有池，池中有莫愁塑像。清人且拟出"郁金堂八景"："波镜窥容""月梳掠鬓""山黛描眉""莲粉凝香""莺簧偷语""柳丝织恨""秧针倦绣""燕剪裁绮"，诚所谓"以意为之"了。

当然后代也有学者不怕煞风景，曾经费心考证出与莫愁有关的石城并非南京，而应在湖北竟陵。也有专家不辞劳苦，曾经费心考证出莫愁湖的形成年代不可能早于南唐。这真是"世界上怕就怕认真二字"了。其实莫愁湖的成为风景名胜，并不依赖于那个众说纷纭的莫愁女。被明人列入"金陵四十景"的是"莫愁旷览"而非"莫愁闺怨"。清人更明确地举出在莫愁湖能够"旷览"的"金陵八景"，是"钟阜晴云""石城霁雪""清凉环翠""冶麓幽栖""秦淮渔唱""报恩塔灯""雨花闲眺""牛首烟岚"——南京的重要景观，几乎尽在眼中。以"一景之内又能收八景"，"四面云山入画图"，莫愁湖确不愧为"金陵第一名胜"。

莫愁湖的开发为园林，不会早于明代初年。南京民间传说明太祖朱元璋曾与徐达在湖畔酒楼下过棋，那一盘棋是徐达赢了，所以朱元璋把此湖赐给了徐达，后遂有"胜棋楼"之建。清人《莫愁湖志》中说，因湖畔建有中山王别墅，所以在明代"游屐罕至"。近年出版的《南京文物志》，不但肯定胜棋楼建于明代洪武年间，而且绘声绘色，说徐达与朱元璋下棋每下必输，朱元璋知他有意让棋，一定要他拿出真水平来。"徐达下到最后，棋子竟排成'万岁'二字，朱元璋虽然输了棋，但很高兴，就将此楼赐给徐达，故名'胜棋楼'。"

然而，莫愁湖之名首次见于文献记载，已是明代中期，正德《江宁县志》卷二载："莫愁湖在县西，京城三山门外。莫愁，卢氏妓，时湖属其家，因名。今种芰荷，每风动，香闻数里。"湖的得名自应在入志之前，湖的形成更应在得名之前，说莫愁湖形成于宋、元时期，当不会有太大的出入。只因早就有了"莫愁家住石城西"的名句，紧邻石城门（今汉西门）的新湖，顺理成章地被叫成了莫愁湖。莫愁湖紧邻的三山门（今水西门）、石城门，明初都是重要的交通节点，繁华商市，湖畔茶楼或有之，但胜棋楼云云，多半是明代中期，徐氏后人为霸占莫愁湖编造出来的，只能姑妄听之了。

旧人的莫愁诗词不胜枚举，明代以前专咏莫愁女，明代以后又多了一个徐达，英雄美人，正是中国文人所热爱的题材。不过有几副对联着实做得不坏，如"烟雨湖山六朝梦；英雄儿女一枰棋"，"独坐只应天可对；野行常有月相从"，"湖水本无心，问如何千古英雄，只许一楼分黛色;佳人真绝代,看多少六朝金粉,更谁此地斗蛾眉","于此间得少佳趣,微斯人吾谁与归","莫轻它北地燕支,看画艇初来,江南儿女生颜色;尽消受六朝金粉,只青山无恙,春时桃李又芳菲"。末后这一联是曾经惹出麻烦来的,因为作者的原句,上联末尾作"江南儿女无颜色",引起了江南文人的公愤,不得不改成现在这个样子,至于意思上弄得不通了,却没有人去管它,因为那只丢作者自己的份。南京的文人像这样为家乡拍案而起的故事,确乎是很难得的。

其实除了英雄美人,与莫愁湖相关的还有一位名臣,就是清代晚期的栋梁人物曾国藩。郁金堂后原有曾公阁,"飞阁流丹,下临无地",旧时匾额题的是"江天小阁坐人豪"。曾氏在莫愁湖畔能有一席之地,是因为他重修莫愁湖与胜棋楼,更是因为他平定太平天国,所以曾公阁在近半个世纪中理所当然地泯灭了。但那景观,仍保留在旧时的图画和照相中。

南京的风景区多有大水面,但很少有能调理到如莫愁湖这样的。湖中的碧莲,湖岸的烟柳,都给人恰到好处的感觉。莫愁湖的莲藕和鸡头米,曾经是南京人得意的小零食。现在的年轻人,已经很少能识得鸡头米了。就是大学中文系的学生,大约也只在杨贵妃与安禄山调情的细节中注意到这种水生植物的果实。然而无论春夏秋冬,二三好友在莫愁湖中随意走一走看一看,随便在哪里站一站坐一坐,都会很适意。既能享受到自然的气息,与日常生活又很贴近。不像玄武湖,进了那个庄严的门,就鲜明地知道自己是在公园里了。特别要注意的是千万不要赶在公园(包括莫愁湖公园)搞什么活动的时候去,那可就变成了人看人、人挤人、人糟蹋人,不如去逛百货店了。

今日郁金堂水院中的汉白玉莫愁女雕像

南京的自然景观，一向受人好评，"城市山林"几成定论。按过去的说法，南京诸山正当"南龙尽处"，也就是江南宁镇山脉的余脉，所以"精华之气，发露无遗"，虽然没有奇峰峭壁、拔地刺天的雄峻，但葱茏秀雅，"望之如古佛顶上之螺，美人眉间之黛"。南京的水现无数法身，大江一泻千里，秦淮曲折回环，玄武湖素面朝天，莫愁湖风姿绰约，小到钟山的一人泉、牛首山的虎跑泉、栖霞山的白鹿泉、雨花台的第二泉，一泓之流，亦各有韵致。如此优越的条件，在全国各大都市中，能与之比肩者确乎不多。

然则平心而论，今天南京对城市自然资源的保护和利用，很难说尽如人意。不是说南京的山水林园建设没有好成果，但总觉得以南京的自然条件和经济力量，尤其是南京人的文化素养，完全可以做得更好一点。现在好像没有用心去做，没有放开手脚去做，尤其是很多事情没有找到恰当的人去做，所以像东郊风景区、像莫愁湖、像瞻园和白鹭洲这样的景点还是少了一些，而让人不免失望的东西还是稍多了些。这是很让人感到可惜的。

萧恢墓前石辟邪。郊原荒草,落寞千载。

散落郊原的六朝瑰宝

凡是见过南京城徽的人，都会对作为主图案的那只昂首挺胸、魁伟豪迈的巨兽留下深刻印象。那巨兽，就是南朝陵墓神道石刻中的典范——辟邪。

这或许可以说明南朝陵墓神道石刻在南京人心目中的地位。

南京人好以"六朝古都"自矜，然而，南京城市建筑中的六朝遗迹，实在已寥如晨星，难以指认。或许因为六朝古都始于石头城吧，今天还能见到的六朝遗迹，大约也只剩下了些时间难以磨灭的石头：散落郊野的南朝陵墓石刻，栖霞山的千佛岩，陆续出土的晋人墓志，翻刻的《天发神谶碑》，鸡鸣寺下辱井的胭脂色井栏，新发现的"天下第一坛"……

石头城下说石头，首先要说到的就是南朝陵墓石刻。南京现存六朝陵墓数十处，然而能见到神道石刻的，只有宋、齐、梁、陈四朝陵墓。东吴陵唯孙权蒋陵在明孝陵前梅花山，其余皆渺不可考。东晋十一陵，据南京博物馆考古发掘，可能有九陵在富贵山南麓，此外一在北郊幕府山，一在苏州。东吴陵据文献记载应有碑，东晋陵据《晋书》记载则皆"不起坟""不封不树"。唐人咏晋元帝庙有"年年春绿上麒麟"句，宋人咏晋陵亦有"碑字已漫青草死，酸风吹煞石麒麟"的诗句。但这些碑和麒麟，宋代以后好像就没有人见过。想来唐宋时的诗人们，并不清楚

萧景墓神道石柱,原为一对,仅存西柱,独立寒秋。

萧景墓神道石柱顶部,柱额反书楷字,上置覆莲花宝盖,盖顶辟邪虽小,气势雄壮。

晋陵的确切位置，再加上"碑字已漫"，很可能是误将南朝陵墓当成了晋陵。

南京地区现存的南朝陵墓多达十九处，其中帝陵三处、王侯墓九处，另有失考墓七处。石刻多在墓前五百至一千米左右的大道旁，一般包括镇墓石兽、神道碑、神道石柱等。南京东郊麒麟门麒麟铺的一对麒麟，据考位于宋武帝刘裕初宁陵前，这该是现存最早的南朝陵墓神道石刻，其风格也最为质朴。据说这麒麟和神道石柱的样式，都是宋孝武帝从河南襄阳学来的。也有学者研究，认为南朝陵墓石刻最直接的艺术源头是汉代的陵墓石刻，西汉元帝渭陵就出土过玉辟邪，东汉墓前的石辟邪就更多了。这对于南京人来说，未免是一个遗憾，因为作为六朝艺术典范的，竟不是江南文化的形象，而仍是北方文化的形象。

石兽是南朝陵墓石刻的主要部分。天禄、麒麟与辟邪三种镇墓石兽，形貌大略相似，体态魁伟，昂首挺胸，张口露齿，目吐威光，腹刻双翼，四足交错而立，利爪毕现——据专家说，区别之处在于兽头上的角：天禄双角，麒麟独角，辟邪无角。也有人认为有角的统称麒麟，或分称麒、麟，以证雄雌，无角的统称辟邪。我以为从现存石兽看，应该还有一个可供区别的特征，即辟邪的舌头是吐在口外、披至颔下的，且舌尖的方向就是兽头所对、兽目所视的方向。天禄、麒麟皆不吐舌，而颔下垂须及胸。如果一定要为石兽辨雌雄，则有角有须为雄，无角无须为雌，似更恰当。从历史发展的纵向看，镇墓石兽从宋至陈，在风格上经历了一个由简朴而趋繁复的发展，在造型上经历了一个由苗条清秀而雄迈豪放又趋俊秀玲珑的变化，与六朝时期的社会风气和审美思潮有着密切的契合。

狮子冲陵前麒麟,高扬的足趾给人以飞腾感。

萧景墓石辟邪

天禄与麒麟仅见于帝陵，王侯墓则只能用无角的辟邪。除了"真命天子"，别的人"头上出角"在封建社会中是相当危险的，很容易被皇帝或忠臣视为造反的征兆。比如三国时的魏延，就因为被诸葛亮看出了脑后的"反骨"，事先埋伏好了铲除他的杀手。20世纪80年代挑选南京市徽图案，最后选中的既非麒麟也非天禄，而是辟邪，应该表扬主持其事者很懂得恰如其分的道理。至于是不是该以陵墓守护者的形象作为一座活生生城市的徽记，那可就更不宜深究了。况且如前所说，辟邪并不是南京所独有。同为南朝石刻，镇江的丹阳和句容也都有辟邪。早于六朝，如西安、太原、南阳、雅安等地汉墓前，就都已出现了辟邪。

位于南郊栖霞镇狮子冲的陈文帝永宁陵前，相向而立的天禄和麒麟，堪称此中杰作。天禄在东，身长二点六米，高二点七五米，麒麟在西，身长三点一九米，高二点八五米，重各逾十吨，诚可谓庞然大物。其雕刻手法细腻圆熟，造型风格已从南朝早期的朴拙凝重转向矫健轻灵，神态威猛而富于动感，装饰色彩浓重，而且注意到脚趾这样的细部，使脚爪的前部向上伸张，离开下面的石座，塑造出一种飞腾感。2013年对永宁陵进行考古发掘时，有人提出可能是昭明太子墓。但从文献记载和两座"手牵手"连体大墓的形式，以及陵前天禄和麒麟都雕出雄性生殖器，墓主也可能是陈文帝与他的"男皇后"韩子高。

东郊仙鹤门张库村的梁临川王萧宏墓前辟邪，身长三点二米，高二点八四米，重量在十五吨以上，而造型生动，雄浑简练，仿佛从远处雄视阔步而来，在发现了什么的瞬间突然站住，满身线条富有弹性、气势逼人。其雕刻技法娴熟，圆刀、方刀的交错使用，在中国雕塑史上新开一面，是南朝石刻中的典型作品。尤其难得的是，它完美地解决了形体

萧秀墓石刻旧景

萧宏墓石刻旧景

结构的多面观问题，无论从哪个角度看，均给人以明确的实体感。

神道碑由碑额、碑身、龟跌三部分组成。现存最完整的六朝神道碑，是栖霞区甘家巷梁始兴忠武王萧憺墓碑，由当时书法家贝义渊楷书，近三千字的碑文大部分尚清晰可读。其形式上承东汉，碑首浑圆，饰以交相盘绕的双龙，碑额有穿孔，碑座为昂首龟跌。南朝立碑原较少，像这样高过五米、重逾十吨的巨碑，更属罕见。

神道石柱也称阙，取柱立两旁，"中央阙然为道"之意，所以完整的一组应是东西对面而立的一对。东北郊十月村萧景墓前的神道石柱，玲珑秀丽、风姿绰约，最富代表性。现存一根为西柱，全柱高六点五米，柱围二点四五米，分柱础、柱体、柱盖三部分。柱础下部呈四方形，础面浮雕首尾相衔的双螭。柱体饰瓦楞纹二十四道，上方接近柱盖处，凿出长方形柱额一面，反书楷字，隽秀有力——与其相对的东柱，柱额文字则应为正书。柱额下浮雕三力士作以手承托状。柱端置俯覆莲花宝盖，盖顶立圆雕小辟邪一只。中华民族传统造型艺术与外来的佛教艺术自然融溶，形成一种崭新的风貌。南京人似乎特别偏爱这一根神道石柱，不但复制了置于廖仲恺先生墓前，而且一再复制了树立在闹市区。20世纪80年代初是竖了两根在市中心的鼓楼广场上，美其名为"华表"，殊不知华表和神道石柱在中国历史上从来就不曾被混用过。近年又竖了一根在水西门市民广场上，不知道市民广场上要立一根神道石柱是什么意思。

历经一千五百多年沧桑的南朝石刻群，被公认为中世纪艺术的杰出代表。它兼收并蓄，承汉启唐，在中国雕塑艺术史上，是不可缺少的一环。1988年国务院已将其列为全国重点保护文物。然而，由于六朝陵墓多已迷失，使国之瑰宝长期完全孤立在田野甚至民居建筑间，雨淋日晒，很难采取有效的保护措施，时时面临自然风化的危险和人为破坏的威胁。同时，由于石刻分布过于零散，也难以组织参观鉴赏。多年以来，有识之士不断提出抢救方案，设想选择存留较丰富的六朝陵墓遗址进行复原，同时仿照西安围绕卫青墓建石刻公园的方式，将散落无考的六朝陵墓石刻相对集中。这或许是六朝瑰宝的一个福音。然而令人遗憾的是，有关经费迟迟未能落实。南京人能将辟邪采作南京市徽主图案，能一再仿造神道石柱作为城市雕塑，然而对筹措数十万元保护真正的六朝石刻却感到万分为难，如果要评价，大约只能说是叶公好龙吧。再联想到同是南京人能一掷四千多万元去建毫无艺术和经济价值、门可罗雀终至关门大吉的"西游记城"，就更让人无话可说了。

回过头来说六朝。六朝的石头不仅要为死去的帝王充任护卫，更多地还用于为活着的帝王祈求福祉。久负盛名的栖霞山千佛岩石雕是一个例证，而1999年8月宣布发现的南朝宋北郊坛，在六朝都城考古以至中国考古史上都更具有非凡的意义。

郊坛，是中国历代帝王举行祭祀天地大典的场所，也是古代都城地位最高的礼仪性建筑。南郊坛用于祭天，俗称"天坛"，北郊坛用于祀地，俗称"地坛"。据文献记载，周、秦、汉、唐都有北郊坛，但至今找不到实物遗存，现存最早的北郊坛遗址是明代地坛。同样根据文献记载，南朝宋孝武帝曾在钟山修建北郊坛，直到宋、元时，还有学者考察并记录了它的大概位置和形状，但此后也就泯灭无闻了。所以，1999年4月，当靠近紫金山顶处发现古代"擂台"的消息传到南京市文物局时，立刻引起了有关专家的高度重视。市文物研究所所长贺云翱率队前往，经过三个多月艰辛的野外考古和专家论证，终于认定这就是南朝宋北郊坛遗存，系我国有文字记载以来发现的时代最古老、规模最宏大的地坛，比北京明代地坛早一千年，比当年在西安发现的"天下第一坛"唐代天坛还早数百年，它才是名副其实的"天下第一坛"！

位于紫金山南麓明孝陵陵域内、海拔二百七十六点九米处的南朝宋大型北郊坛，背依钟山主峰，坛体取正南北方向营造。其主体建筑由四层台面组成，每层台面的外缘用加工过的山石垒砌成墙体。其中第二道石墙为地坛主墙，残存最高处尚有三点二米，高大陡峻，十分壮观。坛体用土石筑成，边长近九十米，总面积逾八千平方米，最高处达十米以上，总体积超过十万立方米。在地坛主体平面上，还用较纯净的黄土加筑了四个近于方形的小坛，即古代礼制所规定的"重坛"。重坛亦均取正南北方向，成中轴线对称，最高大的一个位于主坛的南面正中，其余三个在它的北面呈东西一线排列，边长各在二十米左右。按古人"天圆地方"之说，地坛取方形，且要求周围环水，是谓"方泽"，此地坛所处位置东西两侧恰有山梁环抱的山谷汇聚主峰来水和泉流，以成方泽之象。地坛的南面正中，顺山坡砌造出一条也为正南北方向的石阶，供祭祀者上下。在考古发掘过程中，还发现了大量具有强烈时代特征的莲花纹瓦当，成为当年坛上建筑遗存的确证。如此庞大的工程，在一千五百年前的建造难度，是可想而知的。然而为了帝王与天地神明的沟通，地处江南的刘宋王朝，偏偏造出了这空前的庞然大物。

南朝宋北郊坛的发现，不仅填补了我国明代以前地坛考古的空白，对研究古代郊祭礼仪制度及其演变有着不可估量的价值，而且对于历史文化名城的南京更有着特殊意义。长期以来，作为六朝古都的南京一直

栖霞山千佛岩旧影。佛像的命运,其实是人性的映象。

未能发现具有都城水平的大型六朝建筑，而今这一石破天惊的发现，终于可使古都无憾。

对于南京的东郊风景区来说，这自然又是一个可贵的旅游资源。中山陵园管理局已决定，将开辟一条新的登山游览线，从山脚的紫霞湖、正气亭，上经南朝宋北郊坛，直达紫金山顶。在中山陵轴线、灵谷寺轴线与明孝陵轴线外，形成又一条风景热线。

南京地区六朝石刻最集中也最丰富之处，则当属南郊的栖霞山下，创建于南朝齐、梁间的千佛岩。六朝时期，江南地区佛教大为盛行，帝王贵族争相舍宅为寺，梁武帝甚至四次"舍身"到同泰寺当和尚，一时间南京佛寺林立，所谓"南朝四百八十寺"并非诗人的夸张。南朝齐时，隐居于栖霞山中的明僧绍与北方来的法度禅师友善，永明七年（489年），明僧绍临终前舍宅为栖霞精舍，请法度禅师居此，这就是今天栖霞寺的前身。现在栖霞寺山门外右侧的明征君碑，即为纪念明僧绍而立。明僧绍的六世孙明崇俨是唐高宗李治的宠臣，为纪念其先祖，特向高宗求取了这一方"御碑"。碑文主要追述明僧绍不就朝廷征召、笃信佛教、舍宅为寺以及齐、梁两代相继在栖霞山大造佛像的经过，系高宗亲自撰写，高正臣书丹。碑额篆书"明征君碑"四字出王知敬手，碑后"栖霞"两大字相传系高宗所书。这是南京仅存的唐代名碑。比碑记更珍奇的，是这块碑的碑材上竟保存着大量生物化石。在碑身和碑额深灰黑色的基质上，显现出二万二千多个梅花状白色斑纹，俗称"梅花石"，实则为海百合茎和中国孔珊瑚等浅海类物化石，系距今二亿八千万年前海相沉积形成的石灰岩（栖霞灰岩）。龟趺为距今约二亿九千万年前海相沉积形成的船山灰岩，其背部有密集的葛万藻，头部还

千佛岩三圣殿,规模最大的一窟,门前立两胁侍菩萨。

有球斯瓦格蜓化石。这一方据考取自栖霞山的碑材，给人以形象的沧海桑田之感。由于碑材不易风化，一千三百余年以来，二千四百字的碑文仅有十三字残损。1962年省市文管会建造了两面砖墙、正背面为木制格扇门的碑亭，并安装避雷针，又增设护栏，使这方奇碑得到了妥善的保护。

明僧绍去世后，其子明仲璋与法度禅师依山开凿了千佛岩第一个大石窟"三圣殿"，以志纪念。"三圣殿"供奉"西方三圣"，即无量寿佛和观音、势至两菩萨，佛高近十二米，菩萨像也高达十米，故又称"大佛殿"。这是千佛岩中开凿最早、规模也最大的石窟。

据说到了南朝梁大同六年（540年），石窟之上突然出现佛光，遂引得王公贵胄纷纷前来凿石造像。栖霞山纱帽峰以下、栖霞寺以上的大片山岩，现上下横列佛龛五层，号称"千佛"，实有佛龛二百九十四座，佛龛内的基本格局是一佛二菩萨或一佛二弟子，共有摩崖造像五百一十五尊。佛像高者逾数丈，小者不盈尺，或立或坐，神态不一。有的佛座下蹲有双狮，有的窟门侧雕有天王力士。梁临川王萧宏还曾为佛像加彩涂金。更为别致的，是最后的"石工殿"中，那一位擎锤持凿的石工造像，好像在提醒人们，这才是塑造艺术珍品的人！南朝以后，历代佛教信徒对千佛岩多有修葺增补，明代造像和题刻尤多。千佛岩佛教造像圆润精湛，生动秀丽，以其独特的风格，与同时代的北朝龙门石窟、云冈石窟遥相媲美，被誉为"江南的云冈石窟"，是中国石雕艺术中上承秦汉、下启隋唐的重要一环。

然而令人痛惜的是，栖霞山千佛岩尽管远离尘世，有石窟以防风化，却仍逃不过人为的破坏。太平天国年间，统治者崇信所谓的"拜上

钟山六朝坛类建筑遗址,是全国现存时代最早的北郊坛遗址。

帝教",只准宣传自己的迷信,野蛮摧残珍贵的传统文化遗存,所到之处,肆行焚书毁庙。在南京,太平军曾将雨花台高座寺的五百尊铁罗汉捣毁改铸兵器,将城内各寺的罗汉集中到雨花台山上作为枪炮轰击的靶子。栖霞山千佛岩的南朝石刻瑰宝也在劫难逃,惨遭破坏,肢残首缺。1925年,愚昧的住持僧若舜为求偶像的外形完整,竟用钢筋水泥对石刻进行修补粉饰,得形失意,大损风采。"文化大革命"中,残存石刻再度遭到野蛮打砸,几至难觅完整的雕像。相较而言,为人精心护持的南朝佛教造像,反不如散落郊原的南朝陵墓石刻幸运,诚所谓塞翁失马,焉知非福了。南京人往往是在深秋,去栖霞山看枫叶之际,才顺便看一看前人留下的这一份文化遗产。

栖霞寺南唐石舍利塔旧影

南唐的孑遗

南唐三帝先后经营南京六十年，在隋、唐经济文化发展的基础上重建起一座金陵城，然而时至今日，作为有形城市文化的南唐遗迹，除了地上的栖霞寺石舍利塔、水边的护龙河石驳岸遗址，就只剩下祖堂山南麓的两座陵墓了——依然只是石头。

陵墓石刻与佛教石刻，原本是死与灭的艺术，却偏偏在历史中得到了永生。

还是在栖霞山，栖霞古寺的东面，矗立着一座五级八面密檐式石塔。

这是南京地区现存唯一的石舍利塔，造型秀雅，雕刻精湛，堪称唐、宋之际江南石塔的代表作。

栖霞寺舍利塔始建于隋，初为木塔。据说隋文帝从一僧人处得到一包舍利子，分给全国三十州（一说八十三州）建塔收藏，南京栖霞寺因此建木舍利塔，木塔后毁于唐武宗灭佛的"会昌法难"。南唐三主皆佞佛，遂由高越和林仁肇两大臣发起，建造了这座用白石垒砌、精雕细刻而成的舍利塔。

栖霞寺舍利塔，一如标准的中国传统建筑，由台基、塔身、塔顶三部分构成，通高达十八米。台基取印度传入的须弥座式，底座之上，依次为基座、基坛和仰莲花座。基座分上下二层，与底座均作正八边形，立面浮雕海石榴和凤凰，平面刻鱼、龙、水波和花卉纹。基坛呈束腰状

南唐先主李昇钦陵墓室门旧影,石门半开。 作者 供图

南唐中主李璟顺陵墓室

八面形，前后四角柱雕力士，左右四角柱雕立龙。八面隔板上的浮雕为佛本生故事，顺次为释迦骑白象投胎，菩提树下诞生、九龙洒水，太子出游四门见生、老、病、死诸苦，逾城出走、入山苦修，河中沐浴、村女献乳，聚徒说法，释迦苦行、降伏魔王，佛涅槃图。仰莲花座上即是塔身。

第一层塔身相当高大，同样以石柱隔成八面，南北两面浮雕门户，门扉上有门钉和铺首衔环，门旁石柱上刻金刚经。西面浮雕普贤菩萨骑白象图，东面原当有文殊菩萨骑青狮图，现已被毁。其余四面均作高浮雕天王像，且有匠人题名。塔檐下横楣上浮雕飞天、乐天、供养人等形象。第二层以上塔身缩低，每层各面均凿两个圆拱形佛龛，内雕一尊跏趺坐佛。塔檐五层仿木结构，尚存唐风，出檐较深，上作瓦垄和垂脊。现各层腰檐均有缺损，塔顶莲花形石刹柱，也是1930年卢树森、刘敦桢二先生重修舍利塔时所复原的。这次重修还有一个重要发现，就是发掘到一块曲尺纹石栏板，是现存最古的曲尺纹栏板实物，后来重修栏杆便完全按照那形式补刻出全套。

地处南京南郊祖堂山下的南唐二陵，是江南最大的地下宫殿。

烈祖李昪的钦陵在东，中主李璟的顺陵在西，其间相隔约五十米。钦陵的规模较大，规格亦高，墓室分前、中、后三个主室，都仿地面木结构房屋样式，在壁面上砌出柱梁斗拱等，平面呈长方形，南北长二十一点四八米，东西宽十点四五米。前、中两室为砖结构穹窿顶，东西各有砖砌侧室一间。后室墓穴为石结构叠涩顶，支以六角形石柱八根，柱顶有石雕斗拱，东、西各有石砌侧室三间，共计主侧室十三间。所有倚柱、斗拱、立枋等均饰以彩绘，图案有莲花、牡丹、海石榴和云

灵谷寺三绝碑，几毁几建。毁损这净土指南的人，自以为掌握了新的指南。净土指南今犹在。

气纹等，是我国现存时代较早的建筑彩绘。中室与后室之间有石门一重，石门楣上有大型浮雕"双龙攫珠"，五爪金龙凌空欲飞，珠带火焰且有祥云烘托。左右两壁各有一尊守陵武士石刻，身披盔甲，手持长剑，足踏祥云，威武庄严。三件大型石浮雕原都涂金饰彩，虽早年被盗墓者刮去金饰，初发掘出时尚可见金光闪闪，因受到淤土的侵蚀，现在已无法看清了。后室是停放李昇及皇后宋氏棺椁之处，比前、中室略大。石棺床的侧面也有栩栩如生的浮雕龙纹，并以浅浮雕卷草和海石榴纹作为平面边饰。最有趣的是，在室顶石板上，绘有彩色天象图，东方有朱红的太阳，西方有淡蓝色的月亮，南有南斗，北有北斗，大小星斗达一百余颗。而铺地的石板上，则刻有蜿蜒曲折的河流形状，象征着地理图。偏安一隅的皇帝，只能将一统江山的美梦带到坟墓里去了。

顺陵中安葬的是中主李璟及皇后钟氏，形制与钦陵大致相似，但因其时南唐已向北方的后周称臣，故而规制稍低。主侧十一间墓室全系砖砌，结构装饰和彩绘图案都已失去了钦陵那种富丽雄伟的气象，没有了石雕，更没有了天文图和地理图，连做梦的勇气都丧失了。

这两座陵墓，据说都是南唐重臣江文蔚和韩熙载设计的。

据说韩熙载还有一件作品传世，就是现藏于江浦县的"英华书院"题刻，刻在一块已经断为两截的大青石上。

2010年考古工作者在南唐二陵陵区范围内，发现了第三座高规格墓葬，经研究很可能是后主李煜大周后的懿陵。懿陵是李煜为自己准备的陵墓，南唐二陵，或者应称"南唐三陵"才对。

时代相近的，还有一方"三绝碑"，即梁代名僧宝志画像碑，现嵌于灵谷寺宝公塔前，因碑上所刻宝志像为吴道子所绘，像赞为李白所

近年考古发现的南唐第三陵,大周后墓室内景。李煜如果不做俘虏,应该会葬在这里吧。
南唐二陵文物保护管理所 供图

作、颜真卿所书,书、画、赞号称"三绝"。像赞曰:"水中之月,了不可取。灵空其心,寥廓无主。锦幪鸟爪,独行绝侣。刀齐尺梁,扇迷陈语。丹青圣容,何往何所。"据说此碑始刻于唐代,宋末毁于战火。元代重刻时在碑的下方加上了赵孟𫖯所书的跋语及《宝公菩萨十二时歌》,遂有人称"四绝碑"。明初因营建明孝陵,将宝公塔迁至灵谷寺,宣德间寺遭火灾,碑随寺毁。成化十二年(1476年)据拓本重刻,明末复毁于战火。清乾隆二十二年(1757年)寺僧据旧拓本重刻,清高宗且书"净土指南"四字刻于碑之上端,后又被毁。现存三绝碑系国民政府1928年建阵亡将士公墓时,据旧藏拓本重刻,"文化大革命"中遭破坏,文字图画均已模糊不清。

此碑流传虽算有绪,但明万历年间顾起元《客座赘语》记金陵五种"三绝",并无此碑在内。顾记五种"三绝"为:"瓦官寺宋戴安道手制佛像五躯,晋顾长康画维摩诘像一躯,晋义熙中师子国献玉佛,高四尺二寸,玉色洁润,形制殊特,殆非人工,称为三绝。清凉寺董羽画龙,李后主八分书,董霄远草书,称为三绝。灵谷寺晋张僧繇画大士像,李太白赞,颜鲁公清臣书,称为三绝。又考瓦官寺陆龟蒙《古锦记》言,寺有陈后主羊车一轮,唐则天皇后锦裙一幅,又南唐时修讲堂,鸱吻竹笴中得王右军《告誓文》,如是则瓦官又当有三绝也。若别论奇艳,吴赵夫人之机绝、针绝、丝绝,一人而兼得之,尤为最胜。"其中灵谷寺三绝碑,或应为张僧繇所绘而非吴道子所绘。明初宋濂《游钟山记》也说此碑是"张僧繇画大士像,李白赞,颜真卿书,世称三绝"。不知何时变成了吴道子画宝志像。近世有强作解人者,说系吴道子临摹张僧繇原画,愈见荒唐,按明人所见仍是张僧繇画,吴道子又该是何时作此"临摹"的呢?

阳山碑材。山石嶙峋,可以想见切割与开凿的艰难。

明太祖陵和清圣祖碑

明王朝立国之初，定都南京达半个世纪之久，在南京的历代建都史上，以时间论，已约略相当于南朝的刘宋或萧梁，以空间论，则无疑居于首位，是南京第一次成为大一统中国的首都。就是在永乐十九年（1421年）迁都北京后的二百多年里，南京也始终保持着"留都""南都"的名誉——这是"南京"得名的由来，直到闹剧般的弘光小朝廷唱罢了送终曲。

如此烈火烹油的繁华都市，让人说不完道不尽的，而今也就剩下些石头了。当年纵横四五里、殿宇十余座、规制不亚于北京故宫的明代皇宫，只剩下中山东路南侧午朝门公园里一群巨无霸似的石柱础，还能让人想象曾经的壮丽巍峨（另有三百余座石柱础埋在了现明故宫公园的地下，据说是为了保护）。公园迎门那一座精镂细雕的汉白玉石屏，昭示着曾经的金碧辉煌。作为中世纪"世界七大奇迹"之一的大报恩寺塔，只留下了一块字迹模糊不清的石碑。为嘉奖郑和下西洋而由皇帝下令修建的静海寺，只留下了一只汉白玉须弥座。钟山南麓明太祖敕建的避暑胜地神乐观，只留下了醴泉的一枚石井栏……

最令人叹为观止的，要数紫金山麓明孝陵神道的一系列石刻。

六百年前的南京，伴随着建筑皇宫的斧凿声的，是建筑坟墓的号子声。这座前后历时三十余年，耗费人力、财力无数的陵寝，就是朱元璋自营的葬地——明孝陵。

明孝陵下马坊,这里才是孝陵墓道的开端。人们更容易记住的,可能还是下马坊地铁站。

明孝陵从另一个角度上体现出明初建筑的创造性。它大体上遵循了前有神道、后有陵寝、封土起坟的传统帝陵规制，但又采取了不少独特的做法，如筑坟（宝顶）为圆丘，如建造享殿（孝陵殿）、方城和明楼等。明孝陵的神道、祭享区和内宫区的三段式格局，对后世帝陵的兴建产生了深刻的影响，不但成为北京明十三陵的样板，而且也为清代帝陵所沿用。而明孝陵神道因绕行梅花山成为S形，神道石刻随地势起伏自然布置，更是历代帝陵所不曾见，使人不能不钦服朱元璋的襟怀气魄。

明孝陵也是我国现存建筑规模最大的几处古代帝王陵墓之一，自最前端的下马坊到后部的方城，纵深达二点六二千米，围抱孝陵的红墙周长竟达二十二点五千米，相当于当时都城城墙总长度的三分之二！自下马坊到棂星门，是作为导引的神道设施，此后才是陵墓的主体建筑。现位于中山门外卫岗的下马坊，为一间两柱冲天式石造牌坊，高近八米，两方柱前、后、外侧均抱以碑石，柱端饰以云板、云罐，额上横刻"诸司官员下马"六个楷书大字。坊东三十六米，是明嘉靖十年（1531年）改钟山为神烈山时立的"神烈山"碑。再东去十七米，为明崇祯十四年（1641年）所立"禁约碑"，这是一座卧碑，仍高近三点五米，碑首为二龙攫珠浮雕，碑文内容为禁止损坏陵墓及谒陵条款，下为须弥台基座。此时明王朝已处于风雨飘摇之际，重申此类游戏规则，很有点自欺欺人的味儿。禁约碑东，就是曾经驻有护陵卫兵五千多人的"孝陵卫"。

由下马坊西北行七百米，到大金门，也就是孝陵陵园的大门。大金门坐北向南，屋面已毁，现存券门三洞。东西两侧原当为陵园红墙之始，现仅存连接的痕迹。门北七十米，就是俗称四方城的孝陵神道碑亭，亭中是明成祖永乐十一年（1413年）所立的"大明孝陵神功圣德

明孝陵神功圣德碑亭,俗称四方城,现在加了顶盖,再拍不到这样的照片了。

碑",碑高六点七米,龟趺长五米余、宽二点五米、高二米余。这座碑本来可能要高大得多,在南京城东北郊二十五千米的阳山,永乐三年(1405年)曾经开凿出另一套巨大的碑材,仅碑额就高达十五米,碑身高四十五米,碑座石材高十三米,如果真的叠竖起来,比现在这座神道碑要高九倍,大约相当于一座二十四层楼房!这样的三块巨石将怎样运到孝陵前又怎样叠竖,皇帝老儿当初想必不曾考虑,他最后不得不决定放弃,使它永远作为一方"无字碑"——记载的不是老子皇帝的神功圣德,而是儿子皇帝的凶残愚顽。阳山"绝世碑材"因此成为新金陵四十景之一。出碑亭西北行就是神道,神道分为两段,前段西北向,后段正北向。神道尽头是仅存六个石柱础的棂星门。由此东北行约三百米,到御河桥,此后一路向北,文武方门、中门、孝陵殿、石桥直至方城、明楼、宝顶,所有陵寝建筑都依严格的南北轴线分布。

  孝陵陵寝建筑群直到清代中期尚基本完好,但在咸丰三年(1853年)被一把火烧尽了地面木结构建筑之后,就再也未能复原。同治年间的重修颇有些敷衍了事的意味,这当然也由于其时国力维艰,远不能与明初相比拟了。文武方门从原来的并列五门、正门三洞变成仅一门洞,全无当初皇陵气势。中门原也是方门五座,重修时改建为碑殿,竖碑石五方。正中位置上是清圣祖康熙三十八年(1699年)南巡时所立的"治隆唐宋"碑,其后两方卧碑,一方纪康熙二十三年(1684年)谒陵事,一方刻康熙三十八年谒陵图,值得一提的是,三十八年的两方,都是皇帝委托时任江宁织造的曹寅主持勒石的。另二方是清高宗的诗碑。死去的前代皇帝对于取而代之者已不再具有实际的威胁,所以靠自己的文治武功取代了明王朝的清朝皇帝,会再三再四地来朝拜明孝陵,希望

明孝陵方城明楼旧影

新加了屋顶的方城明楼。多了点富贵气,少了些沧桑感。

能藉此联络与前朝遗老遗少的感情。清圣祖六下江南曾五祭明孝陵，且立碑赞扬朱元璋的"治隆唐宋"——其实这也是为高抬自己作铺垫，"治隆唐宋"的明王朝为我大清所取代，岂不正说明清王朝的统治前无古人？清高宗对乃祖亦步亦趋，曾六祭明孝陵。

重修的孝陵殿仅阔三间，现在还能清楚地看到周围原孝陵殿三层石造须弥座殿基和五十六只巨大石柱础，可以想见旧时规模。在宝顶之前建造雄伟高崇的方城和明楼，也是孝陵的创新。方城东西长七十五米，南北宽三十一米，高过十六米，外部全以大石条砌筑。正中开券门一洞，由此进入圆拱形纵向隧道，上行五十四级石阶，到达方城与宝顶之间的夹道，道北即宝顶南石墙，上横刻楷书"此山明太祖之墓"七字，据说是民国初年刻以回答游人询问的。由东西走道拾级而上，折而向南，即可登明楼。明楼屋顶亦毁于太平天国之役，只余砖墙四壁，2008年才兴工重建。近百年来史家说到明孝陵地面建筑，或避而不谈其遭劫之时间，或含混其词曰"毁于清咸丰三年"。试想清人若有意毁陵，无须待到咸丰三年（1853年），也就不会有康熙、乾隆年间所立那些石碑，更不会有同治年间的重建。考咸丰三年南京城统治者的变化，是太平军的进入，联系到太平军曾拆取明故宫建筑材料修造天朝宫殿，毁陵者究系何方神圣，明眼人一望可知。

可以作为旁证的，是明孝陵正门东侧的红墙下和其后碑殿的东墙下，还各有一方确实特别的《特别告示》碑，仅碑额四字系篆书中文，正文则分别以日、德、意、英、法、俄六国文字刻成，旨在让外国人也知道要保护孝陵。这是清宣统元年（1909年）两江洋务总局道台和江宁府知府会衔竖立的。其时清王朝已是风雨飘摇、朝不保夕之际，但还

孝陵神道石刻,明代工艺精华。

孝陵神道文官塑像

能想到竖立这样一方石碑，可见保护明孝陵是清朝贯其始终的宗旨。

明孝陵的精华在于神道石刻。孝陵神道前段石像路，布置石兽六组十二对共二十四只，依次为狮、獬豸、骆驼、象、麒麟、马等六种，每种均是两立两坐。神道转折处，立六棱形白石望柱一对，高六米余，柱身浮雕云气纹，圆柱形柱冠浮雕云龙纹。柱北翁仲路，立石人四对，武士两对，一对有须，一对无须，身穿甲胄，手执金吾，腰佩宝剑，文臣两对，也是一对有须，一对无须，头戴朝冠，手捧朝笏。石人石兽均为整块石料雕凿而成，体量巨大，线条粗犷，生动奔放，不仅是南京的又一组古代石雕艺术瑰宝，也是明代诸陵石刻中最成功的作品。白石望柱造型雍容挺拔，线条细腻华丽，亦为各地帝陵所少见。

1999年冬，在美龄宫东侧的树林中，发掘出一只湮没多年但保存完好的石龟趺，长六点三米，宽二点五米，重约八十吨，据说堪称中国龟趺之最。原负于龟趺背上的石碑高四点八五米，宽二米，厚零点六七米，重约二十吨，在南京明碑中不算出奇，有趣的是此碑上全无文字，是一块真正的"无字碑"。有专家认为，很可能是在建明孝陵时有过立"无字碑"的考虑，所以有此碑之制作，但最后仍采用了"神功圣德碑"，此碑遂被废弃。这一组石碑现已被移入明孝陵景区陈列。按明人顾起元《客座赘语》中，曾说到金陵有两块"无字碑"，一块是雨花台梅岗晋太傅谢安墓碑，有石而无其辞，据说"以安功德，难为称述，故立白碑"，这很有点像武则天乾陵前立"无字碑"的意思。另一块是秦桧墓前石碑，也是有其额而无其辞，倒卧在草间，据说"当时将以求文，而莫之肯为"。秦桧死时尚未失宠，说没有人肯为秦桧作碑记，想来也是文化人的一厢情愿罢了。但这倒透露出一个信息，使我们可以揣

常遇春墓道石刻,石马与控马倌。　　　　　　　　　　　　冯方宇 摄

仇成墓旧影,倒卧的石人。　　　　　　　　　　　　　　　冯方宇 摄

测明孝陵最终未采用"无字碑"的原因："无字碑"这种特殊形式所显示的，可以是褒也可以是贬。朱棣以叔夺侄，本就担心落人非议，在对朱元璋的评价上，当然更不能授人以口实。

在南京众多明代遗迹中，地位显赫、布局恢宏、规制严谨、环境上佳、影响深远的明孝陵，要算保护得好的，现已列入世界文化遗产名录。而十几座明初功臣墓及神道石刻，则同六朝石刻一样，多面临着毁灭的危险。

据说明太祖朱元璋在钟山南麓择定孝陵陵址后，有意将开国功臣墓安排在钟山之北，以成拱卫孝陵之势。据南京地方志记载，位于钟山北麓的明初功臣墓当有十一座，迄今已发现六处，即位于太平门外板仓村的中山王徐达家族墓，位于太平门外白马村的开平王常遇春墓，位于常遇春墓北的皖国公仇成墓，位于太平门外蒋王庙的歧阳王李文忠墓，位于太平门外岗子村的江国公吴良、海国公吴桢墓及其子靖海侯吴忠墓。此外中央门外安怀村还有蕲国公康茂才墓。

在南京南郊，也有着密集的明初开国功臣墓，如位于中华门外邓府山的宁河王邓愈墓，位于中华门外戚家山的虢国公俞通海、南安侯俞通源兄弟家族墓，位于雨花台东麓的镇国将军李杰墓，位于中华门外雷家山的西宁侯宋晟家族墓，位于将军山南麓的黔宁王沐英家族墓等。所以与其说功臣墓拱卫孝陵，还不如说拱卫京城更准确。

这些墓葬前原都应有神道石刻，除在规模上逊于孝陵石刻，其艺术价值也相当高。有代表性的，如明代"开国第一功臣"徐达墓神道石刻，有牌坊、神道碑各一，石马、石羊、石虎、文臣、武士各二，马旁且伫立一身着长袍的马倌，雕刻十分精致，连马鞍上都镂有精美花纹。徐达墓神道碑通高近九米，碑文系朱元璋亲撰、宋濂所书，文中竟出现

鼓楼上的戒碑,常常被游人忽略。"洁己爱民,奉公守法"的圣训,官们听进了多少?

句读符号，在我国古代碑刻中是极为罕见的。又如曾被朱元璋收为养子的李文忠之墓，现存神道石刻有神道碑一、望柱一对、石马一匹并马倌、石羊二、石虎二、武士二、文官二。最有趣的是，在其侧有一未完工的石马坯，半边马身已经雕成，另一半还是石材，仿佛马儿正从石材中走出来。余如邓愈墓、常遇春墓、李杰墓、康茂才墓、吴桢墓等均尚存较丰富的神道石刻。

1999年冬中科院院士薛禹群教授等六名专家，自费对明初八大王墓进行了为期一个月的实地调查，结论显示文物保护现状远不能令人满意，不少古迹仍在遭到人为破坏。最严重的是中央门外康茂才墓，神道石刻早已被圈入居民院内甚至屋内，坐落在居民屋内的一尊文官石像，双腿已埋入泥土。该居民院内是卤菜作坊，烤鸭炉紧贴一座石马，石马被烟熏火燎，背上晾晒着棉被、辣椒。太平门外的开平王常遇春墓，离墓冢百余米的竹林内，牵马倌石像头部已缺失，一石兽被人推倒。除李文忠墓新修了墓园外，邓愈墓、吴良、吴桢墓等，或多或少出现毁损。在岗子村六十三号小区，四幢和九幢之间的一垃圾堆内，赫然卧着一只石龟，其碑已失，不无讽刺意味的是，龟背上还被人用红笔写了四个大字：保护文物。

值得庆幸的是，2000年初，终于有消息传出，有关方面决定在钟山风景区内兴建一座白马石刻公园，东起富贵山隧道，西接玄武湖，北抵岗子村，南至太平门明城墙，将散落城乡的属于市级保护文物的古代石刻适当集中到这里。建成后的白马石刻公园，使其成为一座既有浓厚历史文化氛围又有鲜明时代气息的大型城市风景园林。

清代石刻在南京遗存最多，也向不为人所重视。然而，至少有一方清碑值得关注，这就是鼓楼上的《戒碑》。清圣祖康熙二十三年（1684）

第一次南巡，十一月初一到江宁，初二登鼓楼台座，纵览金陵龙蟠虎踞之势，心旷神怡，所以次年重建后的鼓楼定名为"畅观楼"。初四日圣祖启程返京，临行时一再告诫当地官员须"洁己爱民，奉公守法，激浊扬清，体恤民隐"。第二年，两江总督王新命等将"圣谕"刻石，树碑于鼓楼台座正中，并建楼保护。因碑文内容是对当地官员的训诫，所以称《戒碑》，鼓楼又称"碑楼"。碑文记述康熙南巡江宁事，临行从石城门上龙舟，过七里洲、燕子矶，"驾过下关，上谕停舟，谕总督王新命、巡抚汤斌、薛柱斗等曰：'朕向闻江南财富之地，今观民风土俗，通衢市镇，似觉充盈。至于乡村之饶、民风之朴，不及北方，皆因粉饰奢华所致。尔等身为大小有司，当洁己爱民，奉公守法，激浊扬清，体恤民隐，务令敦本尚实，家给人足，以副朕望老安少怀之至意。钦此。'臣王新命、汤斌、薛柱斗前跪，奏曰：'江南风俗浮华，人心浇漓，诚如圣谕。今皇上巡行，洞悉民隐，天语申饬，仰我皇上无一时一刻不以民生风俗为念，无一事一物不在睿鉴照临之中。即尧仁如天，舜德广远，亦不过是。臣新命等自当钦遵，洁己率属，加意抚绥，祛黜浮华，敦尚朴实，并遍谕百姓，务使穷陬僻壤，士敦礼让，民尚淳朴，仰副皇上谆谆德教至意。乃于江宁、苏州、安庆三处立石，大书深刊，以垂永久。从此士民型仁讲义，渐致刑措，克副皇上治臻上理之圣意。臣新命等不胜庆幸之至'"。

这通"圣谕"，表现出清朝统治者的一种微妙心态。既被吸引又不信任，既赞叹不已又满怀妒忌，这便是满人对于江南的看法。在这个鱼米之乡，丰衣足食的农业和繁荣昌盛的商业造就了优雅的气质和学术氛围。如果说江南的浮华陋习对于满人来说是一个陷阱，那么本来素质就差的汉人官吏就更容易受到污染。令北京的统治者感到头痛的，是如何才能建立起对于江南桀骜不驯的上层学界的政治控制。江南的学界精英所期期以求的并不仅仅是在科举考试中占有一席之地或获得高官厚禄。如果有什么人能让一个满洲贵族感到自己像粗鲁的外乡人，那就是江南文人。凡在满人眼里最具汉人特征的东西，无不以江南文化为中心：这里的文化最奢侈、最学究气也最讲究艺术品位——从满人古板严谨的观点来看，这里的文化也最腐败。正是因为这腐败有着种种非常诱人的地方，它才对清皇权、对满人的价值观念构成威胁。皇帝本人既为江南所吸引，又为江南所排斥。清圣祖和他的孙子高宗弘历都曾六下江南，不仅将江南精英文化的一部分移植于承德的避暑山庄，而且被人编造出无数足供"戏说"的故事来。

到了乾隆年间，堕落已经超越汉化而成为更严重的威胁。在皇帝眼中，精致与优雅的江南文化，正在葬送去那里任职的优秀官员们，不管是汉人还是满人。做了一任江南学使的"刘罗锅"刘墉，曾就此提出措辞严峻的奏折，对江南已经商业化的富绅在力量与影响上超出官府控制力的情况做了描述。他因此得到清高宗的表扬。而与诗人袁枚交往友善的两江总督尹继善则被视为一个坏榜样。

清朝皇帝们身上出现的自相矛盾不是不可理解的。作为一个大一统中国的皇帝，他必须包容作为中华文化主体的汉文化，甚至成为有成就的模仿者和鉴赏家，然而作为满族征服者的领袖，他又必须清醒地看到这种文化的堕性和对于政权的腐蚀性。

南京现存的乾隆御碑尚有多处，然而刻的都是弘历的纪游诗。比起曾经十分欣赏这个孙子的祖父，乾隆皇帝对江南文化的警惕性要差得多了。

灵谷塔,俗称九层塔。
旧时的黑白照片,似乎总在召唤历史记忆。

灵谷塔新景。是树长高了,更是人的视点高了。

中山陵音乐台旧影。

中山陵音乐台今影。建筑与自然高度和谐。

方飞 摄

灵谷塔上远眺，暮色苍茫中的藏经楼和中山陵。

东郊的风景（上）

要说南京今日的风景，首数东郊。然而东郊成为南京风景之冠，还只有短短几十年的历史。

六朝人眼中的钟山、北山，尚是一个不无神秘意味的地方，作为都市实在的屏障、宫苑的借景、隐士的林涧以至精神的皈依。"钟山龙盘"，传说中的诸葛亮像风水先生一样品评什么"帝王之宅"，东晋元帝更看出山头萦绕的云彩是紫金色，因而流传起楚威王埋金以厌金陵王气的神话。据说后人还发现过所谓"楚子埋金碣"，那铭文刻的是："不在山前，不在山后，不在山南，不在山北。有人获得，富了一国。"分明是故弄玄虚。唐、宋时人的足迹所至，只不过钟山之麓的几处寺苑林泉，浅尝辄止，便生世外之感，检点旧闻，即能怀古赋诗。明初营建孝陵，紫金山遂成禁区，所谓"钟山多古迹，强半入园陵"。至清初禁解，明代遗老偏爱凭吊孝陵，文人墨客多半只是游一游灵谷寺而已。那时候的"金陵第一名胜"，还是城西的莫愁湖。直至清末，文化人所欣赏的仍是清凉山一带的"水木清华"。与紫金山有关的景观，只有可远观不可近玩的"钟阜晴云"和"灵谷深松"。

东郊风景区的形成，得益于中山陵的建造。

"青山有幸埋忠骨"，巍峨庄严的中山陵，不仅为紫金山增添了一道最为瑰丽的人文景观，使海拔仅四百多米的紫金山得以名扬天下，而且

中山陵博爱坊，古为今用的范例。而今被人衍化，将南京定为"博爱之都"。

使东郊风景区有了一颗心脏，一个灵魂，如陵区绿化的松柏一样获得了万古长青的生命力。从这个意义上说，没有中山陵，也就没有今天的东郊风景区。

说东郊的风景，自当从中山陵说起。

孙中山先生选定南京紫金山作为葬地，是在民国初年。1912年4月1日，辞去临时大总统职务的孙中山先生和胡汉民、郭汉章等人前往紫金山打猎，在山中高阜休息时，看着眼前的明山秀水，雄伟气象，孙权陵、明孝陵俱在脚下，于是笑顾左右说："待我他日辞世后，愿向国民乞此一抔土，以安置躯壳尔。"1925年，孙中山先生在北京弥留之际，犹以归葬紫金山为嘱。

孙中山先生逝世后，国民党驻京中央执行委员会召开全体会议，推定汪精卫、林焕廷、宋子文、叶楚伧等十二人组成葬事筹备委员会，并在上海成立葬事筹备处，由杨杏佛为主任干事。根据孙中山先生生前意愿，宋庆龄、孙科与林焕廷、叶楚伧、杨杏佛等数次登紫金山勘察。1926年1月8日，葬事筹备委员会委员叶楚伧、林焕廷、陈去病，葬事筹备处主任干事杨杏佛及建筑师吕彦直等在紫金山中茅峰山坡现场举行会议，最后选定紫金山东部的中茅峰南坡作为葬地，并确定了墓室和祭堂的位置。

吕彦直得以参加中山陵选址工作，是因为他在陵墓设计方案竞赛中独占鳌头。在选址工作的同时，葬事筹备处举行公开的设计竞赛，悬赏征求陵墓设计方案，并聘请土木工程师、南洋大学校长凌鸿勋，德国建筑师朴士，中国画家王一亭和雕塑家李金发担任评判顾问。这也是中国近代史上第一次建筑设计竞赛。在世界各国应征者的四十余套方案中，最后是年仅三十二岁的中国青年建筑师吕彦直一举夺魁。他的设计方案荣获一等奖。评委们一致认为，吕彦直的设计各项设置均合所征求的条件，结构精美雄劲，朴实坚固，形式及气魄极似中山先生之气概精神，令人一望而生凄然景仰之情愫。1925年9月27日，吕彦直被聘为中山陵建筑师，从而打破了当时由外国建筑师垄断中国大型建筑设计的局面。吕彦直的中山陵设计思想，是将陵墓有机地融于自然环境之中。陵墓的总体结构大致组成一座宏伟的"自由钟"，象征着孙中山先生致力于唤起民众、反抗压迫的不屈不挠精神。在布局上吸收了中国传统陵墓建筑的特点，采用中轴线对称方式，循山势由南向北，依次排列着牌坊、墓道、陵门、碑亭、祭堂和墓室。但设计者果断地摒弃了传统帝王陵前的神道石刻，打破了封建帝王陵墓那种神秘、压抑的气氛，代之以严肃、开朗、平易近人的环境氛围。在建筑的主色调上，也将传统的红墙黄瓦改为蓝色屋顶，灰白色墙体，以体现孙中山先生毕生追求民主的愿望。整个建筑既利于谒陵瞻仰，也利于保存遗体。

中山陵遂于1926年1月开始建造，在这年3月12日，孙中山先生逝世一周年之际，举行了隆重的奠基典礼。所以奠基石上刻的奠基时间是3月12日。承建中山陵主体工程的是上海当时资本最雄厚、经验也最丰富的姚新记营造厂。厂主姚锡舟非常崇拜孙中山，所以在估价竞标时一再删削，全不图利，遂得以最低造价中标。因为南京当时尚在军阀统治之下，他屡遭敲诈和危难，直到次年春北伐军攻下南京后施工才较顺利，但最后仍亏贴白银四十万两。在中山陵工程之后，姚锡舟再没营造过别的工程。到1929年初，陵墓的主体工程次第落成，6月1日举行了盛大的奉安大典，将孙中山先生的灵柩从北京西郊碧云寺迎回南京安葬。陵墓周围的纪念性建筑，则直到1933年才陆续完工。陵园面积最初确定为二千亩，1928年初，国民政府批准将全部紫金山划入中山陵园。陵园界址从中山门起，沿宁杭公路南侧三十米以北，经孝陵卫、马群、岔路口、王家湾到太平门，总面积四万五千余亩。这一地界一直保持至今，使整个紫金山成为浑然一体的山林人文景区。

中山陵的建制，最前部为墓道。长三百二十三米、宽七十米的墓道，分辟为三道，中间为水泥路面，左右边道敷沥青，道间花池种植桧柏、雪松，边道外侧种植银杏、红枫。墓道南端入口处三开间的博爱坊是传统牌坊形式，用福建花岗石建造，蓝色琉璃瓦盖顶，中门横楣之上，镶有镌刻孙中山先生手书"博爱"二字的石额。墓道北端就是陵门。陵门是一座歇山式花岗石建筑，顶盖蓝色琉璃瓦，面阔五间，正面三拱门均安装梅花格紫铜双扉，中门上方镶有孙中山先生手书"天下为公"石额。自陵门北上祭堂共三百三十九级台阶，全用苏州花岗石铺砌，分为十段，各设平台。陵门所在为第一平台，第二平台建有碑亭，亭内矗立高九米的花岗石碑，上镌"中国国民党葬总理孙先生于此"十三个金色大字，为谭延闿手笔。第六平台陈列一对巨大的仿古铜鼎，鼎腹铸有"奉安大典"四篆字，系上海特别市政府捐赠。西侧铜鼎鼎腹上的破洞，是侵华日军炮弹炸出的。第七平台陈列一对仿铜石狮。最上三层平台间纵隔出两行石围栏，其间放置大石花盆三十个。石阶两侧依山势筑成坡面，种植海桐、石楠、黑松、桧柏、红枫，成拱卫之势。

石阶尽头，是位于海拔一百五十八米处的最高平台，上设祭堂和墓室。平台东西两翼矗立高过十二米的望柱一对，用福建花岗石雕成，柱

中山陵祭堂墓室中的孙中山卧像

中山陵祭堂外景

表六面均饰卷云纹浮雕。石阶尽处的两个大石座上安放的一对带盖仿古铜鼎是孙科所供。祭堂用香港花岗石建造，面阔七间，进深五间，重檐歇山顶，上盖蓝色琉璃瓦。正面三拱门，三门框上方大额枋分别雕有"民族""民权""民生"篆文，系张静江所书。中门上下檐间镶有孙中山先生手迹"天地正气"直额。祭堂内部有青岛黑色大理石圆柱十二根，四壁下部以黑色大理石作护壁，上部则用米色人造石装饰，东西两面护壁上镌刻着孙中山先生手书的《国民政府建国大纲》全文。地面铺设云南白色大理石。同时，设计者着意将祭堂四角的石墩突出，改变了传统祭堂建筑风貌，体现了西方古典石建筑形式的稳定和永恒性。祭堂中央供奉着孙中山先生的坐像，系法国雕塑家保罗·朗特斯基用意大利白石所雕。基座四围是六幅表现孙中山先生革命活动业绩的浮雕，正面一幅《如抱赤子》，画面上孙中山先生在为一个幼儿治病，东面两幅，一为《出国宣传》，一为《商讨革命》，背面一幅为《国会授印》，西面两幅一为《振聋发聩》，一为《讨袁护国》。

位于祭堂之北的墓室为一圆顶钢筋水泥建筑，外部用香港花岗石铺面。墓室门开在祭堂北壁中央，门框横楣上镌刻"浩气长存"四字，取自孙中山先生为黄花岗烈士墓题词手迹。墓门有内外两重，均为铜制，内门上铸有张静江手书"孙中山先生之墓"七个阳文篆书大字。墓室内部以白色大理石铺地，妃色人造石装饰四壁。地面中央开一大理石圆圹，深一点六米，圹口用白色大理石栏杆围护，圹内大理石棺棺盖上，安放着捷克艺术家高琦雕塑的孙中山先生全身大理石卧像，孙中山先生的遗体就保存在其下五米深处的长方形墓穴中。墓室上部，也打破了中国传统的平顶天花形式，而采用了典型西方石构建筑造型的半球形穹窿顶，用瓷砌的中国国民党党徽为藻井图案，色泽柔和，更显得庄严肃穆，给瞻仰者以天高地远之感。

中山陵的设计者吕彦直幼居巴黎，即喜爱绘画，曾先后在清华大学建筑系和美国康奈尔大学建筑系学习深造，并作为美国建筑名师亨利·墨菲（Henry Murphy，1877–1954）的学生与助手，在1929年参与制定《首都计划》，为南京近代城市建设的整体规划提供了一份周密详尽的方案。他还参与了金陵女子大学和燕京大学的建筑设计工作，在中西建筑精华相互交融的探索上，表现出卓越的才能。后来，他还设计了广州中山纪念堂。在主持中山陵建造工程时，吕彦直极其认真负责，呕心沥血，表现了高度的敬业精神，终因积劳成疾，在三十五岁的盛年去世，竟没能看到他这件辉煌作品的最后完成。为了表彰他为建造中山陵所作出的卓越贡献，1930年5月，陵园管理委员会决定，在中山陵奠基室内为吕彦直建立了纪念碑。纪念碑的上方是吕彦直的半身塑像，下部镌刻于右任所书碑文："总理陵墓建筑师吕彦直监理陵工积劳病故，总理陵园管理委员会于十九年五月二十八日议决立石纪念"。

在陵墓主体建筑外，还有一系列纪念性建筑，是当时各界人士和海外侨胞捐资修建的。与博爱坊相对的道路南侧，建有一座八角形的三层石台，台上汉白玉雕花石墩上安放紫铜宝鼎一尊，系戴季陶和中国国立中山大学师生捐建，鼎腹向内正面铸"智仁勇"三字，向外正面铸"忠孝仁爱信义和平"八字，都系集孙中山先生手迹。鼎内藏六角形铜牌，上刻铸戴母黄太夫人手书《孝经》全文，所以此鼎定名为孝经鼎。在石台基础中，还埋有一个装着当时中山大学在宁师生恭录总理遗教全文的铜箱，箱面刻有戴季陶所书《总理遗嘱》。

位于陵墓左前方的音乐台，系旅居美国旧金山的侨胞和国民党辽宁省党部合资建造，由建筑师关颂声和杨廷宝设计。音乐台东山冈的光华亭，系奉安大典时用海外侨胞的赙仪建造，由建筑师刘敦桢设计，全部用福建花岗石精工雕琢而成，是陵园纪念建筑中最精美的一座。光华亭东梅岭上的仰止亭，为叶恭绰捐建，亦为刘敦桢设计。陵墓西侧通向明孝陵路口的行健亭，系广州市出资建造，建筑师赵深设计。陵墓左前方通往灵谷寺道旁人工湖上的流徽榭，由中央陆军军官学校捐建，陵园工程师顾文钰设计。在行健亭对面原建有永丰社，亦由中央陆军军官学校捐建，后毁于侵华日军炮火，1993年中山陵园管理局依原式重建。中山陵东北小茅山顶上原有为孙中山先生家属守灵而造的永慕庐，亦毁于日军炮火，1995年依原样重建。藏经楼以东密林中高阜上，原有广州市政府捐建的桂林石屋，为林森担任中山陵总监工时所常住，亦毁于侵华日寇之手，遗迹犹存。陵墓东侧深谷丛林中的藏经楼，由中国佛教协会发起募建，建筑师卢树森设计，是一座仿清代喇嘛庙的古典式建筑。主楼外观为三层，内部尚有夹楼一层，用于研读孙中山先生革命学说，底层为讲堂，二楼为静室，三楼为阅经室，四楼为藏经库。楼内除藏有孙中山先生的著作外，还收藏着各地佛教界人士赠送的佛经和文物。楼后长达一百二十五米的碑廊壁面，嵌有冯玉祥将军赠送的河南嵩山青石碑一百三十八块，上面镌刻着由十四位现代书法家恭楷抄录的十五万五千字的《三民主义》全文。藏经楼是中山陵园纪念建筑中遭劫最厉的一处，1936年落成，次年即毁于侵华日军炮火，楼内珍宝不知去向，唯碑廊幸存。1955年南京市人民政府拨款修复主楼，作为江苏

中山陵附属建筑藏经阁

中山陵附属建筑光华亭

中山陵附属建筑行健亭,小品大手笔。

省国画院院址。1966年夏,造反派将藏经楼打砸成一片废墟,《三民主义》碑文竟被逐字凿毁。1982年后,国家先后拨款二百余万元修复主楼、重建碑廊,1985年5月,南京市人民政府正式批准将藏经楼辟为孙中山纪念馆,门上横匾黑底金字馆名为屈武所书。

藏经楼前平台石座上,矗立着一尊孙中山先生的全身铜像,孙中山先生右手北指,作演讲姿态,安详自信。这尊铜像为孙中山先生的日本友人梅屋庄吉所赠送,1929年运抵南京,最初安放在黄埔路中央军校内。1942年冬,汪伪政府将铜像移至新街口广场中心,面北而立,并围绕铜像建造街心公园。1966年冬,铜像被从新街口移走,保存于中山陵园管理局。1968年夏将铜像安置在孝经鼎石台上,而孝经鼎则被移至墓道北端的陵门前广场中央。几经播迁,直到1985年3月,这尊孙中山先生铜像才算定居于藏经楼前。

藏经楼西侧丛林间,在原总理陵园办公处旧址,1995年新建成二层仿古建筑中山书院,陈列孙中山先生著作、有关研究著作及中山陵文史书刊,主要用于孙中山先生的纪念活动、学术研究和文化交流。

在建设人文景观的同时,紫金山的自然生态也得到充分的重视保护。最明显的是山体植被。有明一代,紫金山为皇陵禁地,山林虽得以休养生息,但缺少科学护理,以至到了崇祯末年,枯死松木甚多,有发生火灾之虞,不得不命太监清除朽木,将三百年以上大树砍伐一空。至清初开禁,满山佳木遂成南京人的釜底之薪,盗伐无度。倘若没有中山陵,紫金山会被破坏到什么程度,我们只要看今天的幕府山就可以知道一个大概了。经过无数有识之士的大声疾呼,直到20世纪末,南京的有关部门才意识到幕府山可能为南京提供的不仅仅是石头,这才运土上

秋染流徽榭。

山重新为其营造植被，植树造林。民国初年也曾在紫金山建立造林场植树造林，但为数有限。我曾见过中山陵初建成时的照片，陵墓周围一片空旷，全无树木。经过几十年有计划、大规模的封山造林，森林面积达到三万五千多亩，在不同的地形部位，组成不同的乔、灌木植物群落，层层叠叠，错落有致，才有今天的绿波林海，浓荫苍翠，葱郁清幽，使紫金山成为令人心醉的国家森林公园，南京城的绿肺。

航空烈士墓

东郊的风景(下)

位于玩珠峰下独龙阜的明孝陵建筑,构成了中山陵西侧景区的轴线。孝陵之前,孙权陵所在的梅花山,如今成为南京人早春踏青的胜地,百余亩山地,遍植春梅,猩猩红、骨里红、千叶红、照水、跳枝、胭脂、宫粉、玉蝶、送春……千姿百态,香飘数里。梅花因此成为南京的市花。山顶观梅轩,轩址曾是大汉奸汪精卫的葬地,抗战胜利后,蒋介石下令毁去汪坟,将其尸送清凉山火葬场焚化。后建此亭,由孙科题名。现观梅轩侧塑有汪精卫、陈璧君夫妇的石刻跪像,让人们永远不忘这一段历史。明孝陵西侧的中山植物园,是我国第一所植物园,原名"总理纪念植物园",最初由林学家傅焕光、陈山荣勘定,园艺家章守艺主持,自1929年动工建设,面积二千五百亩,划分十八个植物区,与世界各大植物园交换植物。日寇侵华期间遭到破坏,1954年重建时改为现名。中山植物园背倚钟山,面临前湖,气候温和,植被丰茂,经过几十年艰辛建设,已成为环境优美的自然风景点,也是我国中、北亚热带植物研究中心。现园林植物区,树木园、松柏园、药用植物园、蔷薇园、植物分类系统园、展览温室等部分可供观览,古树名木,繁花异草,争奇斗艳,一年四季各有胜景。

与明孝陵轴线相呼应的,是在中山陵东约一公里明代灵谷寺旧址建造的国民革命军阵亡将士公墓。

无梁殿外景旧影

今无梁殿内景 冯方宇 摄

建造这个公墓，是为了安葬北伐战争中牺牲的国民革命军将士。公墓由美国建筑师墨菲设计，从南到北，依次排列着正门、牌坊、祭堂、纪念馆和纪念塔。正门由原灵谷寺山门放大改建，俗称红山门，仍为仿古建筑，上覆绿色琉璃瓦。门前有北平军分会所赠石狮一对，门上原有蒋介石所书"国民革命军阵亡将士公墓"横匾，现易以钱松嵒所书"灵谷胜境"四字。门前保存着原灵谷寺前月牙池，据说是明初复建灵谷寺时朱元璋派万名军士掘成，又名万工池。池畔木结构六角灵响亭则为建墓时所造。门内甬道尽头，四十二级台阶上，矗立着高十米的五门牌坊，中门横额正面刻"大仁大义"四字，背面刻"救国救民"四字，都是张静江所书。门前有第十七军所赠石虎一对。祭堂由原供奉无量寿佛的灵谷寺无量殿改建，五楹三进，高二十二米，从殿基到屋顶，全部采用巨砖垒砌成券洞穹窿顶，不施寸木，俗称无梁殿。改建时在三个法圈中嵌入青岛石碑三方，中碑刻张静江所书"国民革命军阵亡将士之灵位"，左碑刻蒋介石所书北伐誓师词，右碑刻陈果夫所书国民党中央执行委员会祭文，四壁嵌"国民革命军阵亡将士题名碑"一百一十块，计三万三千多人，定名为"正气堂"。20世纪50年代初，题名碑均被水泥涂抹，三大碑碑文被磨去。1981年重修时，中碑改刻"国民革命烈士之灵位"，左碑改刻《国父遗训》，右碑改刻《中华民国国歌》。1993年又将祭堂作为辛亥名人蜡像馆馆址。

阵亡将士公墓分为三片，第一公墓位于祭堂北，第二、三公墓分别在祭堂东西两侧约三百米的小山丘上。20世纪50年代初将第一公墓改造为花圃和草坪，第二公墓改建为邓演达墓，第三公墓荒圮。1933年，在第一公墓北侧墓墙东西两端，建立第十九路军和第五军淞沪抗战阵

国民革命军阵亡将士公墓大仁大义坊。游灵谷寺的人,也很少会走到这里。

松风阁,如今已很难让人想起它当初的用途了。

亡将士纪念碑，碑文后被侵华日军铲除，1995年方得恢复。第一公墓正北的革命纪念馆，为钢筋水泥仿木两层歇山顶建筑，屋面铺绿色琉璃瓦，楼下九开间，中为穿堂，楼上为走马楼。馆名原为蒋介石题写，20世纪50年代改名为松风阁。阁后百米，就是九层八面楼阁式纪念塔，由美国设计师墨菲和中国设计师董大酉设计，俗称灵谷塔、九层塔。塔高六十六米，用钢筋水泥和苏州花岗石混合构筑，沿塔心柱有螺旋式扶梯直上塔顶，每层八门，四隐四显。塔内外壁原均有碑刻，现塔内二至四层是于右任草书孙中山先生北上时向黄埔军校的告别词，五至八层是吴敬恒篆书孙中山先生在黄埔军校的开学训词。塔外第一层是蒋介石所题"精忠报国"四字，二至八层碑刻在20世纪50年代初均被以水泥覆盖。只有第九层塔壁原无碑刻。

紫金山北麓，太平门外王家湾，建有一座航空烈士公墓，1932年由国民党军政部航空署募资建造，是我国唯一的抗日空军烈士墓。公墓建筑坐南朝北，依山而上，由牌坊、左右庑、碑亭、祭堂和墓场几部分构成。碑亭中立汉白玉纪念碑，正面碑文由时任航空署署长的黄秉衡撰写，背面刻捐款人姓名及捐款数。民国年间曾举行数次公祭公葬活动，主要葬入在抗日战争中牺牲的中外飞行员。日寇侵华期间，曾将公墓祭堂等建筑焚毁，部分烈士灵柩亦遭劫，抗战胜利后得以修复。"文化大革命"中公墓又遭严重破坏，除牌坊幸存外，建筑以至墓场都被夷为平地。1985年后陆续恢复原貌，并新建了抗日航空烈士纪念碑，主碑高十五米，由两面互成锐角的翼型巨石拼筑成V型，象征着战鹰，也象征着胜利。碑群由三十块黑色磨光花岗石排成扇面，正反两面均用中、英、俄三种文字镌刻烈士姓名及出生年月，计有中国烈士八百七十名，

谭延闿墓道石牌坊。其实墓道真正的起点,在今"灵谷深松"碑。

谭延闿墓道临瀑阁,阁前常见的是潺潺溪水。须得夏日暴雨后,才会有飞瀑湍流。

美国烈士二千一百九十七名，俄国烈士二百三十七名，韩国烈士二名。

在中山陵园区内，还有多位民国时期著名人物的墓葬，相对中山陵成拱卫之势。

在紫金山南麓明孝陵西侧有廖仲恺、何香凝夫妇合葬墓。廖仲恺先生1925年8月在广州被国民党右派暗杀，原葬于广州黄花岗。1935年6月，国民党将其灵柩移来南京，安葬于中山陵之侧。廖墓也是吕彦直所设计，墓道前段分左右两股，两侧各建有岗亭。墓道尽头广场两侧各树有仿六朝神道石柱一根，南侧是半圆形的平台，周围有一圈石椅，北侧有门壁两堵，两侧有高大的冬青屏。穿过门壁，宽大笔直的甬道平缓上抬，两旁植雪松、龙柏、紫薇、桂花、黄杨、女贞。拾级而上，为一长方形平台，两侧各有一水泥仿木方亭，朴实无华。再上数级石阶，即为墓室所在的大平台，墓室上半呈半球形，下半仿须弥座，中部环绕二十四根水泥圆柱。墓前石碑，碑文原为林森所题写"廖仲恺先生之墓"，1972年何香凝先生在北京逝世后，根据她的遗愿，合葬于廖仲恺先生墓，碑文改为廖承志所题写的"廖仲恺何香凝之墓"。墓碑前有祭台，祭台两侧各有一只水泥制大花坛。墓前原建有碑亭，内有汉白玉石碑八块，刻胡汉民手书廖仲恺先生生平事迹，于1972年拆除，碑石现存中山陵园管理处。

除了已迁入国民革命军阵亡将士公墓中的邓演达烈士墓，在紫金山东麓五棵松尚有被袁世凯杀害的范鸿仙之墓，在中山门外卫桥有被北洋军阀杀害的韩恢之墓。两墓均曾于十年浩劫中被严重破坏，后虽陆续修复，然已难复旧观。

一言难尽正气亭。

位于紫霞湖上方丛林中的正气亭，是蒋介石1947年自己选定的葬地，建此亭以为标志。其地低于中山陵而高于明孝陵，可窥见蒋氏对自己的估量。正气亭为建筑师杨廷宝所设计，钢筋水泥结构，重檐攒尖顶，上覆蓝色琉璃瓦，四面以苏州花岗石砌筑。碑记由孙科撰文，楷书阴刻。蒋介石亲题"正气亭"匾并撰楹联："浩气远连忠烈塔，紫霞笼罩宝珠峰。"蒋夫人宋美龄曾在美国纽约透露："蒋公生前有遗愿，回大陆，葬钟山。"台湾回归祖国之时，蒋氏的遗愿当是能够实现的。

灵谷寺东北隅的谭延闿墓，是中山陵园区内风格最为别致的一处名人墓葬，由建筑师关颂声、朱彬、杨廷宝等人设计，一反陵墓建筑讲求对称的传统布局，充分利用溪石隽永、林壑深秀的自然环境，倚山构筑出曲折幽深的墓道，巧妙布置起江南陵园风格的墓园，在中国陵园建筑史上独具一格。谭墓十年浩劫中被破坏，1981年修复，1991年还被国家建设部和国家文物局评为近代优秀建筑。

谭墓的起点在灵谷寺东的"灵谷深松"汉白玉碑和龙池。碑额上原镌刻国民党党徽，下刻"国葬之魂"四篆字和"荣典之玺"红方印，碑身正面文字是"中国国民党中央执行委员前国民政府主席行政院长谭公延闿之墓　民国二十年九月四日蒋中正敬献"，现原碑文全被磨去，改刻成"灵谷深松"四大字。龟趺碑座四周有石栏围护。碑南隔路，有一个同样的石栏，五米见方，其所围护的龙池，就是钟山古名胜"八功德水"，池壁镶两龙头，一入水，一出水。

"灵谷深松"碑后立南湖石牌坊一座，其后即为墓道。墓道前段为弹石路面，长三百五十米，路侧山林清幽，尽头辟一广场。广场西北侧立一座高五米的汉白玉纪念碑，原刻谭延闿生平。东北侧有三门汉白玉牌坊，据说系北京圆明园石料改制，坊柱上原刻楹联："凤翊鹰扬一代羽仪尊上国，龙蟠虎踞千秋陵墓傍中山。"山坡上还树有汉白玉国葬命令碑，现碑、柱上文字均已被磨光。过牌坊蜿蜒而上，是二百多米的水泥路面墓道。道左建有钢筋水泥仿木结构三楹祭堂，重檐歇山顶，上覆绿剪边黑色琉璃瓦。祭堂前有金山石祭台，东侧有汉白玉牡丹花台。墓道尽头即墓地，前为草坪，后为水泥平台。草坪前端有花岗石砌椭圆形莲花池，两侧对称布置汉白玉华表、石狮等。平台正中为金山石墓室，墓室前有一精雕汉白玉祭台，据说亦系圆明园遗物。平台两侧各有一方亭。水泥墓道东侧，有浙江省政府捐建的墓园，沿曲折跌宕的溪流，筑有小虹桥、临瀑阁、水亭、心亭、千秋坊等，参差错落，布局精巧。临瀑阁正面楹联写的是："取长江水莫重泉，交集百端，虔钦翕受群流量；去中山陵不数里，相依终古，仍系弥纶六合心。"20 世纪 70 年代初，惨遭"文革"浩劫的谭墓还是一片断垣残壁，我从插队的农村回家乡养病，无意中步入其间，顿时为那别致的意蕴所吸引，独自坐于石阶上半日不想离去。其时年轻无学，既不知其为何人之墓，也说不清其建筑上的风格特色，只觉得心中有什么东西朦胧中得到了感应。中山陵让人心生崇敬，而此地则让人感受到亲切和贴近。

　　论者或以为中山陵得阳刚之美，而谭墓得阴柔之美。我觉得问题的症结不在于阳刚阴柔，而在于如何处理建筑物与周围环境的关系。近年来南京城市建筑之所以让人感到杂乱无章，粗糙压抑，新建园墅尤让人感到生硬别扭，就是因为设计时只看到孤立的这一建筑，而不考虑其与周围环境的协调融洽。像中山陵这样，完全以我为中心，使周围环境都作从属性的改变以达到和谐，固然是一种办法，但至少必须具备两个条件，一是主体建筑的意义足够伟大，一是周围的空间能就此改造为主体建筑的从属部分。实际上绝大多数建筑都无法具备这种唯我独尊的地位。可说没有什么建筑能够不顾及与周围环境的协调，处理得好，锦上添花，处理不好，两败俱伤。谭墓的设计，不仅在自然环境的利用上占尽优势，而且在人文环境的处理上也恰如其分，所以才会有这样的成功。南京的东郊风景区，中山陵和谭墓，能够为这两种形式的建筑都提供成功的范例，也是极为难得的。所以外地有文化界的朋友来，我都要劝他们去看一看谭墓，否则对南京东郊风景区的印象，就不能算完整。

20世纪40年代新街口,正面建筑是邮政储金汇业局,新街口的地标。
20世纪末被拆除,建了座简陋的招商银行。

作者 供图

20世纪80年代新街口，新崛起的地标金陵饭店，号称中国第一高楼。同样令人印象深刻的，是古城风貌犹存，街道林荫密布。

环绕美龄宫的林荫道,
在航拍图中呈现为令人心醉的项链,美龄宫宛如镶嵌在项链上的宝石。

徐锦尧 摄

南京博物院,原中央博物院筹备处,建筑本身也堪称国宝。

总统府俯瞰,只有这样才能看清内部的建筑布局。
行走其中总会有"不识庐山真面目"之感。

中华门外长干桥旧影。桥南米市大街（今雨花路），街边多粮行。

旧街新路

今天，在南京城里漫步，不经意间，会在某一幢多层建筑崭新的墙面上，看到"杨将军巷""朱状元巷""程阁老巷"之类的路名牌，心头不免泛起一缕说不清道不明的沧桑之感。上了几岁年纪的人，或许还会想起二三十年前不难见到的那种牛心石铺就的小路，踩在穿自制布鞋的脚底，有一种贴切的亲近。沿着宽不逾丈的小巷走进去，两边粉墙斑驳，立面青砖上透出淡淡的苔绿。镶着古铜铺首的黑漆木门上，依稀还能读出当年的红漆对联："忠义传家久，诗书继世长。"青石门框两侧，偶尔会留下石狮或抱鼓石基座的痕迹……那样的小巷，才不枉叫了"将军巷""状元巷""阁老巷"。

由此想到南京的地名，想到街名与路名的由来、承继和变迁。

要想了解一个现代城市，就不能不关注它的路。如果说，历史上"建城"就意味着修城墙，有了"围城"就不怕没人朝里钻，那么现代城市的标志则是路，新路一通车，常常几个月间路边就已商家林立，一派繁华气象。建筑是城市相对稳定的成分，而道路是城市成分中最活跃的因子，它的变化直接导致周边建筑、街市面貌以至居民视野精神的变化。从筑墙到开路，这或许可以说是社会封闭向开放转化的最鲜明的表征之一。

同样，要了解一座历史文化名城，也不能不关注它的路。道路的变迁以至路名的变迁，往往记录着强烈的时代色彩。尤其是南京这样的城市，它的空间发展有着明显的时间性，甚至直到20世纪中叶，每一个分割空间中活动着的仍是相对稳定的文化群落，其地名的衍变无疑具有更为特殊的文化意义。即便我们在今天的南京城中，已经很难遇上那种让人仿佛误入历史深处的古朴街巷，但是遇上富于历史意蕴的地名的机会则并不少。在阅读有关南京历史与南京文化的书籍资料时，已经名存实亡、无迹可寻的地名，就更可能成为障人眼目的迷幻烟云。

理一理老南京的街名和路名，也就成了一件有意义也有趣味的事情。

简单地讲，南京旧时的地名，主要有三条源流。

其一与六朝相关，如石头城、乌衣巷、桃叶渡。其二与明代建都相关，如五龙桥、御道街、后宰门。其三则系民国年间所修，最有代表性的当是自挹江门南来经新街口东折直抵中山门的中山路了。当然，其他的朝代也会留下一些痕迹。如唐代李白一句"凤凰台上凤凰游"，就使中华门西的凤凰台名垂千古，"三山半落青天外，二水中分白鹭洲"留下了三山矶、白鹭洲，杜牧一句"牧童遥指杏花村"，便在凤台山麓留下了一个杏花村，如南唐建都留下的北门桥、内桥、小虹桥、金銮巷，如宋代王安石退隐的半山园、因秦桧之子所居而得名的状元境、因赵构南渡而流传的饮马巷和泥马巷，如大王府巷的"王府"系元代文宗藩邸，如清代康熙皇帝南巡留下的大行宫、乾隆年间诗人袁枚所构筑的随园……

说白了，城市系由历史文化层累而成，路名也与建筑实体一样，是构造城市的重要历史文化材料。有的时代城市发展快，增添的东西就多，破坏前代遗留的东西也多。有的时代城市发展滞缓，增添的东西就少，然而覆盖前朝的遗迹往往也少。正是这种遗留、破坏与增添构成了今天的南京城。当然也有一些城市，似乎有意无意地在抹平这种增删史，如上海的以全国省市名为路名，沈阳的干脆以经纬数为路名，看上去整齐划一，可对于想深入了解这个城市的人，很难说究竟是更方便还是更麻烦了。至少有一点，这未免像取消了城市在时空坐标系上的纵轴，使其少了点立体感。

前人对南京的评价中，有三句话很让南京人引为自豪：一是诸葛亮说的，钟山龙盘，石头虎踞，此乃帝王之宅也；二是吴敬梓说的，金陵菜佣酒保，都有六朝烟水气；三是朱自清说的，逛南京就像逛古董铺子。南京的山川形势，人物风流，古迹名胜，着实令人艳羡。虽然历经战乱毁弃和后世建设的更替，作为六朝古都的南京，如今至少在地名上六朝遗韵犹存，所以南京的居民可以自豪地说一声"家住六朝烟水间"。

从南京的城市发展史可以知道，与六朝有关的地名，当集中于三处。首推城西清凉山一带。最著名也最确凿的，莫过于石头城。此外便是据说因晋人看到其中有黑龙出没而得名的乌龙潭——不过乌龙潭的盛名，更得自于唐代颜真卿所书写的《天下放生池碑铭》。至于龙蟠里、虎踞关，以及清凉山上的诸葛武侯驻马坡，则都属后人附会了。有着"金陵第一名胜"之誉的莫愁湖，蕴含着发人遐思的一段南朝故事："莫愁在何处，莫愁石城西。艇子打两桨，催送莫愁来。"一个勤劳能干的洛阳姑娘，远嫁江东卢氏，虽然夫家是富贵世家，但故乡一去难归，夫妇间又离多聚少，"莫愁哪得不愁？"她不禁要懊悔当年没有嫁给邻家的好儿郎了。梁武帝的《河中之水歌》可谓别具只眼，把一个旧时常见的闺怨题材，写得人见人怜，从此激起了历代骚人墨客的无尽诗思。元代以后才形成于"石城西"的湖，顺理成章地被命名为莫愁湖，由莫愁湖入城的街道，也因此得名莫愁路。

其次是"烟笼寒水月笼沙"的秦淮河两岸。"朱雀桥畔野草花，乌衣巷口夕阳斜"的乌衣巷、朱雀桥，"桃叶复桃叶，渡江不用楫。但渡无所苦，我自迎接汝"的桃叶渡，"不死东吴死西晋，城南可惜孝侯台"的周处读书台，"同居长干里，两小无嫌猜"的长干里，"六朝蔓草天边去，万里长江席下来"的雨花台，"神女生涯原是梦，小姑居处本无郎"的青溪……这其间自然也有其名虽存而其地实非的，如今天的乌衣巷、朱雀桥，都已不在原来的位置上。现在的白鹭洲公园，尽管园中的联语声称"其名出太白遗诗"，毕竟不是李白诗中所指的白鹭洲。但是也有其地虽在而其名已改的，如门西的凤游寺，大致就在六朝瓦官寺的旧址上。又如今长乐路中段，曾名"顾楼街"，民间讹为"搁漏街"，1927年并入长乐路。顾楼街的得名有两说，一说因东晋名画家顾恺之居住于此，一说是"秦淮八艳"中的顾媚所居的眉楼。这一讹一并，便让后人再难觅踪迹。

第三块当是城东的鸡笼山与覆舟山。象征着六朝淫靡的华林苑、芳乐苑、乐游苑，就都在这一带。如今尚可见的，只剩下因形如覆舟而得名、以意存鉴戒而擅胜的覆舟山。鸡笼山上屡毁屡建的鸡鸣寺，虽号称即梁武帝四次舍身的古同泰寺，其实两寺各有其地。鸡鸣寺后的胭脂井，也非陈后主携妃避敌之处。梁武帝困饿而死的台城，则应在今大行宫一带。

物是人非，山河依旧。作为六朝胜景的名山，还有东郊的钟山、梅花山（亦名孙陵冈，为孙权陵墓所在），北郊的幕府山，南郊的雨花台（据说因梁云光法师开坛讲经天花如雨而得名）。再就是编了一部《文选》的梁昭明太子"读书台"，也是好事者乐于假借的题目，仅在南京就有两处，一是江宁湖熟的梁台，一是紫金山北高峰上的太子岩。后世还有人说玄武湖的梁洲亦因昭明太子而得名，未免更玄乎了。梁洲上的六朝遗迹只有郭璞墩。

特别值得一说的是今天的中华路，大约该是南京城内现存可见的最古老的街道了。这是因为南京城的南门位置一直未大变。自六朝建都金陵，这条路就是由宫城南行的御道。南唐时宫城在今内桥北，这条路仍称御街，重要官衙都排列在御街两侧。南宋以南唐宫为行宫，改宫门虹桥为天津桥，御街也随之改称天津街。明代仍以此街为官街，宽达九轨（一轨合古制八尺），两边建有官廊，以蔽风雨。清末到民国时期，这条街自北向南各段分别称内桥、三山街、大功坊、花市大街、南门大街，至1932年拓宽后合称中华路。一千七百余年来，南京城市屡经变迁，而这条街道的位置，尤其是交通要道的作用始终未改，在全国各大古都中，都要算少见的。与此相类，还有十里秦淮入城处的通济门、出城处的水西门，自南唐建金陵城迄今千年，始终占据着古城东西主干道的端点地位。

明太祖朱元璋是一个严酷的帝王，就连明初在南京建都留下的地名，也少了六朝清逸浪漫的文人气，而太多呆板的衙门气和头巾气。其中最典型的是这样两类：一与官衙府宅有关，一与明初建都城时召全国能工巧匠至京集中管理的制度有关。

夫子庙永安商场旧影,当年南京标志性的繁华商场。如今建筑犹存,风光不再。

封建官僚，最大者莫过皇帝。与皇宫有关的地名，当然集中在城东原明故宫遗址一带，依稀犹可见旧时建制，南有五龙桥、回龙桥、北有后宰门，东有东华门、东安门，西有西华门、西安门，中有御道街、午朝门、紫禁城等。今天的东部战区档案馆和中国第二历史档案馆，虽都是民国建筑，还有人称之为"东宫"和"西宫"，不仅因为其建筑样式仿古，而且据说其正坐落在明故宫中东宫与西宫的位置上。在朱元璋的陵墓明孝陵附近，则有孝陵卫、卫岗、卫桥、下马坊、大金门、四方城、石像路等。在内桥东南又有王府园，系朱元璋称帝前为吴王时王府所在。与明初都城设施有关的就更多了，如都城的十三个城门，外郭的十八个城门，如演习朝见天子礼仪的朝天宫，如现鼓楼广场西南角的鼓楼和已毁圮的钟亭。与明代科举考试相关，有秦淮河畔夫子庙一带的明远楼、贡院街、龙门街、青云楼等。

官员宅第，如汉府街，先为汉王陈理（陈友谅之子，降朱元璋后封汉王）府第所在，至永乐年间封皇子朱高煦为汉王，仍居此地。邓府巷，为卫国公邓愈府第所在。常府街，为郑国公常茂（常遇春子）府第所在，常府西牌楼后俗称花牌楼，在民国年间成为南京著名的书店街。信府河为信国公汤和府第所在，英府街为英国公张辅府第所在。有人说鸡鸣寺下的蓝家庄因凉国公蓝玉而得名，待考。李府巷为韩国公李善长所居则无疑。瞻园原为中山王徐达府第，东花园为徐氏东园所在。沐府西门，因东接明黔宁王沐英府第而得名。马府街因七下西洋的郑和（俗姓马，后赐姓郑）家于此而得名。此外还有卢妃巷，因明世宗妃卢氏曾居此而得名，一名美人巷。程阁老巷，为明万历年间礼部尚书兼东阁大学士程国祥所居。焦状元巷，为明万历年间状元焦竑所居。朱状元巷，为明万历年间状元朱之蕃所居。秦状元巷，为清乾隆年间状元秦大士所居。我曾住过近三十年的沈举人巷，系举人沈九思所居，沈居家讲学，为生徒所敬，故名其里为沈举人巷。

明初为建皇宫和都城，曾经召全国各地工匠数十万人到京，为了便于管理，这些人都被按行业集中居住，进行生产经营活动，颇有"组织军事化、行动战斗化、生活集体化"的味道，如今可见的还有弓箭坊、铜作坊、银作坊、铁作坊、颜料坊、锦绣坊、鞍辔坊、木匠营、肚带营、扇骨营、香铺营、芦席营、木料市、网巾市、胭脂巷、皮市街、羊皮巷、油坊巷、抄纸巷、红纸廊、明瓦廊等。从这些名目就可想见当年建都行动的宏大气派。顾起元《客座赘语》记明代万历年间金陵市井："铜铁器则在铁作坊，皮市则在笪桥南，鼓铺则在三山街口、旧内西门之南，履鞋则在轿夫营，帘箔则在武定桥之东，伞则在应天府街之西，弓箭则在弓箭坊，木器南则钞库街，北则木匠营。盖国初建立街巷，百工货物买卖各有区肆，今沿旧名而居者，仅此数处。其他名在而实亡，如织锦坊、颜料坊、毡匠坊等，皆空名，无复有居肆与贸易者矣。"这种行业化的地域，保持本色到最后的一个，大约该是汉中门外的芦柴厂，20世纪六七十年代，那里仍是芦席的生产地与集散地。"文化大革命"开始后，满城都用芦席建大字报栏，我曾随运芦席的卡车去过芦柴厂，那一派蓬勃兴旺的景象，编芦席和卖芦席的人个个笑逐颜开，以原始的质朴热情地接待每一批买主。没有人会想到这种兴盛将给他们带来怎样的一场大灾难。

从官方和民间这两类地名的分布可以清楚地看出，明代初年，朱元璋虽然将南京城的北墙直推到了长江边，并在今天的鼓楼广场附近建起了鼓楼和钟楼,但南京人居住活动的区域越出南唐金陵城范畴的并不多。东部的皇宫区自然是不允许平民百姓涉足的,而在北部,南唐的北门桥仍然是一个有效的界限,从鼓楼到今挹江门的广阔地区,实际上是一个准军事区,除了驻军,用人迹罕至来形容绝不夸张。1944年沈启无眼中的南京,尚且"一味的寥廓,简直不像一个都城","似乎许多乡村,疏疏落落的,结成这第一个都市"。直到20世纪50年代中期,鼓楼周围也还是一片草场,我小时候夏天从那里经过,荒草要高过我的头顶,父母总是在身后大声地招呼,唯恐孩子们会迷失在草丛中。修建鼓楼广场和那幢坐西朝东的检阅台,是1959年为了庆祝中华人民共和国成立十周年的盛事,此后二十年间,南京好像再没有能与此相比的城市建设工程了。

民国年间,首都建设委员会聘请美国著名建筑师墨菲及其助手吕彦直编制的"首都计划",是以紫金山南麓为"中央政治区",新街口一带为商业区,山西路一带为新住宅区。即使在明城墙圈定的范畴之内,主持其事者客观上继承了朱元璋的规划思想,新建政府机构和住宅群都避开了原本居民稠密的老城南地区,另行辟建经营新区,没有与民争地。

当年对于道路系统也有明确的规划,所建的一批柏油路,除了主干道为纪念孙中山先生分别定名为中山北路、中山路、中山东路外,大体上可分为几个区域。从1930年的《首都干路定名图》中可以看到,干路的定名成为明显的几块。今中央路和中山路以西、汉中路以北的一块,干道全部是以中国省、市命名的。尤其是山西路以北的部分,道路的排列十分整齐。因为自明而清,这一带基本上没有开发,所以国民政府能够随心所欲地在地图上画格子。这些条条框框并没能全部变成现

从冶山俯瞰南京全景,城中多水塘、农田,正是南京城旧时风貌。

实,日本军国主义的侵略战争无情地打破了国民政府在南京的建都计划,有些路名也就只能永远地留在纸上了。尽管如此,在此后的半个多世纪里,南京的道路格局几乎就没有像样的进步。直到20世纪90年代中期,城内的主要交通干线依然是旧时的几条。为了解决行路难的问题,有关部门采取了令历来宽容的南京市民印象极其深刻的两大举措,一是修筑鼓楼隧道,弄出了一个被所有观光者作为南京人"大萝卜"例证的老鼠洞,而在这一耗时耗资破纪录的打洞工程中最后被挖出的"老鼠"数量竟也能破纪录。至于参与论证决策的"专家学者"们,是怎样揣摸长官意志并且据以圆满地炮制出一套"打洞有益"理论的,也有待专家学者们去研究了。南京人唯一可以庆幸的,或许就是这路人多半不是"南京人"。另一条是大砍行道树,将使南京在全世界赢得"绿化名城"盛誉的、树龄几十年甚至近百年的悬铃木,从六行砍为四行、二行甚至全部荡平。至于砍了树是不是通了车,那也是有目共睹的事情。南京人心痛之余,只能编造政治笑话,说主持其事的市府领导是"林学院伐木专业"的高才生。

20世纪90年代末,南京城区的街道总算有了较为明显的改观,而交通状况的改观尚需要一个过程。2000年初,南京市政部门又接连宣布了几个大动作,首先是决定修建南京地铁,这当然更是旷日持久的工程。其次便是两条将从玄武湖下穿过的公路。其一起于城东干道北端,城东干道是南京新建的重要南北大通道,南端接"省门第一路"机场高速公路及宁溧公路、纬八路,北端到北京东路后被九华山迎面挡住。为不破坏钟山风光带整体景观,有关部门决定城东干道北上采取打隧道从九华山和玄武湖底穿过,直达岗子村与龙蟠路相接。其二起于新模范马

中山南路旧影,新修道路宽阔而车辆稀少,大华大剧院是明显的地标。

夫子庙贡院东街,也是繁华街市。

路东端，这条路原来规模不大，但经过几年的扩建西延，西端已越过内秦淮河，直刺长江边，成为一条贯通东西的重要通道，东端却受到明城墙和玄武湖的阻挡。为建成公路网，又不损害湖光山色与明城墙，决定向东打隧道从玄武湖底穿过，与1999年新建成的新庄立交桥相接。新庄立交桥在规划时已预留了与此路相接的匝道接口。消息公开后，市民反应平平，或许南京人已经被鼓楼那个地洞打怕了。南京的地质情况复杂，早在民国年间已不是秘密，鼓楼隧道工程再次证明了这一点。不过此后的隧道工程，都没有再出现鼓楼隧道的情况，可见出问题的根本原因还是人。

　　至于为什么不能对南京的交通干线重新规划布局，使城市交通和面貌有一个革命性的发展，恐怕还得从整个南京城市规划方案与发展目标的失误上找原因了。20世纪80年代制定的南京城市建设规划，很容易使人想到《游龙戏凤》里所描绘的"大框框里面套小框框"，它将南京地区自内向外划为五圈，其见识水平实在还不及作为封建君主的朱元璋。而其直接后果无疑是使人们都向最中心一圈内挤——黄金地段好淘金，在圈内的无论如何不肯退出去，在圈外的千方百计要朝里面钻。即使没有经济利益方面的考虑，又有谁甘心就做"圈外人"呢？结果是无权无钱的弱势群体最先被挤出中心区域，甚至不得不放弃祖祖辈辈赖以安身立命的最后根基。指望南京人尤其是弱势群体能像西方发达国家居民那样认识到居住在市郊的种种优越性，恐怕还要待以时日。套圈方案导致中心地带建筑与交通遭受的巨大压力，对于南京城市均衡发展的不良影响，逐渐为人们所认识。而此后盲目提出的"建设国际化大都市"的城市发展目标，更导致老城区内"地毯式"的乱拆与乱建，造成对历史文化名城的恶性破坏。当这个不切实际的目标在短暂的几年后终于被否定时，南京在历史文化名城风貌上的损失已无法弥补。

从南京城的发展沿革来看，可以这么说，凡是建设者具大气度大魄力，敢于别开生面之际，城市就会得到里程碑式的大发展。而不敢越雷池一步、只会在前人的格局中修修挖改，徒然以毁旧翻新为能事者，即使不为城市带来灾难、为居民增添痛苦，也绝不可能对南京城的发展有所贡献。

回过头来说民国。山西路、颐和路一带的新住宅区，是在民国年间就已建成了的。在那些千姿百态的小园公馆之间，是至今仍令人流连的清雅道路。它们是以中国的山川名胜命名的，如果以颐和路为主干，两侧的支干道有珞珈路、灵隐路、普陀路、赤壁路、天竺路、莫干路、牯岭路、琅琊路等。像这种道路与住宅相得益彰的街区，直到20世纪末，南京好像也没有建成第二处。

最后，汉中路和中山东路以南，大略相当于原南唐金陵城的范围内，也就是南京人习称的"城南"地带，干道主要是以历代与南京有关的名称定名的。东西方向的，依次为秣陵路、金陵路、建邺路、白下路、建康路、升州路、长乐路、集庆路，直到中华门原长干里的长干路。南北方向的，则有太平路、朱雀路、中华路、洪武路、中正路、莫愁路、凤游路等。这些路多数不是新辟，而是在旧有道路基础上的改造与名称的统一。

有趣的是，民国年间新辟或改建的街道，都命名为"路"，而此前南京旧地名则多为"街""巷""坊"。这也是区分南京旧街新路的窍门之一。南京人至今出门逛商场买东西仍说"上街"，没听说有谁讲"上路"的。而"路"的使用，则多与现代生活相关联，如20世纪七八十年代居室狭隘，谈恋爱的青年男女无地自容，只能一块出门走走，成为恋爱交往代名词的便是"逛马路""压马路"，很少有说"逛大街"的。

民国末年的《南京人报》金陵风物栏，曾刊载"南京四十四条半街名歌"，转摘如下：

> 三山掬漏看鸣羊，来凤仙鹤占磨盘。柳叶崇恩回龙道，玉振璇子彩霞坊。安品评事云长乐，马道石坝到奇望。致和中正平马府，五福钞库广艺街。常府五马近户部，同仁和会藕丝缠。洪武成贤多保泰，慈悲油市宝吉祥。太平八宝半边路，天青讲堂白塔巷。笔管安仁两街尽，共计四十四条半。

然而细数下来，歌中只有四十三个街名，不知道是什么缘故了。说"四十四条半"，所谓"半"者，当指"半边街"，即今公园路。清代满人驻防明故宫，不得与汉人杂居，此街在明故宫旁，一边为宫墙，只"半边"有街市，故有此名。这大致已包括了南京清末民初主要的或繁华的街市。熟悉南京的人可以看出，歌中的街道多半在城南一带，而每一句歌词中的街道都是相邻相近的。歌中未提及的旧街道自然还有，如老城区的堂子街，北门桥外城北一带的鱼市街、忏经楼街（后讹为唱经楼街）、丹凤街，城东原皇宫区的汉府街、蓝旗街等。

其实歌中所提及的街道，有的很短很窄，只是一条小巷而已。还有一些今天已不复存在。民国年间修建的新路，许多是依旧时街巷扩建的，尤其城南一带，往往一条新路便包容取代了多条旧街巷，例如：

胪政牌楼、刘军师桥、大行宫、行宫东街并入中山东路（所以现在大行宫有名无路，成为太平路与中山东路相交处十字路口的泛指）。

跑马巷、三元巷、羊皮巷、金銮巷、铜作坊、铁作坊、天青街、马巷并入中山南路（民国年间旧名复兴路、中正路）。

老米桥、双石鼓、左所巷、永庆巷并入汉中路。

朝天宫、下街口、珠宝廊（西段）、羊市桥、红纸廊并入建邺路。

大中桥、中正街、升平桥、珠宝廊（东段）并入白下路。

内桥、府东街、花市大街、大功坊、南门大街、觅渡桥并入中华路。

黑廊、坊口、行口、三山街、讲堂街、陡门桥、油市大街、水西门大街并入升州路（故三山街今亦有名无实，泛指中华路与升州路、建康路相交处的十字街口）。

三坊巷、顾楼街（后讹为搁漏街）、武定桥、大夫第、圆门口、新廊、石将军巷、染坊巷、小石桥、三四照壁、武定门并入长乐路。

门帘桥、太平街、花牌楼、吉祥街并入太平路。

淮青桥、太平里、奇望街、驴子市、承恩寺并入建康路。

洪武街、莲花桥、珍珠桥、大影壁、后宰门并入珠江路。

20世纪90年代以来，南京改造旧城区的规模更大，消失的地名自也更多，不知有多少旧街老巷将从此无迹可寻，也不知有关部门是不是做好了这一方面的资料保存和整理的工作。

关于南京地名的趣话也多。如以东牌楼、西华门、南捕厅、北门桥、中山路为"五方街"。又有好事者排列以数字开头的地名，自一至十而百、千、万的，如一枝园、二虎庄、三茅宫、四牌楼、五贵里、六角井、七家湾、八间房、九莲塘、十字街、百子亭、千章巷、万竹园。

有些街道名，出于各种原因音讹义转，使人从现名中已经难以察其来源。如鼓楼冈下曾发掘出六千年前南京初民村落的北阴阳营，原名鹰扬营，因明代鹰扬卫在此而得名。又如膺福街旧名英府街，不过与英国人无涉，实因明代英国公张辅居住在这里而得名。与此相类的还有一条英威街，民国年间军阀齐燮元因纪念"英威将军"李纯而命名，同样没有长帝国主义威风的意思。李纯字秀山，英威街附近当时且建有一座"秀山公园"，北伐后易名"南京第一公园"。中正街据说为原江宁、上元两县分界，故以"中正"为名，与号"中正"的蒋介石无涉。但后改名中山南路的中正路则确与蒋氏有关。再如贵人坊本名鬼门关，平章巷原名皮场巷，彩霞街原名草鞋街，甘雨巷原名干鱼巷，黑簪巷旧名丫头巷，螺丝转弯本名罗寺转弯，等等。细细考究起来，这种街巷名的变化，不但是城市地理或历史的话题，而且大可作为时代与心理的话题的。

南京的晚报上，曾讨论在中山路修建之前，自城北至城南的交通路线，说法不一。据我所知，在挹江门未开之先，自江边入城当走仪凤门，自此向南，先后经仪凤门大街、北祖师庵、南祖师庵、萨家湾、楼子巷、三牌楼、虹桥、将军庙、马台街、新菜市、狮子桥、鼓楼街、鼓楼、黄泥岗、忭经楼西街、鱼市大街、北门桥。自此分途，一经估衣廊、沐府西门、糖坊桥至新街口，又分两支，一支自欣欣园（今丰富路）、三道高井（今丰富路）接红土桥至行口（今升州路），一支经明瓦廊、大香炉、木料市接评事街至陡门桥（今升州路）；一经香铺营、上乘庵、土街口（今中山东路与洪武路相交口，新街口即相对土街口而得名）、洪武路、内桥、府东街、三山街、花市大街、大功坊、南门大街至中华门。一并移录于此，供有兴趣者参考。

总统府大堂。洪天王的金龙殿,或许就在这位置上。

300

从汉王府到总统府

五百余年来，南京地区的明初功臣墓葬，虽说日渐损毁，多少总还有个轮廓，而城内的王公府第，则只剩下一个个空地名了。内桥附近的王府园，杨公井附近的常府街，长乐路附近的信府河，中山东路与洪武北路交汇处的邓府巷，还能有多少人说得清其来历呢？南京人似乎在故意淡忘故乡曾有的辉煌，恰如他们一有机会就毫无顾忌地将皇陵的树木砍了来烧家常饭菜。

仅存的一个明初王府——汉王府，如今也更多地被人称作天王府或总统府，甚至想不到它与门前那条汉府街有什么关系。

位于南京城东明故宫西侧的汉王府，最初并不是封给明初开国功臣的。它的第一位主人，是元末农民起义军领袖陈友谅的儿子陈理。元失其鹿，天下共逐之，可元顺帝还端坐在京城里，义军领袖们就开始了自相残杀。成者为王败者寇，陈友谅在与朱元璋争霸时战死，便成了"流寇"。新皇帝朱元璋也就学着历代开国君主的模样，给死去政敌的做了俘虏的儿子一个封号，一座府邸，以示王者的宽大为怀。卧榻之侧，不容他人酣睡，自是古今通例，距皇宫不过一箭之地的汉王府规模想必不会太大。而且"宽大为怀"也不是那么好装扮的，生性忌刻的朱皇帝，对于这种异己分子格外不能放心，所以没过多久，就把陈理和另一位义军领袖明玉珍的儿子明升，一块打发到朝鲜去了。

空出来的汉王府,曾经做过一段黔宁王沐英的府第。到了永乐初年,它又成了另一位汉王——朱棣次子朱高煦的王府。朱高煦自小凶悍无赖,但"狙诈多智,以材武自负,善骑射",在"靖难之役"中屡建奇功,且救过朱棣的性命。善权谋的朱棣在战事紧张之际,曾抚着朱高煦的背暗示他说:"我是力不从心了,你哥哥身体又不好,你要多努力啊!"然而朱棣夺得侄儿朱允炆的皇位后,却认为长子朱高炽留守北京的功劳高于朱高煦随他征战的功劳,且皇家惯例立长立嫡,故立朱高炽为太子。朱高煦很不满意,借口路途遥远,"我何罪,斥我万里?"坚决不肯离开首都到自己的封地云南去,反将距皇宫不远的汉王府扩建得十分豪华,甚至公然以秦王李世民自拟,私选武士,图谋不轨。在南京民间颇富传奇色彩的大学士解缙,就因为卷入了是不是要更换太子的纠纷而丧命。朱棣后来也做了让步,在永乐十三年(1415年)将朱高煦的封地改为山东青州,但他仍不肯去。朱棣意识到此事不可再犹豫,终于在永乐十五年(1417年)强行将朱高煦安置到山东乐安州去。其时他迁都北京的大计已定,以为乐安州离北京很近,一旦朱高煦有变,可以"朝发夕就擒矣"。

朱棣死后,朱高炽即位,仅一年又暴病身亡,其子朱瞻基从南京赶往北京奔丧。据说朱高煦曾试图在半路上伏击他,因仓卒而未成。朱瞻基即位,不久北京地震,朱高煦认为这是国变的征兆,便以"清君侧"的老名目,公然造反,试图重演他父亲"以叔夺侄"的一幕。不过宣德皇帝却不像建文皇帝那样优柔寡断,当即御驾亲征,直趋乐安,兵贵神速,不战而胜,将叔父朱高煦捉回北京,后来扣在铜缸下烧成灰烬。据说朱高煦在乐安州起事时,知州朱煊劝其直趋金陵。叛党皆言朱煊乃金陵人，这是为自己做身家之谋，怎么能听呢！计遂不行。倘此计真成，朱高煦以南京为根据地，形成南北对峙，成败之局尚未可知。朱槢实为国家统一之罪人，只不知他与南京是什么关系。

汉王已随野心去，此地空余汉王府。然而近一百多年间，这汉王府却成了中国近现代历史变迁的一个重要见证者。它先后充当过清王朝的两江总督府、太平天国的"天朝宫殿"、辛亥革命时期的临时大总统府、北洋军阀时期的江苏都督府、北伐战争时期的五省联军指挥部、中华民国的总统府和国民政府、日军侵华时期的伪维新政府考试院和监察院。直到1949年暮春，那面青天白日旗划时代地坠落下去，才结束了这块弹丸之地"城头变幻大王旗"的历史。

在近现代史上，汉王府大规模的营建有三次。一是太平天国的营造"天朝宫殿"，二是同治年间的重建两江总督府，三是民国年间的扩建总统府。

洪秀全在1853年春进入南京城，仅一月之后，即调集男女工匠万人，在原两江总督府的基础上，大兴土木修造天朝宫殿。这座由洪天王亲自圈定的皇城，远远超过原两江总督府的规模，东至黄家塘，西到碑亭巷，北至浮桥、太平桥一线，南至卫巷、大行宫长街，分内外二城，"宫垣九重，建筑崇宏"，规模不在北京的故宫之下。为了取得所需的建筑材料，除了"毁行宫及寺观……自督署直至西华门一带，所坏官廨民居不可胜记"，也大量从明故宫建筑上拆取。因为男劳动力不足，许多妇女儿童被迫承担起繁重的修建任务。经过半年的日夜赶工，雕龙绘凤的巍峨宫殿初步落成，不想竟被一场大火烧为灰烬。太平天国其实仍是地上的王国，天王也仍是地上的帝王，自不能没有地上的宫殿，于是在第二年春天于原址重建。民财民力，在所不惜也。

有史料记载，天王府外城称太阳城，正门为天朝门。内城称金龙城，正门为圣天门。城高数丈，外有城壕，宫门外用红黄绸缎扎成彩棚，任风雨淋漓，每月更换一次。正殿称金龙殿，还有二殿基督殿，三殿真神殿，"梁柱俱涂赤金，文以龙凤，光耀射目。四壁画龙虎狮象、禽鸟花草，设色极工……"三殿之后，左右各有一池，方广数十丈，池中各置石船二艘，各有五层高楼一座，池面且盖有机密房。第四至八进为后宫，分为左右两区，这显然便是天王的八十八位王妃的居住之处了。第九进是一座三层大楼，象征天朝宫殿的"九重天庭，楼阁参差，重殿叠宇，气象巍峨"。最后是后林苑，东西两侧有花园，其中亭台楼阁、奇花异草之胜，无法一一细说——不仅因为这样一幢金碧辉煌的宏伟建筑，只存在了十年，更因为直到太平天国土崩瓦解，天朝宫殿尚未全部完工。1864年7月天京城破，已建成的天朝宫殿又被一把火烧成灰烬。如今我们还能看到的，就只有煦园荷花池中劫余的一只石舫和金龙殿、内朝房的部分遗址了。

当代论者都认定天朝宫殿被焚是曾国荃的湘军所为。高阳的小说中绘声绘色，说湘军洗劫了天王府内的无数财宝，担心无法向皇帝交待，所以索性将天王府付之一炬，然后谎说太平军自己放火烧掉了天王府。但是有一个难题无法回避，就是太平天国的金玉玺印怎么处理，毁又毁不得，留更留不得，最后还是不得不上交朝廷。这就使弥天大谎不攻自破了——试想倘是太平军自己放火，怎么会把无数财宝都烧个干净，偏偏留着这几方玺印让曾九帅去报功？小说中的情节是让老谋深算的曾国藩劝曾国荃"功成身退"，辞官回乡拉倒。不得不承认这个故事已编排得相当合理了。

"十年壮丽天王府，化作荒庄野鸽飞"。六年以后，曾国藩才在天王府遗址上，重建两江总督衙署。督署的规模自不能和皇宫相比，但从门厅、大堂而正宅，厅、楼、阁、亭等也有近二千间之多。清末端方任两江总督时，又进行过较大的改建，其中最著名的一座建筑，是在煦园西侧建造的法国文艺复兴风格的花厅，坐北朝南，面阔七间，有着圆拱形装饰的长廊、西方古典式立柱和花纹点缀。花厅前还有一组几何图案布局的西式小花园。中国的统治者在享受方面从来都是最容易接受新生事物的。然而端方怎么也想不到，仅仅几年之后，这里会成为取清王朝而代之的中华民国的临时大总统办公室。

1911年的12月10日，全国已起义十七省的代表齐集南京，商讨组织临时中央政府。在南京湖南路上刚刚落成的江苏省咨议局大厦中，革命党人、君主立宪党人、旧官僚、旧军阀对权力与地位的争夺十分激烈，久久相持不下，直到孙中山先生从海外回国，才成为众望所归的总统人选。

1912年元旦，孙中山先生在南京，在煦园那座巴洛克式的花厅中，宣告了中华民国的成立，并宣誓就任中华民国临时大总统。这不但是中华大地上的第一个民主共和国，也是亚洲的第一个民主共和国。中国长达数千年的封建统治，就此终结。

这是南京历史上最为辉煌的一页。南京，也从"六朝古都"化为一代新都。

南京再一次成为中国政治舞台的中心。

总统府西方古典样式大门，门前却建起中式照壁，象征着这一组建筑的中西合璧。

总统府子超楼，国民政府主席办公楼。与今日的区政府办公楼相比，都难免相形见绌。

孙中山选定的总统府，就在当年洪秀全天朝宫殿的旧址上，这位资产阶级革命家坦率地承认自己对洪秀全的倾慕之情。但是，他在对待国家权力的态度上，却与洪天王截然不同。孙中山公开宣布，国家元首的地位是国民的公仆，职责是为国民服务，并在就职时向全国国民宣誓，要"以忠于国，为众服务"。这些，都是中国历史上所没有前例的。同样，中国历史上的第一部宪法——《中华民国临时约法》，也是在南京制定的。这个《临时约法》明确提出，国家是由人民组成的，主权属于国民全体，而不是属于封建帝王。并规定"人民一律平等，无种族、阶级、宗教之区别"，宣布人民享有七项自由权，其中包括"言论、著作、刊行及集会、结社之自由""书信秘密之自由"，甚至规定"人民有请愿于议会之权"！如此种种，都是史无前例的，其进步意义也是不容忽略的。

在国民政府定都南京后，成为中华民国总统府的这一组建筑，经历了又一次改造，拆除了原两江总督衙署的门厅和门前牌坊，重建了大门，维修了原有的大部分建筑，并增建了作为总统办公室的子超楼，使它最终成为我们现在所能看到的模样。

1929年修建的总统府大门，采用的是西方古典样式，立面为古罗马的爱奥尼柱式装饰，三道圆拱形门廊，门的上端有线脚装饰的檐口。似乎这样便为中华民国披上了一件有别于封建王朝的外衣。有趣的是，这大门的对面，居然又按照中国传统建筑的格局，建造出一面西洋装饰风格的中式大照壁。

进入大门，迎面便是一个传统式样的大堂，灰瓦红柱，青砖铺地，与大门形成强烈的反差。据说这里就是天朝宫殿中金龙殿的位置。由此沿穿堂前行，传统的中式长廊两侧的暖阁，被改造成了总统府礼堂和参军处。二堂后的东厅做了总统休息室，西厅做了外宾接待处。再穿过一段中式长廊，赫然又是一座西洋柱式、券廊拱门、铸铁花栏的不中不西的建筑，这是北洋军阀时期建造的办公楼。

办公楼后，是一个狭小的内院，迎面矗立的是一座西洋摩登式四层大楼，造型简洁明快，且采用了宽大的玻璃窗，毫不逊于同时代的西方新式建筑。这是建成于1937年的子超楼。子超楼的二楼即正、副总统办公室。总统府的这一组建筑，纵穿半个世纪，横兼东西两方，最为难得的是各个保留着其鲜明的时代特征，俨然成了近现代南京建筑的一个博览馆。这种兼容并蓄的精神，恰恰也是南京文化的一个缩影。

总统府的主体建筑虽还是正统的中国官衙形式，对称严谨，阴森肃杀。然而对外的印象是一回事，对内的功能又是一回事，所以仅一墙之隔的煦园，已是充满文化情调的私家园林格局了。汉王府西侧园林名煦园，不知是否得名于那位曾经苦心经营过这一方天地的朱高煦。不过南京百姓则习称此园为西花园，一如将快园中的浴龙池称作小西湖，不动声色地将一代豪强的色彩轻轻地抹去。西花园六百年来屡建屡毁，太平天国天朝宫殿被毁时遭劫最烈，仅花瓶状荷花池及池中南端石舫得以幸存。荷花池系清乾隆年间人工开凿而成，以明初城墙砖驳岸，池岸有曲桥可通石舫。石舫旧名"不系舟"，有清高宗的题额，长二十余米，宽六米许，舱部为木结构，分上下两层。清高宗、洪天王、孙中山均曾在此小憩，观赏园中景致。据说石舫曾被用来举行秘密会议，附近墙上挂着的木牌上，写着"此系议奏机密之地，不得擅入，违者立决"字样。煦园小巧精致，布置井井有条，别具一格，曲径通幽。园中现存的主要景物，还有六角亭、鸳鸯亭、桐音馆、夕佳楼、忘飞阁、印心石屋、御碑亭等，不失为南京的一个游览胜地。

今天，孙中山的临时大总统办公室，已经成为一种历史性、象征性的纪念物。这座建筑物的意义，远过于南京历史上所有封建王朝宫殿王府的总和。它所代表的，已是一种全新社会的开创。它的存在，绝不是在南京历代建都史上，再加上一个简单的量，而是增添了一种截然不同的质。

这是南京进步文化发展的结果，也是南京有别于除北京外的中国其他古都之处。

金陵大学北大楼旧影,现在仍是南京大学鼓楼校区的标志性建筑。

民国建筑博物馆

南京现存的所谓明清胜迹,有相当一部分是清代同治年间所重建的。之所以要重建,是因为原址已毁于太平天国之役。从这一毁一建中可以看出,建筑形式,或许要算时代文化中最后成形也最难变异的因素了。

洪秀全虽然从西方借来一个改装的"上帝",并且对中国传统文化进行了毁灭性的清算,但是太平天国的大小王府,在建筑上依然毫无新意可言。

同治中兴,主持南京事务的虽然多为洋务派、维新派中人物,但在重建南京时,仍然一无例外地采用了传统的建筑样式。

那一阶段中,除了教堂和教会设施,大约只有建于1865年的金陵机器制造局机器大厂(今中华门外1865创意产业园),不得不采用了西方工业建筑的格局。这也是南京第一座西式建筑的工厂用房。

1884年西方教会创办的明德女子书院(莫愁路今南京女子中等专业学校)新校舍,是南京第一座西式教学专用房。

1892年建成的基督医院(即马林诊所,今鼓楼医院)新式病房大楼,是南京第一座西医院。

1906年建成了西式校舍的两江师范学堂,是南京第一所官办大学……

南京高等师范学校主楼,从两江师范到东南大学之间的重要过渡。 作者 供图

正是由此滥觞，逐渐形成了20世纪二三十年代南京的现代建筑潮流。倘若排除政治因素导致的视而不见，我们就不能不承认，20世纪上半叶惨淡经营的结果，是在"青砖小瓦马头墙，回廊挂落花格窗"的旧南京上，崛起了一个新南京。直到20世纪90年代，南京城内最富于时代特色的建筑，仍然要数这一批现代建筑。从这个意义上说，南京堪称"民国建筑博物馆"。

纵观南京现代建筑的发展，大致可划分为三个时期。

在南京早期现代建筑中，一个有趣的现象是，作为中国建筑"现代化"的肇端，所模仿的却多为西方古典建筑和折中主义建筑形式。这自然与当时欧美正受复古主义思潮的影响分不开，不过，中国知识分子意识深处的崇古思想，显然也是起了作用的。中国人特别是文化人，长期以来是以古为美的，即使必得接受外国的东西，外国的"古"也比外国的"今"更易得到认同。这恰如今天，新一代的某些中国人在诸多领域中一味求"洋"求"新"，全然不考虑这"洋"和"新"能不能经得起时间和空间的检验。

坐落在南京湖南路上的江苏咨议局大厦，是中国建筑史上最早由中国建筑师按现代方式设计建造的新型建筑之一，也是中国近现代史上最受瞩目的建筑之一。咨议局是清末立宪运动的产物，作为省级的民主参政机构，既然模仿的本体是西方的君主立宪制度，采用西洋建筑风格自是顺理成章的事情。当时负责筹办江苏省咨议局的，是著名的"状元实业家"张謇，他把咨议局建筑的设计建造工作交给了自己的得意门生、土木工程专科毕业生孙支厦。孙支厦专程去日本考察了明治维新后以西洋风格为主的日本公共建筑设施，主持设计建造了这幢法国文艺复兴造

东南大学孟芳图书馆旧影。孟芳图书馆由江苏督军齐燮元捐资建造,以其父之名命名。

型的宫殿式建筑。

　　这幢建筑在功能布局上，类似西方的议会建筑，平面布局以中央部位的会议大厅为主，周边围绕两层办公用房，成内院回廊式，是中国建筑史上早期出现的较大跨度的会堂建筑实例。整幢建筑采用砖木结构，平面、立面均呈三段式，使人联想起法国卢浮宫的建筑特点。办公用房的正面入口有突出的门厅，蒙莎式屋顶，中间耸起钟楼塔。室内装修也体现了西洋建筑的风格。但是在诸多细部处理和材料的运用上，则又表现出中国传统的特点。尤其在外观的色调处理上，以青红砖镶嵌作为墙身主调，以混合砂浆的灰调作为陪衬，再加上屋顶镀锌铁皮的鲜艳色彩，构图生动活泼，呈现出中国传统特色。

　　不过，在1910年基本完工的江苏咨议局大厦，并没有能成为君主立宪的讲坛，却成了推翻帝制的会场。1911年12月10日，全国响应武昌起义的十七个省新旧杂陈的"都督府代表"在此聚集一堂，商讨建立临时中央政府，于12月29日推举孙中山为临时大总统，并宣布改国号为中华民国。在某种意义上说，清王朝的寿终正寝，就是在这幢大厦中决定的。同样是在这里，中华民国的"临时参议院"又接受了孙中山先生的"辞职"，接任大总统的袁世凯不肯南下，南京也就失去了民国首都的地位。南京的历史似乎总少不了这样的暧昧色调。此后在这里上演的历史活剧难以尽举，让南京人记忆深刻的，至少还有奉安大典时孙中山遗体自北京南来曾停柩于此举行公祭，以及张勋在这里的弄权和汪精卫在这里吃枪子。遗憾的是这组建筑中最富于历史意义的会议大厅，竟也在"文革"中被拆除了。

　　建成于1915年的扬子饭店，坐落于临近长江的下关。它虽然以明

晚清江苏省咨议局会议大厅。已被拆除。　　　　　　　　　　　　　　　　　　　　作者 供图

江苏省咨议局今影。
中国近现代史上最重要的建筑之一，太多史无前例的大事件在此发生，清王朝就是在这里被终结的。

代的城墙砖作为主要建筑材料，却按西洋圆拱发券方式砌筑，那方底台式的屋顶，高低错落的老虎窗，都明显受到英国中世纪城堡式府邸的影响。此类建筑往往外观雄浑朴实，而内部却竭尽豪华奢侈之能事，使内外形成强烈的反差。设计者的想法很实际：外观是给别人看的，所以强调威严感，而内部是主人的生活场所，所以追求舒适感。这类建筑样式流入中国后，颇受务实而忌"露富"的南京商界人士青睐。南京过去的商业繁华地区，如太平南路、三山街一带，曾经不乏类似的西洋门脸。太平南路上1923年建成的基督教圣保罗堂和建于19世纪末的石鼓路天主教堂，都是典型的西洋古典式建筑，但后者属"哥特式"，前者属"罗马风"。石鼓路天主教堂系外国建筑师主持建造，圣保罗堂则由金陵大学建筑工程师齐兆昌设计并监造，承建全部工程的是南京陈明记营造厂。20世纪40年代初建成的基督教莫愁路堂则为英国都铎风格建筑。

　　南京早期现代建筑中另一个有趣的现象，是中国人创办的东南大学，主要采用的是西洋古典建筑式样，而外国人创办的金陵大学，却以中国传统的宫殿式建筑风格为基调，两者形成了鲜明的对照。

　　美国基督教会创办的金陵大学采用中国传统建筑风格，是有着深刻的历史文化背景的。它的前身汇文书院（今金陵中学）始建于1888年，其主要建筑就是清一色美国殖民期建筑风格，陡峭的屋顶，清水砖墙面，配以圆拱形门窗，并在檐角、转角、入口等局部饰以较为复杂的磨砖线脚，形成灵巧别致的造型。这种有着鲜明特点的建筑式样，是欧洲的建筑习惯融于北美的自然条件中创造出来的，后来又随着美国人的足迹来到了东方。现存于金陵中学校园内的钟楼是一个典型的实例，现存于鼓楼医院内的前马林医院建筑也是这类风格。

然而，19、20世纪之交中国人民的"灭洋"运动和强烈的反侵略反殖民情绪，使美国传教士意识到，中国毕竟不是他们可以为所欲为的殖民地，他们按照纯粹西洋方式建造"国中之国"，只会激起中国人民更大的反感，对于他们的文化布道有弊无利。因此，在1910年兴建金陵大学（今南京大学校园）新校舍时，便改用了正宗的清朝宫殿式建筑形式，希望中国学生在自己熟悉的空间中能更容易接受西方教化。当然，美国人的让步还不止于此，他们不得不放松了最初严格的英语教学方式，而改用了以汉语讲授为主的授课方式。校内最初完全西化的宗教组织，也逐渐演变成具有中国帮会特色的组织。应该说，金陵大学建筑形式的演化，所具有的特定文化内涵，是很值得近现代史研究者去下一些功夫的。

这其中还有个值得一提的小插曲。提议按照中国传统风格建造金陵大学新校舍的，是汇文书院的第一任院长、金陵大学校董福开森。此人是毕生从事中国文化研究的美国汉学家，正如诸多西方汉学家一样，他在华后期的衣着服饰、居室布置以至行为方式，都极力模仿中国人，使不少中国文化人得到一种心理的满足，以为这位老美也如中国历史上的少数民族统治者那样，被悠久伟大的汉文化"同化"了。

东南大学的建筑演变，却反映出一个完全相反的历程。它的前身两江师范校园内，还有一些传统风格的建筑，然而到1921年成立东南大学时，不仅全盘模仿了美国的教育体制，而且在校园建筑上，也以欧美大学的格局为样板，大规模地建造西洋古典式建筑。主持者正是以这种方式，表示了对"中学为体、西学为用"旧宗旨的扬弃，转而接受了西方现代教育制度和教育内容。尽管其在新旧文化变革、中西文化交流上的认识未必透彻,但目的性十分明确,就是要为中国的国富民强培养急需的人才。

在社会急剧变革时期,建筑样式的选择,往往包含着远超出建筑本身的意义。

东西文化的交流融合,是一个漫长而微妙的过程。在一大批真正学贯中西且能学以致用的文化人出现之前,所谓文化交流,往往只是模仿以至抄袭,所谓融合,往往只是配合或者掺和。时至今日,在我们的不少文化艺术领域中,仍不乏此类似是而非的"交融"现象。

中华民国总统府的一组建筑,就是20世纪初中西建筑文化碰撞妥协的典型产物。然而,大约由于它的政治负荷过于沉重,漫步其间,人们总是为历史变迁的节奏所震撼,而不大容易感受到其建筑文化中不尽协调的旋律了。

20世纪20年代末,国民政府定都南京以后,开始了大规模的"首都建设"。一时间,全国著名的建筑师和营造商齐聚南京,各显神通,使南京的城市建筑也随之进入一个新时期。当时正值西方建筑的蓬勃发展阶段,各种崭新的设计思潮强烈地冲击着传统的建筑形式,世界建筑风貌可谓日新月异。随着一批学有所成的中国留学生的归国,这种状态也开始影响中国建筑的发展趋向。然而,建筑样式的选择,并不是由单纯的艺术或技术因素决定的,惯性强大的社会审美观,特别是统治阶级的意识形态,往往更能左右一个时代的建筑风格。当时制订的《首都计划》明确提出,在南京城市建设中"以采用中国固有之形式为最宜",并强调"公署及公共建筑尤当尽量采用"传统样式。结果,在商业建筑

紫金山天文台

美龄宫全景

普遍追求西洋风格的同时，南京又出现了一系列保持着中国传统宫殿式样的"大屋顶"官方行政建筑。位于中山东路上的励志社建筑群（现钟山宾馆），对称布置于明故宫遗址两侧的国民党党史资料陈列馆（现中国第二历史档案馆）和中央监察委员会办公楼（东部战区），位于中山陵园区内小红山的美龄宫，位于鸡鸣寺下的国民政府考试院（现南京市政府），位于中山北路萨家湾的交通部和铁道部（东部战区）等，都是这一时期的产物。不过，单单规定建筑形式，并不就意味着民族传统的弘扬，这一批外观"国粹"化的建筑，在内部使用空间安排上，却又不约而同地欣然接受了西方的现代方式。而由于对形式的盲目追求，不惜成本，使得此类建筑费时费工，造价都十分昂贵。

与此同时，达官贵人们的住宅，则趋向于轻松灵活，依照主人的兴趣爱好，采取了各个不同的建筑风格，古今中外，荟萃一堂，颇有特色。今天的山西路、颐和路一带，仍然可见当年公馆区的特有风貌。那里曾是民国官员私邸最为集中的地区。按照国民政府的规划要求，南京市政当局打算在这里建设四个新住宅区。第一新住宅区以颐和路为中心，其四周为江苏路、宁海路、北平路（今北京西路）、宁夏路、西康路，土地面积五百四十亩，划分宅基地二百八十七份，每份约两亩左右，由承领者建造花园洋房，但规定建房人须先将设计式样、外观色彩等报工务局审核，所建正房及附属房屋占地面积不得超过基地面积百分之五十，并对楼层、脊高、空地、围墙等均作出具体规定。新区内道路皆以中国风景名胜区命名，主干道颐和路两侧，分别有珞珈、灵隐、普陀、赤壁、天竺、莫干、牯岭、琅琊等规范的沥青道路，行道树整齐美观，供、排水系统完善，每户住宅平均占地四百平方米，院落内有宽大的花园绿地，车库、警卫室、水、电、冷、暖各种设施齐全，主体建筑以花园别墅为主，造型风格各异，几乎成了各国住宅建筑展览馆。第四新住宅区在今北京西路以南的苏州路、扬州路一带，土地面积五百三十亩，计划建房二百九十五处，因日寇侵华战争而中止数年，直到抗战胜利后才陆续建成。而第二、三新住宅区规划因战争最终未能实施。至20世纪40年代末，这一带建成了数以百计的花园公馆和二十余幢仿宫殿式建筑，可谓洋洋大观，至今漫步其间，仍可见其特有风貌。汪精卫公馆、阎锡山公馆、于右任公馆、陈诚公馆、蒋纬国公馆、顾祝同公馆、汤恩伯公馆、陈群泽存书库及一度做过马歇尔公馆的金城银行别墅等，都集中在这一带。此外还有美国、加拿大、墨西哥、巴西、意大利、荷兰、苏联、捷克、澳大利亚等十余国大使馆，菲律宾和多米尼加公使馆等一批外国使领馆亦设在这一带。

此外，在市区环境较好的地段，也散布着不少富于建筑特色的别墅。如蒋介石的黄埔路官邸，石板桥的林森官邸和杨杏佛旧居，择居傅厚岗的则有李宗仁、柏文蔚、王叔铭、徐悲鸿、傅抱石等军政要员与社会名流，宋子文公馆位于北极阁之巅，孙科别墅延晖馆在中山陵旁小茅山脚下，白崇禧公馆在雍园，孔祥熙公馆在中山东路，何应钦公馆在今南京大学校园内的斗鸡闸，周佛海公馆在山西路西流湾等。这些地方的建筑格局，与南京城南的古旧民居之间，相距何止千年！

民国年间，蒋介石在南京居住的时间最长，住处也最多。当时人说蒋氏有"四堂"：寿堂（即介寿堂，系中央政治大学同学会为祝蒋六十大寿捐资所建，20世纪50年代起改为南京市工人文化宫）、教堂（指凯歌堂，在小红山国民政府主席公邸楼下）、澡堂（在南京东郊汤山温泉区内，为蒋氏专用）、会堂（即长江路国民大会堂，蒋曾在此宣誓就总统职，现易名人民大会堂）。为人所熟知的是位于中山陵园区内小红山的国民政府主席公邸，也就是现在对外开放的美龄宫。那是一幢钢筋混凝土构造的三层仿宫殿式建筑，歇山顶上覆绿琉璃瓦，墙身采用现代建筑装饰形式，外部贴黄色面砖，并用长方形钢窗，下为条石基座，周围平台及栏杆俱为石制。内部用木装饰，做工精美细致，富有民族气韵。这座建筑1931年由南京特别市政府工务局技正陈品善设计并主持施工，1933年竣工，周围栽种花木约一百二十亩，最初系供国民政府高级官员拜谒中山陵过往休息之用，抗战胜利后蒋介石与宋美龄常来此休息、住宿，并将楼下会客室充作私人教堂，所以会被称作美龄宫。

但蒋氏夫妇的常住地点，则是位于原中央陆军军官学校内的校长憩庐，亦称黄埔路官邸。国民政府定都南京后，蒋介石决定在南京设立中央陆军军官学校，作为广州黄埔军校的本校。蒋系军人出身，又以黄埔军校校长起家，所以始终与军校保持着特殊的关系。他喜欢住在军校校园内，一方面可以藉此联络军校师生的感情，同时也因为军校墙高院深，安全可靠，活动方便。

憩庐建于1929年，是一幢两层西式建筑，平面呈长方形，入口处有一圆拱形装饰的方形门廊，外部造型简洁朴实，内部布置反映了蒋氏的生活起居习惯。经门廊进入室内即是客厅，当年厅内置红木茶几与高背靠椅，正面墙上显眼地挂着孙中山与蒋介石合影的巨幅照片，孙中山着中山装端坐于椅上，蒋介石着戎装佩长剑立于孙中山侧后，照片两边是孙中山亲笔书写赠蒋的对联："安危他日终须仗，甘苦来时要共尝——介石吾弟嘱书 孙文"，颇有"你办事，我放心"的韵味。

1946年6月,还都南京后的蒋介石在官邸憩庐。
美国《生活》(*Life*)杂志记者乔治·希尔克(George Silk) 摄

憩庐外景　　　　　　　　　　　　　　　　　　　　　　　　乔治·希尔克 摄

其实孙中山书此联相赠者,并不止蒋介石一人,而蒋以孙中山的衣钵传人自居,所以要特别宣扬此事。蒋氏并且效法孙中山,多次写了这副对联送给他所赏识的部下。据梁羽生先生考证,这副对联的作者也不是孙中山,而是清末的沈翊清。清光绪二十五年(1899),日本陆军大操,清廷派沈氏为特使赴东京观操,沈事后有赠中国留日陆军学生七绝一首:"上国威名溯有唐,也辞长剑倚扶桑。安危他日终须仗,甘苦来时要共尝。"其时陈其美正在日本士官学校求学,很喜欢这首诗,曾抄下来送给孙中山。沈翊清其人早已湮没无闻,他的这半首诗却成为一时佳话。

客厅侧是一间小客厅,内设柚木桌椅,墙上挂着意大利画家所绘的风景画,一排落地长窗使室内显得宽敞明亮,很像一个西式小书房,这是宋美龄会见宾客之处。客厅后侧是蒋介石的两间办公室,外间是他日常批阅文件及与军政要员会谈之处,内间与外间陈设大致相同,但只有少数高级官员才可以进去。

憩庐楼上是一间大卧室,室外也有一间客厅,用于接见内亲或受蒋氏特别召见者,侍从副官和秘书一般是不许上楼的。

憩庐外有围墙。按规定,来客的汽车只能停在围墙大门外。只有党国元老、经蒋氏特别关照的外宾、少数几位部长和省主席的汽车方可驶进大门,停在官邸楼前。

蒋介石在南京的大量政治军事活动,都是在憩庐中完成的。

1949年1月21日上午,蒋介石宣布"下野"的地点,也是憩庐。

原中央陆军军官学校旧址现为东部战区司令部所在地。憩庐这个名字已鲜为人知。

宋子文公馆。就建筑艺术而言,堪称民国公馆之冠。

孔祥熙公馆

民国官僚私邸中最具特色的，大约要算位于北极阁山顶的宋子文公馆。

宋子文公馆建于1936年，由著名建筑学家杨廷宝设计，为三层西式建筑，坐北朝南，造型简洁朴素，而构思相当精巧。迎院门一侧有意将底层置于地平面之下，入口处圆拱形装饰的方形门廊直通二楼客厅，所以乍看上去只有二层。成不对称人字形的屋顶远看仿佛用茅草铺设，故有"茅草屋"之称，其实是在水泥屋面上铺以粗砂而成。水泥屋面层中夹有三层芦荻，每层约厚二厘米，最上一层做成蜂窝状，不但隔热防火，使室内冬暖夏凉，而且能有效地防止水泥屋面的渗漏。室内钢筋水泥大梁，在施工时先用喷灯熏灼水泥模板，刷除焦化部分后再浇捣水泥，拆模后留在水泥梁面上的木纹清晰可见，经外刷栗色油漆，仿木效果足以乱真。

公馆底层为贮藏室，二楼有会客室、书房和侍卫室，三楼是宋子文夫妇及子女的起居室、浴室和盥洗室。浴缸和抽水马桶均为国外进口，历经半个多世纪，至今仍完好无损。室内布置既有富丽堂皇的西式装潢，也有古色古香的中式陈设。院内植有雪松、梅花和法国梧桐，绿荫掩映，自然幽雅。

宋公馆当年曾是国民党上层人士秘密聚会的地点之一。特别是西安事变爆发后，此地更是车水马龙，冠盖云集，最后形成以宋氏姊弟为核心的主和派，与以何应钦为首的讨伐派分庭抗礼。后宋子文两次飞赴西安，与蒋介石会晤，同有关各方商讨，对西安事变的和平解决起了促进作用。

张学良护送蒋介石回到南京，一下飞机，蒋氏即背信弃义将张学良囚禁，最初的囚禁地点就是宋公馆东北数十米处那座古典式的二层建筑，俗称"囚张楼"。也就是在这里，张学良在宋子文的暗示下，写下了为"此次违犯纪律不敬事件"向蒋氏"负荆请罪"的亲笔信。20世纪50年代初，刘伯承元帅曾一度在此居住，并在宋公馆的西北侧与书房交接处，加筑了上下两间房屋，上设平台。登台放眼，山水城林尽在眼底。到90年代初，宋公馆和"囚张楼"都又被修葺一新，雍容典雅不减当年，一些历史影视片也直接采用了这一实景。

在20世纪30年代建造的那一批假古董"大屋顶"中，值得关注的是位于中山东路上的中央监察委员会办公楼（今东部战区档案馆，俗称"东宫"）和党史资料陈列馆（今中国第二历史档案馆，俗称"西宫"）这一对兄弟建筑。它们分列明故宫轴线东、西两侧，平面布置和建筑外观相同，主体建筑三层，采用钢筋混凝土结构。外观为重檐歇山顶，厚重宽大的仿石基座，显得坚实宏伟。内部装修为菱花格扇门，天花藻井，并绘有绚丽的彩画，古意盎然。这一对建筑与宋子文公馆一样，出自杨廷宝之手。

20世纪30年代仿古建筑中的一个特例，是中央博物院（现南京博物院）的主体建筑。在南京近现代仿古建筑中，要数它的建筑风格最为古老，因为它模仿的是辽式殿宇建筑。中央博物院的设计指导思想，是力图体现中国早期的建筑形式。作为国家博物院，这一设想也无可非议。在当时，最具有民族传统代表性的唐代建筑，尚没有发现实物遗存，而以梁思成、刘敦桢等人为核心的古建筑研究专业学术团体营造学社，已发现并研究了一批辽代建筑，掌握资料较丰富，所以最终决定采用辽代风格来建造中央博物院。

辽代建筑是公元 10 世纪至 12 世纪在中国北方地区形成的一种建筑式样，它继承沿用了唐代的传统，建筑形象较真实地反映了结构和材料原理，造型雄浑质朴，屋面坡度较为平缓，且檐部微微上翘，形成自然生动的曲面，如鸟的羽翅向外延展，使庞大的块面产生出轻快飞腾之感。这种风格，无论审美上还是技术上，都比明清以降的宫殿式建筑更具有优越性。

1936 年，该院聘请梁思成、刘敦桢为建筑顾问，公开征求设计图案，经评选采用了兴业建筑事务所徐敬直、李惠伯为未来中央博物院画下的蓝图。为了衬托主体建筑的雄浑庄重，设计者在总体布局上强调了深层丰富的对称轴线，将主体建筑远远推离中山东路干线，面前留下深阔开放的草坪、广场、绿化带，并为主体建筑布置了三层阔大的石台基。在这样丰厚的环境渲染下，七开间五脊仿辽式主殿巍然屹立，屋面铺紫红色琉璃瓦。展厅部分虽采用平屋顶，但四面屋檐仍做成倾斜的披檐，上贴同样的琉璃瓦，有效地加强了建筑的整体感。甚至在建筑细部构件上，也都严格地仿照辽代法式，如瓦当、鸱尾等构件都经过考证才加以制作。这幢建筑的设计，无疑是在满足新功能需要的前提下，采用新型建筑材料和新结构建造的仿辽式建筑的优秀实例。

但是，此类仿古建筑的缺点，也在它身上表现得最为充分。由于过分强调形式，不仅设计难度大、施工复杂，而且造价昂贵，再加上战争因素的影响，以致迁延日久，全部工程直到 20 世纪 50 年代初才陆续完成。

一大批中国建筑设计师的成长，使中国现代建筑进入了一个全新时期。这一时期所出现的代表作品，通常被称作"新民族形式"，或"现代民族形式"建筑。这可算南京现代建筑发展的第三个时期。

中央体育场远眺。

新民族形式建筑的主要特征，是割舍了中国传统的"大屋顶"，而代之以钢筋混凝土平屋顶或现代屋架两坡屋顶，平面组合和体形构图一般采用西方现代样式，简洁对称，在细部处理上则保持传统的装饰线脚。它已超越了盲目的复古与简单的模仿，而较好地解决了传统建筑与现代技术、材料、功能的矛盾，进入了创新领域，形成了既有现代气息又具传统特色的风格，并逐渐成为影响全国的时尚。

南京新民族形式建筑的代表作，有鼓楼附近的外交部大楼、中山陵音乐台、紫金山天文台、长江路国民大会堂和国立美术馆、位于解放路口的中央医院主楼、位于南京体育学院内的中央体育场、新街口大华大剧院等。

1932年筹建外交部办公大楼（位于今中山北路三十二号）时，起初也打算做成"大屋顶"仿古建筑，并完成了设计方案。但是，以赵深、童寯、陈植等人为骨干的华盖建筑事务所，却提出了一套全新设计方案，并以其"经济、实用，又具有中国固有形式"的优点，取代了原设计方案。新设计的整体造型，基本采用了传统建筑的三段式划分法，即分为勒脚、墙身和檐部，墙身主体使用深褐色泰山面砖装饰，底层用水泥砂浆粉刷出仿石效果，表示基础的坚实，檐部仿古的斗拱装饰则大为简化，再配以浮雕，并在入口处加一宽大门廊以强调中心位置所在。这一设计既没有完全抄袭西方样式，也没有原封照搬传统格局，而是根据现代技术与功能的需要，适当安排平面布局和造型，在传统建筑风格基调上进行了成功的创新，为中国建筑的现代化与民族化做出了有益的探索，在中国现代建筑史上具有里程碑的意义。

中山陵音乐台是另一个成功的范例。建成六十多年来，它一直是南

国立中央美术馆旧影

国立中央美术馆今影

京人和中外游客所喜爱的游览地与休憩处。同时，它也是设计者杨廷宝本人最钟爱的作品之一。音乐台整体造型颇似古希腊格局，设计者巧妙地利用场地起坡环绕着位于中心的表演台及台后照壁，以现代钢筋混凝土模拟古希腊石结构建筑的效果，但采用大片草坪代替了古希腊的石阶，更显得淳朴自然。同时，设计者又结合中国江南园林的特点，灵活地布置了曲池莲花、花架青藤等内容，在细部装饰中，亦采用了传统的造型手法，如舞台照壁底部的宫殿式石构须弥座，顶部的云纹图案，及龙头、灯槽饰件等，不但体现了中西合璧的艺术追求，而且显示出设计者在建筑与自然和谐呼应上的高度感受力。

位于长江路的国民大会堂（今人民大会堂）和国立美术馆（今江苏省美术馆），也是新民族主义的较好实例。这组建筑由留学德国的建筑师奚福泉设计，在内部布局上，完全符合现代建筑的功能要求，如结构先进的大跨度观众厅、高高升起的舞台及流畅明亮的展览大厅等，而外观设计上又能以简洁的手法表达民族风格，如稳重的对称式构图、仿石构的传统装饰图案等。

建筑艺术上新民族主义形式的产生，为南京的建筑文化，增添了最富光彩的亮色。同时，它无疑也是中国现代建筑史上最为优美的一支旋律。

清凉山全景。
尽管鬼脸城与石头城无关,但石头城遗址确实在清凉山与乌龙潭之间。

明孝陵俯瞰,万绿丛中一点黄。

朝天宫全景。依山而建，步步高升的形势一目了然。

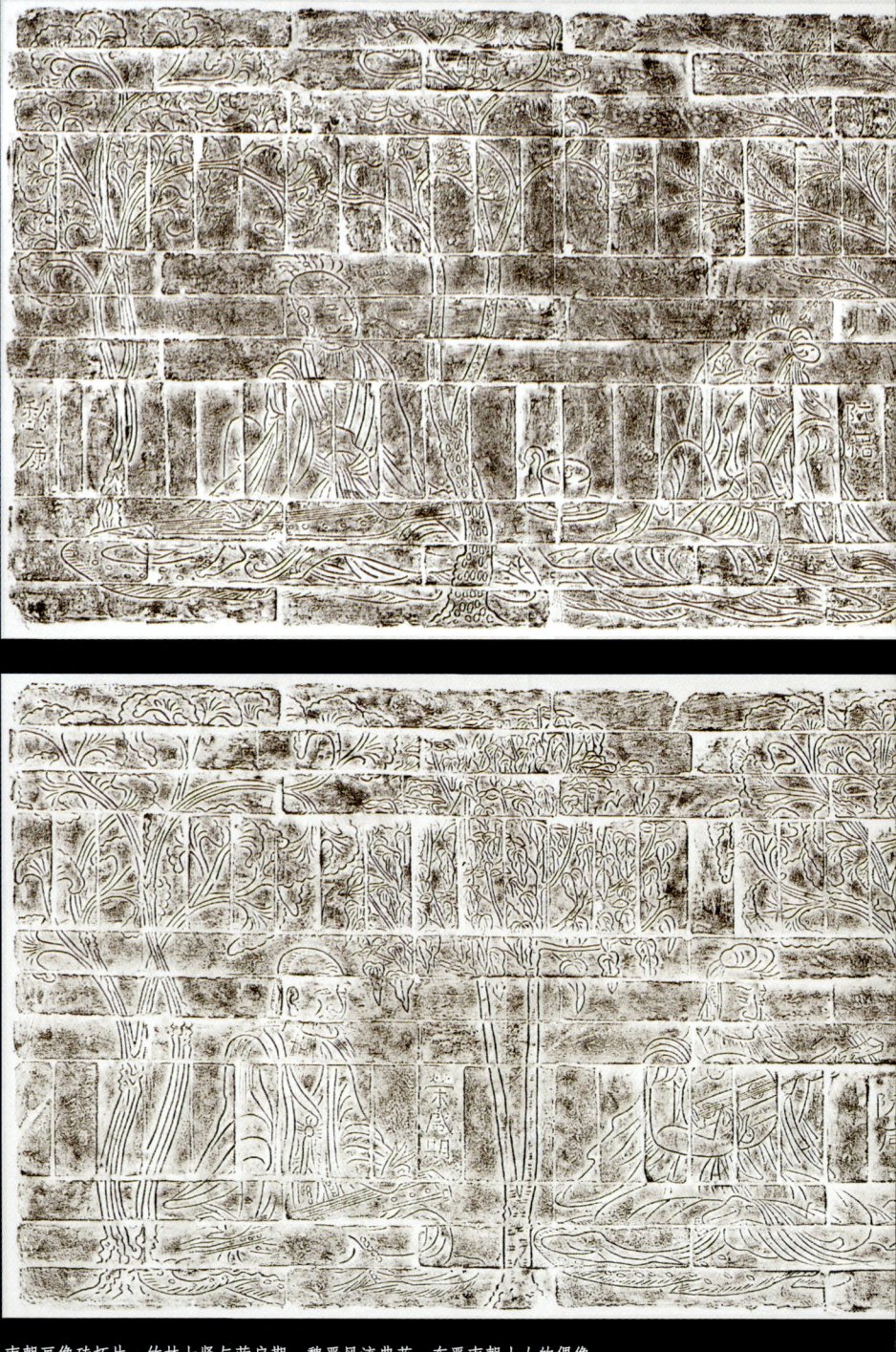

南朝画像砖拓片：竹林七贤与荣启期。魏晋风流典范，东晋南朝士人的偶像。

"南京人"。南京浦口营盘山考古出土新石器时代陶塑人面像。 作者 供图

南京人——吴头楚尾

1999年7月间,广西民族学院汉民族研究中心主任徐杰舜教授来南京,约了几个人,要谈谈"南京人"。我与徐教授素昧平生,当时尚没有读到他主编的人类学著作《雪球》,对他的研究了解甚少,但自以为在南京生活了近半个世纪,要谈南京人总会有话可说,于是贸然应邀前往。及至听徐教授说起人类学范畴中的新概念"族群",不禁茫茫然如堕五里雾中。幸而人类学研究首先是一种实践的学问,对于江苏行政区划中的居民能不能归纳为"南京人"和"苏州人"两族群这一具体问题,特别是"南京人"族群的认定问题,很快引起了与会者的热烈议论。补上人类学研究这一课,在我已非易事。不过,对"南京人"或者南京文化做一界定,却是我长期关注的问题。也是在那次聚会上,明显地可以看出,与会者对于"南京人"的众说纷纭,在很大程度上是由于各人心目中"南京人"内涵的不统一所致。

我以为,"南京人"这个概念之所以会发生太多的歧义,实在是因为南京文化特征的不易界定。许多人对这个说法感到难以接受,他们简单地认为,像南京这样历史悠久的文化名城,怎么会没有自己鲜明的文化特征呢?其实城市文化特征和历史悠久之间并无必然的联系。一些历史相当短暂的城市和地区,文化特征却十分鲜明,例如上海,例如香港,建城只不过数百年,却让人一眼就能认得出来。不过,像南京这样缺少鲜明文化特征的历史文化名城,也要算是特例了。南京人早已没有了自己的方言,南京的戏院里没有南京戏,南京的饭店里没有南京菜,南京街头看不到南京品牌服饰,南京的工艺品店里找不出南京的特色纪念品,南京城里的新建筑总有着某个外地建筑或外国建筑的影子……所以我曾开玩笑说,南京文化的最大特点就是"没有特点"。当然,南京文化的"没有特点"不是因为太贫乏,而是因为太丰富——丰富而难以简单概括。往好里比划,我们也可以说南京文化的特点是兼收并蓄。

这种"没有特点的特点"的形成,有着相当复杂的历史因素。

首先是南京所处的地理位置。这可以追溯到先秦时代,南京的地理位置被称为"吴头楚尾",也就是说,对于吴越文化和荆楚文化,它都处于边缘地带,必然会受到吴越文化和荆楚文化的双重影响。同时,尽管长江在漫长岁月中被视为天堑,紧邻长江的南京仍然受到北方中原文化的影响,处于南北文化的交汇点上。一个令南京人尴尬的事实是,南方人(包括处于同一纬度的上海人以至近在咫尺的苏州人)都视南京人为北方人,而北方人则视南京人为南方人。南京人是自视为南方人的,但这就站到了北方人的立场上。

其次是大规模移民因素。东晋、南宋、明代以至民国年间的几次大规模移民,更为南京带来多种文化成分汇合交流的机会。其他的城市并不是没有移民成分,上海和香港的居民几乎都是外来移民,但是上海和香港的主流文化一旦形成,外来的移民总是被这主流文化所吸引所融合,而南京则恰恰相反。举一个浅显的例子,进入上海的外地移民总是努力学说上海话,进入南京的外地移民却很少感到需要学说南京话。因为南京历史上的大规模移民,几乎都是与王朝的更迭相关联而非与经济的发展相关联，大量的外来移民是伴随着新兴的统治阶级而来的。一个社会的主流意识形态肯定是统治阶级的意识形态，所以在这些特定时期，占统治地位的外来移民反而代表着南京城市意识形态的主流，他们的语言、习俗、服饰、饮食习惯甚至成为南京原住民倾慕的时尚。即使是固守旧传统的本地人，也只能退守一隅，难以与新进入的主流文化相抗衡。也就是说，常为某些专家津津乐道的南京文化中的"包容精神"，多半是出于被动的无奈，而不是主动的吸引。

第三，同样由于外来文化长期占据主流地位，南京历史上的杰出人物，很少是南京本地人，南京历史上的重大事件，也很少由南京本地人发挥主导作用。无论说"六朝古都"还是"十朝都会"，在南京称王称霸的没有一个是南京人。六朝之后，南京文化史上有影响的文化人，难得几位是南京籍。就连明、清两代考科举，南京的状元也寥寥无几，跟苏州简直没法相比。一旦南京习惯于以拉扯外来英雄豪杰、文人学士为自豪，南京的居民就很难以身为南京人而自豪，也就会念念不忘自己的原籍或祖籍——而他们很可能正是外来移民的后裔。这样的一种环境氛围，自然就会缺乏文化凝聚力。

这也就导致了南京文化沿革上明显的裂隙或断层，导致了不同历史时期的"南京人"会出现明显不同的文化特征。因此，今天我们谈论"南京人"，如果不明确是哪个历史时期的南京人，那就是一个无意义的伪问题。

第四，占据主流地位的外来移民，尤其是城市的统治者，只顾树立自己的"形象工程"，对于南京城原有的文化形象，更是很少依恋与爱护，有意无意的破坏极为普遍。这个问题一直延续到当代，在20世纪

玄武湖武庙闸旧影。水天寥廓,不见六朝。

末达到了登峰造极的程度。

城市文化是需要一定载体的,建筑无疑是最基本的载体之一。20世纪末一度盲目叫喊"与国际接轨",建设"国际化大都市",完全没有考虑南京的现实状况与发展契机,结果旧的城市面貌被破坏了,新面貌的建设又缺少宏观把握和统筹规划。某些领导随心所欲,各自为政,致使相当多的建筑形象丑陋,且混乱交叉,不但对城市自然风貌和历史街区造成恶劣的影响,其相互之间也成为干扰或侵害的因素,更谈不上城市的整体形象。南京人的爱乡之情,也就缺少了具体的寄托。

今天的南京人对于这座城市形象的诠释,最常用到的有两个概念,一个属于时间范畴,就是"六朝古都",一个属于空间范畴,就是"秦淮文化"。六朝时期,秦淮河沿岸已经是南京最繁盛的地区之一,从这个意义上说,"六朝"与"秦淮"两个概念可以达到某种统一。然而六朝时期的政治中心在隋、唐时已被废弃,秦淮河畔的居民区与商业区固然绵延不息,但今天可见的面貌基本上形成于明、清时期,所以这两个概念的统一又是不彻底的。

南京城在历史上,曾经做过大大小小十来个王朝的都城,可是南京人执着地以"六朝古都"赞美自己的城市,为那一句"金陵菜佣酒保,皆有六朝烟水气"感动不已。似乎从来没有人问一问,为什么对南京的建都史只限定于"六朝",又为什么将六朝时期的南京基调归结为"烟水气"?

晋王朝南迁造成的大规模移民,不仅直接影响到南京城市人口构成的变化,而且将中原地区先进的农业和手工业技术传入江南,使南京地区的经济发展产生一个飞跃。这对于城市文化发展的影响至为重要。城市最明显的文化表征——方言因之而改变,南京从吴语区开始转向官话区。中原地区的风俗时尚,也大量掺入甚或取代南京地区的原有民俗。这绝不是统治阶级硬性的行政命令所能奏效的。广大民众必须直接感受到某种文化所带来的实际利益,才会为了它放弃自己原先的语言和习惯。对于讲求实际的南京人来说,尤其会是这样。

中华民族虽然是一个十分重视历史的民族,但又是一个过分重视政治史而过分忽略经济史的民族,所以过去的研究者很少从经济因素着眼。其实即论行政统治,六朝时期未必就比此后建都南京的王朝高明。特别是六朝时期的兵争内乱,在南京建都史上要算最严重的阶段。三国纷争已为人所熟知,而东晋有石冰、陈敏之乱,王敦之乱,苏峻之乱,桓温之乱,孙恩、卢循之乱,桓玄之乱,南朝宋有刘休之乱,齐有陈显达之乱,崔慧景之乱,梁有侯景之乱,陈有北齐入寇……三百年间,可谓争战不息,诚如李商隐所说:"三百年间同晓梦,钟山何处有龙蟠?"巨大的社会动荡,使专制的社会秩序削弱破坏,旧有的道德行为规范失去支配力量,人的思想意识因此得到某种程度上的解放,所以六朝时期的思想文化能够进入一个相对活跃繁荣的局面。玄学和佛教的盛行,清谈之风的泛滥,礼教意识的淡薄,感官享受的膨胀,审美观念的变化,对于文学形式美的过分追求,风格上的重情高于言志,各种思想文化成分融合成为潮流,正如前辈学者刘绍桢、唐圭璋所指出,"固有文化,累积既丰,外来文化,接触又多,两相激荡,遂多繁变",给人以千变万化、异彩炫目的感觉。这无疑是后世文化人推崇六朝的一个重要原因。

与此相关的一个文化现象,是当时出现了一批文化世家。如东晋谢安"以文学世其家",谢氏历宋、齐、梁、陈四朝,出现诗人十六位,留存下的诗有三百四十余篇,被编为《谢氏兰玉集》十卷。改朝换代并不影响这种文学世家的地位,在这个特定的历史时期,没有典型的"一朝天子一朝臣"现象,多的倒是"两朝元老""三朝元老"。后世文人对于周处、陆机和江总"气节有亏"的批评,实在是出于对当时大环境的不了解。这种对于朝代更迭的不甚看重,同六朝政权的偏安与短命一起,养成了南京人对于统治阶层的疏离感。有趣的是,这种对于统治阶层的疏离感,到了宋代以后,特别是明、清之交,却使南京成为与北京政治中心相对的文化中心,甚至是持不同政见者聚居活动的副政治中心。这或许应该算南京文化的一个重要特质。

正是由于六朝时期的南京城市消弭殆尽,后人的了解六朝,只能依赖于纸上的记载。然而纸上的记载不过是当时和后世的文人,依据自己的偏爱癖好对史实进行剪裁甚至伪造的结果。即如被作为六朝士人风习标本的《世说新语》,亦早就被人看出其记事择言"以玄虚简远为宗旨,失之偏颇,范围亦狭"——就算它说的是真话,也绝不是完整的真话。换句话说,为后世文人所极力赞许的"六朝文化",既然已经被从城市的现实载体上剥离抽象出来,几乎可以肯定带有相当浓厚的虚幻色彩。南京人引以为豪的"六朝烟水气",很可能是某些文人出于一己偏好有意无意杜撰出来的。像杜佑所说的"江宁古扬州地,永嘉之后,帝室东迁,衣冠避难,多所萃止,艺文儒术,斯之为盛。今虽闾阎贱隶,处力役之际,吟咏不辍,盖因颜、谢、徐、庾之风扇焉",杨万里所说的"金陵六朝之故国也,有孙仲谋、宋武之遗烈,故其俗毅且美。有王茂弘、谢安石之余风,故其士清以迈。有钟山、石城之形胜,长江、

六朝烟水气

秦淮之天险，故地大而才杰"，以及什么"地当淮、浙之冲，有浙之华而不浇，有淮之淳而雅"，"君子勤礼恭谨，小人尽力耕织。性好文章，音辞清举"，都未免带着过于强烈的文化浪漫色彩。明人对于"金陵形势"的评价就要低得多，说它不但"山形散而不聚，江流去而不留，非帝王都也"，而且因"世禄之官太多，亦被其夺去风水"，连状元宰相都难出，更不用说帝王了。至于太平天国的臣子们奉诏作《建天京于金陵论》，以为"天父上主皇上帝"在创世纪时，就预造了金陵城"为后日建天京之所"，则纯属笑话了。倘若依据信史细审六朝的南京，那就实在是一种畸形的繁华，映入人们眼中更多的该是金粉绮丽，很难说有多少"烟水气"。而"城市山林"的南京城的形成，则是明代建都后的事情。

20世纪80年代以来，南京的文化人不止一次聚会研讨南京文化，众说纷纭，莫衷一是，最终连"南京人"的概念都难以统一，恰应了南方人"群居终日，言不及义"的古训。究其原因，一是在于从理论到理论，各人寻章摘句，引经据典，都可以为自己的观点找到足够的论据。二是视野局限于文化艺术和民风民俗，而很少深入到思维方式以至经济基础，这自是文人通病，不仅止于南京的文化人。

当然南京的文化人也有其共性，其最有趣的一点大约是，今天聚集于南京的文化人，谈起南京文化时，往往都会半真半假地否认自己是"南京人"。有的人本身是从外地调入南京的，有的人是上代才定居南京的，就连一些在南京生活了几十年、一口"南京官话"的人，往往也会强调自己天南海北的祖籍。尽管他们与南京人一样嗜好盐水鸭，与南京人一样热爱阅读小报而不善利用报上的信息,与南京姑娘一样好打扮而不会打扮,与南京主妇一样从迷信上海货到迷信日本货,与南京老爸一样认定新街口才是市中心。

平心而论,南京人并没有什么恶名。南京人的宽容忠厚是世所公认的,南京人没有北京人那种"天子脚下"的不可一世,没有上海人那种过于强烈的地域观念和排外意识,没有广东人的精于算计,没有天津人的油嘴滑舌,没有东北人的莽撞火爆……南京人既不攀龙附凤也不嫌贫欺生,既不故步自封也不盲目崇外,既不附庸风雅也不混充"大佬"——南京人的"不是"南京人,或许真是怕别人把自己当作"大萝卜"给卖了?

当然,事情不会这么简单。南京人的优点中,恰恰也蕴含了弱点和缺点:南京人思考问题容易局限于老框框旧思路,南京人接受新事物往往"慢半拍",南京人缺少"敢为天下先"的勇气与拼搏精神,南京人的过分容让近于怯懦,南京人的一味重义轻利未免显得缺乏经济头脑,南京人对外来文化的"兼收并蓄"却又有着"事不关己"的倾向……南京城在世纪之交急剧的"老城区改造"中迅速地失去了鲜明的城市形象,南京人也随着家园的急剧变化在迅速失去传统的城市精神,以至这座历史悠久、文化积淀丰厚的古都,未能形成与之相称的凝聚力。

南京居民来源的复杂,是在长期的历史变迁中逐渐形成的。而随着改革开放的深入,市场经济的发展,人才流动的畅通,导致南京居民成分的变化更大也更快。弄清哪些人是"老南京",已没有积极的意义。实际上在今天,"南京人"这个概念的内涵,也应该随着形势的发展而更新——所谓南京人,就是现在生活、工作在南京的人。每一位南京公民，都应该把南京当成自己的家，都应该增强做一个南京人的自豪感与责任感。特别是南京的行政领导人，更应该时时意识到，自己管理的南京不是一个普通的乡镇，不是一块荒芜的原野，而是一座每寸土地都蕴积着丰富文化内涵的历史名城！这样才能大家齐心协力，把南京的事情办好，把南京人的形象塑造得更加丰满，更加挺拔。

北门桥，因位于南唐金陵城北门外而得名，地处水陆交通枢纽，繁华逾千载。

一江春水向东流

我在南京的住所，现在属于城市的中心地带，可在明代建都之前，这里还是古都的边缘。由此北行约三百米，就是名尚存而实将亡的北门桥。

北门桥所跨的河道，是杨吴时所开凿、后来为南唐沿用的护城河——北门桥也正是因为地处南唐都城的北门外而得名。以此计算，我家所在之处刚刚能算得在城里。北门桥北数百米，原来建有一座忏经楼，据说是"南唐后主赞佛处"。明初永乐仁孝皇后重建，就改了名叫唱经楼。这座唱经楼在 20 世纪末也因旧城区改造而被拆毁。唱经楼往北，好像就没有南唐的遗迹了。

出北门桥向西行，大约两公里，就是石头山。石头山南麓有南唐先主李昪的"石城清凉大道场"，其中德庆堂的匾据说还是后主李煜"卷帛书之，皆能如意"的"撮襟书"。至今尚存的，已只有寺后的南唐古井"还阳泉"。宋代移幕府山清凉广慧寺于此，清凉山即由此得名。

我家门前的洪武北路，是因南接洪武路北端而得名。洪武路北交中山东路，南接内桥，大致上便是南唐宫城的中轴线所在。明人顾起元《客座赘语》记南唐宫阙的位置，在内桥北面卢妃巷（今洪武路南段）一带。内桥正对皇宫的正门，桥北有东西向的大街（今白下路、建邺路一线），街东端有东虹桥，西端有西虹桥，其间相距数百步。东虹桥自上元县衙（现白下路一零一号）左向北达娃娃桥，有古河道石驳岸遗迹。西虹桥自卢妃巷西向北，亦有古河道石驳岸遗迹，据老南京人说这就是南唐护龙河的遗址。20世纪八九十年代改造张府园小区时，曾数度发现古河道石驳岸遗迹，证明顾起元所记不误。自内桥沿卢妃巷北行约五百米，又有一桥，亦名虹桥，而自东虹桥、西虹桥下北来的流水，"环络交带"，到这里复汇为一支。

南唐的皇宫，就在这个范围之中了。

自内桥向南，直到都城的南门中华门，今天称中华路，在南唐时是"御街"，六朝以来就是最繁华热闹的地区之一。南唐政府的重要官衙都排列在御道两边。御道两侧开沟引水，种植槐柳，所谓"暑月行人不张盖，漫天自有翠屠苏"，可见南京城的林荫道不仅存于现代，也是有悠久传统的。中华路与升州路、建康路相交的十字路口，俗称三山街，则是当时南京最重要的商业区。

南唐宫阙的地面建筑，那充满诗情画意的柔仪殿、瑶光殿、光政殿、百尺楼、澄心堂、小虹桥，如今已杳无痕迹。就是南唐这样一个朝代，除了专门的史家，别的人也就很难搞得清楚。比如李昪的"复姓"李氏，就是一个悬案。他"少孤"，又遇到战乱，为当时还是淮南节度使的杨行密收养，后来又被杨行密送给大将徐温，做了徐温的养子，遂冒姓徐氏，名知诰。待到做皇帝做了两年以后，他才想到要"复姓"李氏，无非是在那个群雄并起的时代，图谋一个李唐王朝"正宗"继承人的名分而已——而且直到那时，他连选择唐代的哪一个皇帝做自己的祖先还没有拿定主意，要同心腹大臣一起讨论。南京俗话"找不着坟茔堆乱磕头"，或可为此写照。李昪一登基就接受了契丹的徽号，与契丹称兄道弟，不久又向后晋"假道"通契丹，没有成功。及至契丹灭了后晋，中主李璟更是迫不及待地要派人到长安去"奉修祖陵"，想必也是出于这种需要。大约连契丹也看破了他的用心，所以一口回绝了他。其实李昪是徐州（旧称彭城）人，所以他的小字会叫"彭奴"。

南京人之所以称自己的城市为"六朝古都"而不及南唐，不知道是不是因为在南唐史上卡了壳的缘故。南京的民间故事中，对于南京的历史人物以至传说人物无论褒贬总会有所反映，唯独于南唐一代，居然一个故事都没有——这该是很可关注的一个文化现象。史书和前人笔记中关于南唐和李煜的故事不但甚多而且有趣，如说中主李璟在位时，造了一个小殿，名"龟头"，经常在那里办公，手下的人谈到皇帝的行止，常问"是不是在龟头里"。今人不免会以此为幽默，其实唐、宋时人并不以龟为贬语，且有以龟为名者如李龟年、陆龟蒙。宋人《营造法式》中载有"龟头"建筑的规范，陈从周先生以为"龟头"即抱厦。如说后主李煜曾为小周后于花间作红罗亭，"雕缕华丽，而极迫小，仅容二人，每与后酣饮其间"。如说宋伐江南，大将获李后主宠姬，夜见灯辄闭目，云"烟气"，易以蜡炬，亦闭目，云"烟气愈甚"。人问她后主宫中莫非不点灯烛？姬答："宫中本阁每至夜则悬大宝珠，光照一室如日中……"然而它们始终停留在文人的传承中，不曾进入南京百姓的视野。

与此相应的另一个文化现象，是李煜的诗词中，也几乎没有对于南京的确切描绘。他写景的词，写月，写花，写山水，写江南的芳春与清秋，只有一次曾提到秦淮河："想得玉楼瑶殿影，空照秦淮。"那已是他入宋之后的追忆了。这种双方面的视而不见，至少在南京文化史上要算

清凉山崇正书院内的江天一线阁,始建于南唐。　　　　　　　作者 供图

南京武定门东南明城墙内部的南唐城墙遗迹。

一个特例。旧时论者或以为李煜是完全融入了纯粹升华的艺术境界，如王国维所说"主观之诗人，不必多阅世。阅世愈浅，而性情愈真"。我想根本的一点，还是因为李煜始终只生活在绝对的主观世界中，对于他来说，客观现实中的一切，只是在为他服务、为他所需所用时才是存在的。所以他吟咏的"江南"，只是他思绪中的江南，而不会具体到金陵。他吟咏的"月"，也只是他思绪中的月，而不会具体到"秦淮月"。然而李煜终究是属于南京的，只有南京这样一个文化环境，才会出现如许之多的帝王艺术家。

就连文化人的爱说起李后主，多半也并非出于对南唐史事的关注或者对南唐古都的关注，而是对后主那些哀怨动人的诗词，甚或只是对后主与小周后哀怨动人的爱情故事的关注。就像许多人是从孔尚任的《桃花扇》了解南明史一样，恐怕也有不少人是从高阳的《金缕鞋》来了解南唐史的。然而就算是严肃的史料，即如徐铉的《吴王陇西公墓志铭并序》，曾被诸多史家所引用，论者以为是研究李煜的详实可信材料，其中究竟有多少实话，也是很可怀疑的。至少说李煜死于七月八日，说李煜死后宋太宗"抚几兴悼，投瓜轸悲，痛生之不逮"，就没有人会相信。而说李煜"天骨秀异，神气清粹，言动有则，容止可观"云云，也不过是通常的套话。

史家都爱宣扬南唐二主与兄弟之间的友爱之情。据说李昪登基后，当立长子李璟为太子，而李璟"固让再三"。李璟做了皇帝后，仍时时关爱着三个弟弟景遂、景逖、景达，"出处游宴，未尝暂舍"，并坚持立景遂为"太弟"，作"兄终弟及"的打算。不断被人引用的一个典型故事，是保大七年（949年）元日大雪，李璟和几个弟弟登楼展宴赋诗，

宋院本《金陵图》(清人摹本局部)中的金陵城,即南唐所建城。　　　　　南京德基美术馆 供图

直到半夜才散。景遂还召集当时的名画家图记其事,"御容,高冲古主之。太弟以下侍臣,法部丝竹,周文矩主之。楼阁宫殿,朱澄主之。雪竹寒林,董元主之。池沼禽鱼,徐崇主之。图成,无非绝笔"。侍臣也都有和诗,徐铉做了前后序。李煜也被说成"天性友爱",因为弟弟李从善被宋太祖扣留,"四时宴会皆罢"。还有人说李煜排行第六,如果不是五个哥哥都死了,他是不会做皇帝的。这些人都有意无意地忽略了一个事实,就是太子李弘冀的死另有隐情。李璟直到中兴元年(958年),也就是他在位的第十六年,才放弃了以景遂作继承人的安排,立长子弘冀为太子。景遂执掌兵权多年,根深蒂固,与李璟合作得也好。弘冀年少气盛,刚愎自用,就让李璟感到不舒服,动不动扬言要换接班人,结果弘冀在第二年八月里,毒死了他的叔叔景遂。而弘冀当月就开始生病,且病中一再见到景遂的冤魂前来索命,挨到九月也就一命呜呼了。这场叔侄相残打破了南唐帝王家的"友爱"神话,更重要的是,南唐小王朝就这样一下失去了两个治国能力远比李煜为强的继承人。

  李煜是一个太不够格的君王,但又是一个太过出色的词人和情人。我想不必责备他在强敌窥境、国家时刻面临危亡的沉重政治压力和逢年过节要向宋王朝进贡成千上万金银财帛的沉重经济压力之下,身为一国之主,不但能做出那许多风情旖旎的艳词,不但能用心于笔、墨、纸、砚的制作,还有心思同小周后闹出那样的风流韵事来,最后又把国事完全寄托于佛的庇佑。也不必因为他的词做得出色,就认定他天生该是个词人,君王没有做好,不是他这个做君王的人的错失,而是那个让他去做君王的时势的错失。姑不论历史不容假设,倘若李煜不是"生于深宫之中,长于妇人之手",不曾经历"日夕以泪洗面"的"臣虏"生涯,他只怕也未必能够成为一代词宗。有人甚至做出这样的结论，以为李煜的悲剧，不是亡国君王的悲剧，而是一个诗人，一个人的悲剧。这就未免太多迂腐文人的痴迷。

李煜出生于南唐升元元年（937年）的七夕。就是那一年的十月，他的祖父李昪在实际控制了杨吴的统治权之后，接受了吴主杨溥的禅让，正式立国，史称南唐。所以李煜的一生，可说与南唐相始终。李煜儿时，李昪在位的六年间，南唐最为安定兴盛，四方百姓闻风来归，契丹交好，连高丽、新罗都遣使来朝。李煜年少时，其父李璟继位之初，尚有余力向南方的福建扩张，向西方的湖南扩张。史称李煜优柔寡断，其实李璟的反复无常更为典型，他不听父亲临终"善交邻国"的遗言，见邻国有机可乘便肆意用兵，受了挫折又下"悔兵之诏"，占了便宜洋洋得意，打了败仗能"悔恨忘食"，到了眼看家国不保之际，便急着传位于太子，急着迁往南都南昌，到了南昌又嫌困窘，"颇悔怒"，不久就死掉了。

李煜十八岁与大周后结婚，那一年发生了两件大事，一是南唐的敌国后周主郭威死，世宗继位，自此连年攻伐南唐不已。二是南唐的盟国契丹使节在南唐境内的清风驿夜宴，居然被盗所杀，从此两国不相往来。他二十五岁继位做"江南国主"，已经没有自己的年号，只能用北宋的年号。宋王朝给他一点虚名，他就要大大地进贡谢恩，动辄"金器二千两、银器一万两、锦绮绫罗一万匹"，而宋王朝回赐给他的则是"羊、马、骆驼"。一边是强敌压境疆土日削，一边是屡向敌国做高额贡献，导致国内严重经济危机，不得不铸行铁钱，以至物价腾涌，民不聊生。后人喜说李煜为政宽容，于民有利，甚至半真半假地说昏庸的国家领导人对人民生息有好处，实则后主当政时南唐经济情况严重恶化，"国用不足，民间鹅生双子、柳条结絮皆税之"，可见税法之滥。

为了讨好宋太祖，李煜不但自己向宋王朝称臣，还遵照宋太祖的旨意，动员南汉一起作宋的属国。南汉主怒拒，李煜就把人家的回信送给宋太祖，使宋太祖决意伐南汉。而南唐因此赢得了苟延残喘的几年时光，李煜因此赢得了将小周后扶上正位的间隙。尽管群臣对此都"为诗以讽"，而李煜居然也就索性浪漫到底，一个都不责罚。

到了在位的第九年，李煜开始把希望完全寄托于佛，"度人为僧，不可数计"。次年更"命境内崇修佛寺，又于禁中广署僧尼精舍"，与小周后一起"顶僧伽帽，披袈裟，课诵佛经，拜跪顿颡，至为瘤赘"，磕头磕得额上生出厚茧来，"行坐手常结印。为僧寺手削厕筹，于面上试之"。行坐之间，手都要摆出佛教"结印"的姿态，亲手为僧寺削厕筹，要在脸上试验是不是够光滑。然而五六年间，国事已不可问，宋帝一再暗示他主动到汴梁去做顺民，后主先是装作不懂，避而不答，后来以身体不好推辞。到了宋朝大军兵临城下时，他还蒙在鼓中，"日听讲《楞严》《圆觉》经及《易·否》卦。一日登城，见旌旗遍野，乃大惊"。城破之际，后主已经在宫中堆积了柴薪，准备玉石俱焚，但终于不能自决。及至"肉袒出降"，做了俘虏，被曹彬押送乘船北上，经过汴口（今荥阳附近）的普光寺，他还要进去礼佛。与他一块做俘虏的臣下劝他免了，李煜"怒而大骂"，说："我从小就被你们管制着，一点自由也都没有，今天家国俱亡，你们还想怎么样？"执意入寺，很恭敬地拜佛行礼，念诵良久，并布施了衣物钱帛。

这未免太多借题发挥的意思。

史家论南唐政事，都说朝廷对待百姓十分宽厚。这倒真有点南京人的味道。然而做人自当忠厚，治国恐怕就不宜一味忠厚。大约烈祖李昪立国之初，还不无励精图治的意思。他自执掌杨吴大权起，多年"兴利除害，变更旧法甚多"，还制定了法令《升元条》三十卷。明人笔记中有一个故事，说南唐烈祖税严，适逢旱灾，伶人申渐高侍奉在侧，烈祖问："听说四郊多雨，怎么城里就不下呢？"申渐高急答："雨怕抽税，不敢进城。"这就颇有点化国事为儿戏的味道。

此后一发不可收拾。元宗时有几个类似《世说新语》的小故事。一个故事说，宋齐丘当国，"深忌同列，少所推逊"，对同僚都很忌刻，难得说人家一句好话。然而他独独称赞李建勋，因为"李相清淡，不待润色，自成文章"。治国事者如此品性，国事可知。

还有一个故事更典型。也是宋齐丘大权在握的时候，史虚白与韩熙载来到江南，史虚白便公然说："彼可取而代也。"这话传到宋齐丘耳中，宋齐丘不服气，"欲穷其技能"，想看看史虚白到底有多大能耐，于是"召与宴饮，设倡乐、弈棋、博戏。酒数行，杂出书、檄、诗、赋、碑、颂，使制之"。考查的办法，竟是将他灌到半醉，然后让他写各种体裁的文字。"虚白方半醉，命数人执纸，口占，笔不停辍。俄而众篇悉就，词采磊落，座客惊服"。史虚白的"词采磊落"不足为奇，奇在"座客惊服"。换句话说，南唐的朝臣们对宋齐丘考查干部的办法都无异议。治国事者如此产生，国事可知。

另一个故事说，冯延鲁刚登上高位，就开口闭口宣称要退隐。有一天早朝前，大臣们聚集在一起等待国主上朝，冯延鲁又叹息道："唐玄宗赐贺知章镜湖三百里，这不是我所敢奢望的。能得玄武湖，也足畅平生了。"徐铉笑道:"国主礼贤下士惟恐不及,怎么会舍不得一个玄武湖呢?可惜的是今天没有贺知章啊。"延鲁面有惭色,无言以对。治国事者如此心态,国事可知。

到了后主登基,这种状况更是有过之而无不及。李煜与小周后偷情,且作新词《菩萨蛮》描写小周后提着金缕鞋光脚赴幽会的情状,"画堂南畔见,一向偎人颤。奴为出来难,教君恣意怜"。韩熙载连说"不像话"。李煜听说韩熙载风流放诞,蓄妓数十,帷薄不修,以"惜才念老"而置之不问,却总想看一看那种游宴之乐的场面,又不便身历其境,于是派顾闳中去偷窥,画出《韩熙载夜宴图》,图中家伎劝酒,并肩携手,眉花眼笑,屏风后隐约可见宾客解衣登榻的放浪形骸。李煜也叹息说"不像话"。这一对"不像话"的君臣,自然只能弄出不像话的政事。后来韩熙载终于获罪,罚其流放去南方,韩熙载上表陈情说:"无横草之功可裨于国,有滔天之过自累其身。老妻伏枕以呻吟,稚子环床而坐泣。三千里外,送孤客以何之?一叶舟中,泛病身而前去。"后主"览而悲之,遂免南行"。一篇悲悲切切的文章,就足以打动国主,使刑罚不施。韩熙载病死,后主不但"赐衾裯以殓",而且"赠平章事"。掌管礼仪的官员提出异议,说自古以来没有赠死者宰相的先例。后主坦然说:"那就从我开始吧!"徐铉祭文中有:"黔娄之衾,赐从御府,季子之印,佩入泉扃"之句,就是指的这件事。

还有一件小事,可见后主心性。南唐一诗僧赋中秋月,云"此夜一轮满",做了这一句就做不下去了,直到第二年秋天才想出下句:"清光何处无"。这和尚"喜极,半夜起,撞寺钟,城人尽惊"。事情闹到后主那里,听说是这么一回事,后主"笑而释之"。

《韩熙载夜宴图》，绘出了南唐官僚生活的生动场景。

所以毛泽东同志对李煜的评语是："不抓政治，终于亡国。"

如果说李煜在做江南国主的十几年间无所作为，也是大不符合实际的。他不但工于诗词，而且工书、工画、工音律，他的有所作为不在治理国家上，而在艺术创造上。后主曾创《念家山曲破》和《振金铃曲破》，被后人认为是预示着"家山破""金陵破"的不祥之兆。他的大周后据说也不乏艺术细胞，史书上说她"通书史，善音律，尤工琵琶"，后主更同她一起整理出时已残缺的唐代大曲《霓裳羽衣曲》。大周后且曾"创立高髻纤裳，及首翘鬓朵之妆，人皆效之"，也算是领导服饰新潮流。

而当时的乐人对李煜的感情也特别深。据说江南富家子薛九，曾入侍后主宫中，善歌后主所制江南曲《嵇康》。宋灭南唐，薛九零落江北，逢人只歌此曲，每一歌，"座人皆泣"。钱易为此写下一首《嵇康小舞词》："薛九三十侍中郎，兰香花态生春堂。龙盘王气变秋雾，淮声哭月浮秋霜。宜城酒烟湿羁腹，与君强舞当时曲。玉树遣词莫重听，黄尘染鬓无前绿。"又传说南京有乐官山，是埋葬南唐乐官的地方，曹景建有诗咏此事，诗前小序说："南唐初下时，诸将置酒，将作乐。乐人大恸。杀之，聚瘗此山，因名乐官山。"攻占南京的宋将置酒作乐，乐人却怀念起李后主而大恸，以致引来杀身之祸。

关于李煜善书法的传说也不少，有人说他学柳公权能十得其九。有记载说，李后主曾手书金字《心经》一卷，赐其宫人乔氏。南唐亡后，乔氏入宋宫禁中，听说后主死了，便将这一卷《心经》施舍给相国寺西塔，以为李煜求"冥福"，且在经卷上写跋语记其事，自称"故李国主宫嫔乔氏","字整洁而词怆婉"。这卷《心经》后来被江南的僧人持归故国，置于金陵天禧寺（今大报恩寺址）塔顶相轮中。天禧寺遭火灾，相轮自火中坠落，而经卷一点都没有损坏，为太守王君玉所得。后主不但工书法，而且对书法理论有研究，曾写过《书述》《书评》等文章。

宋人沈括《梦溪笔谈》中载，李后主江南府库中收藏书画至多，其印记有"建业文房之印""内合同印"等，"'集贤殿书院印'以墨印之，谓之金图书，言惟此印以黄金为之"，可见喜爱之深。诸书画上，时有李后主题跋，然未尝题书画人姓名，唯钟隐画，皆后主亲笔题"钟隐笔"三字。后主善画，尤工翎毛，或言凡书"钟隐笔"者，皆后主真迹。后主尝自号"钟山隐士"，故晦其名，谓之"钟隐"，并不是有一个姓钟名隐的人。但也有人以为后主特别喜爱这位钟隐的画，所以才让他的姓名流传下来。但《宣和画谱》中确实记载有李煜的九幅画。

据说后主作书画所用的澄心堂纸、李廷珪墨、端溪龙尾砚，"三物为天下之冠"。李廷珪本姓奚，河北易水人，他和父亲奚超一起渡江南来，至歙州，因为其地多美松，就留居在那里，以制墨闻名，李煜因此赐他改姓李氏，他的子孙也都是制墨名家。除了李廷珪，江南善制墨者还有朱君德、柴珣、柴承务、李文远、张遇、陈赟，名盛一时。他们所制的墨有剑脊、圆饼、拙墨、进贡墨、供堂墨等多种样式，正面多作蛟龙图案，背后有"宣府"或"宣"字，或制墨者的籍贯姓氏。

李后主造的澄心堂纸，甚为贵重，宋初犹有存者。欧阳修曾以二幅赠梅圣俞，梅赋诗说："江南李氏有国日，百金不许市一枚。澄心堂中唯此物，静几铺写无尘埃。当时国破何所有？帑藏空竭生莓苔。但存图书及此纸，辇大都府非珍瑰。于今已逾六十载，弃置大屋墙角堆。幅狭不堪作诏命，聊备粗使供鸾台。"澄心堂纸纸幅较窄，不能用来写帝王的诏命，只能供文人把玩欣赏，真有点像李后主的命运。相传《淳化阁帖》皆此纸所拓，欧阳修著《五代史》亦用澄心堂纸打草稿。

李煜的词更是备受赞赏。有说他的词"足当太白诗篇，高奇无匹"的，有说"男中李后主，女中李易安，极是当行本色"的，有说"温飞卿之词，句秀也，韦端己之词，骨秀也，李重光之词，神秀也"的，有说"《花间》之词，如古玉器，贵重而不适用，宋词适用而少质重，李后主兼有其美，更饶烟水迷离之致"的，有说"李重光风流才子，误作人主"的，有说"后主疏于治国，在词中犹不失为南面王"的……王国维断言："词至李后主而眼界始大，感慨遂深，遂变伶工之词而为士大夫之词"，甚至说"尼采谓'一切文学，余爱以血书者'。后主之词，真所谓以血书者也"，"俨有释迦、基督担荷人类罪恶之意"，不无偏爱。但他以为"恰似一江春水向东流"可作后主词的评语（见俞平伯《唐宋词选释》），确有见识。窃以为不止后主之词，即后主其人，南唐其国，也尽可以此为定评，诚如周之琦所谓"一江春水足千秋"也。

明孝陵"治隆唐宋"碑。康熙皇帝的苦心,或更在于笼络江南的明遗民吧。

治隆唐宋 明太祖

中国历代的农民起义领袖中，真正开疆立国、当上皇帝的，只有一个，就是明太祖朱元璋。中国历代的封建帝王中，真正农民出身、白手起家的，也只有一个，仍然是明太祖朱元璋。中国历代的开国皇帝中，籍属南方人、在南方起事成功的，还是只有一个——明太祖朱元璋。

朱元璋开创了明王朝，他选定的国都是南京。有趣的是，中国历史上另一个勉强可以归入农民队伍、也是南方人出身从南方起事、差一点成了"真命天子"的洪秀全，选定的都城恰恰也是南京。

对于南京，这该算是怎样的缘分？

对于现当代治明史者，如何评价明太祖朱元璋，总是首先会遇到的难题目。朱元璋虽然早已埋在了南京的紫金山下，古话说"盖棺论定"，其实是棺易盖而论难定。明代官方的谀墓之词自不足为凭。明孝陵里立着的那方"治隆唐宋"碑，固然为清修《明史》定了基调，也还只是康熙皇帝的一家之言，遮不住无数私史、野史的探幽发微。所以这篇短文，虽然借了清圣祖对明太祖的评价来做题目，其目的实不在于"论定"朱元璋，而只想借朱皇帝这沧海一瓢，映现南京城市文化之一斑。或者反过来说，让我们从南京人口碑中的朱皇帝形象，来反观南京人的某些文化心理。

在南京民间故事中，朱元璋从小就是个工于心计的人，据说他与一

朝天宫棂星门。
朝天宫是明初官员学习朝拜天子礼仪之所,现在是江南最大的传统建筑群,也曾操演朝拜天子的游艺活动。

起放牛的孩子们做游戏,就是演练做皇帝,头上顶一块车辙板,接受别的孩子朝拜山呼。为了犒劳"臣下",朱元璋曾经杀掉一条小牛让大家烧来吃,然后把牛尾巴插进山上石缝里,骗牛主人说小牛钻进山肚里去了。他拉一拉牛尾巴,事先躲藏在旁边的孩子便学牛叫,居然瞒过了牛主人。虽说朱元璋的老家是句容,也有人考证说是六合,都在南京的近郊,可这样的狂妄和欺诈,对于被呼为"大萝卜"的南京人来说,显然是"另类"。所以南京人会不留情面地讥笑他曾经的贫穷,说朱元璋年少讨饭时,有一次饿倒路边,幸亏一个老叫化婆,用讨来的馊豆腐和烂菠菜熬了汤灌他,才把他救活过来,朱元璋从此忘不了这种美食。当皇帝后吃腻了山珍海味,就让御厨房给他做记忆中的"翡翠白玉汤",可没有人能做出当年的味道,一连杀了几个厨师也没效果。于是张榜招贤,招来了当年的老叫化婆,煮出了当年的菠菜豆腐汤,朱元璋兴致勃勃地召集满朝文武共享美餐,哪知"翡翠白玉汤"一上桌,那馊味就把人给熏倒了。朱元璋硬头皮往肚里灌,文武百官嘴上争着赞不绝口,心里都在暗笑这位皇上的叫化子出身。

还有一个关于凤阳花鼓的故事。说朱元璋一家四处流浪,高祖、曾祖和祖父埋在了盱眙,父亲埋在了凤阳,待到朱元璋做了皇帝,凤阳人也以乡亲的身份来南京探望他。皇帝家里哪样能没有呢,乡亲们盘算没什么礼物好送,就编了些歌颂朱元璋的花鼓调准备唱给皇帝听。进皇宫见到朱元璋,正准备唱花鼓,皇帝的午饭开出来了。乡亲们问是先吃后唱呢,还是先唱后吃?朱元璋说就先唱后吃吧。听了歌功颂德的凤阳花鼓,朱元璋龙颜大悦,说:"以后一年三百六十天,你们就唱着过吧!"谁知自此以后,凤阳连年灾荒,乡亲们只好打着花鼓四处讨饭,果然应了朱元璋的金口玉言，要"先唱后吃"，一年到头"唱着过"。所以最有名的一首凤阳花鼓唱的是："说凤阳，道凤阳，凤阳本是好地方。自从出了朱皇帝，十年倒有九年荒！"

这样的故事还不能让南京人尽兴，因为朱叫化子如今毕竟做了皇帝，"英雄不怕出身低"，皇家的富贵足以遮饰旧时的贫穷。为了满足心理上的优越感，他们必得发掘朱元璋无法改变的缺陷，那就是相貌的丑陋。

因为普天下的人都在暗地里传说新皇帝其貌不扬，朱元璋特别征召全国各地的名画家来为他画像，好昭示天下，以正视听。据说有师徒四人，最善为人画肖像，师傅号称神笔，大徒弟是仙笔，二徒弟是宝笔，三徒弟是活笔，也应召来南京。画家们分批进宫作画，神笔师傅随头一批进去，画出的朱元璋，自以为惟妙惟肖，可是到交卷时皇帝看了，却勃然大怒，把这批画家都杀掉了。大徒弟仙笔第二批进宫，也没能活出来。二徒弟宝笔第三批进宫，还是有去无回。第四批轮到小徒弟活笔了，他料想自己的技艺并不比师傅、师兄强，肯定也是死路一条，所以在旅店里哀哭不止。旅店的小伙计同情他，悄悄告诉他，说前几天那些画家被杀头，不是因为画得不像，而是因为画得太像了。这位朱皇帝生着一张瓦壳脸，额角突出，下巴前伸，用南京人的话说，叫"磨刀砖，两头翘"，鼻梁一塌，鼻孔就朝天了，再加上三十六颗大麻子，七十二颗小麻子，真是要有多丑有多丑。你要想活命，就该为皇帝遮丑，把他画得漂亮些才行。小徒弟活笔疑疑惑惑进了宫，直到见了皇帝面，才相信小伙计没有骗他，于是依计而行，把朱元璋画得天庭饱满，地阁方圆，五官端正，满脸慈祥，只有两件是照着朱元璋的样子画的，一是双耳垂肩，一是双手过膝，都是相书上说的"帝王之相"。朱元璋见了，果然龙颜大悦，重重赏了活笔，就把这幅画交给后面的画家，让他们照样临摹了传布天下。然而活笔回到家里，忍不住还是偷偷画出了朱元璋的真实面目——后世流传下来的却正是这一幅。

朱皇帝的貌丑，甚至连累到在南京口碑甚好的马皇后。据说某年正月十五灯节，朱元璋下令南京城里各家各户门前的彩灯上，都要画皇帝或皇后的像。有一条街轮到挂马娘娘的像，七十户人家中，有七家穷人，请不起画家，只得马马虎虎画个美人在灯笼纸上，结果在皇帝检查时得了赏赐。另外六十三家特地请了见过马娘娘尊容的画家，认认真真画得很像，哪知惹得朱皇帝大怒，都被满门抄斩。那条只剩七户人家的街道，就成了"七家湾"。

另一个故事是，朱元璋元宵节微服出巡，看到聚宝门里一户人家门前灯谜的谜面是一幅画，画着个大脚女人，怀里抱个西瓜。朱元璋认为那谜底是"怀（淮）西婆娘好大脚"——是取笑未曾裹小脚的马娘娘的，便把那一家诛灭九族，杀掉了三百多人，一条街的邻居也都被发配充军，这条街遂成了"灭街"。这样的故事，一向被认为表现的是朱元璋的残暴嗜杀，但从另一方面看，正表现出南京人的一种文化心理，他们未必有意去做元代的遗老，也不会有硬要与新朝过不去的意思，但就是没有北京人那种"天子脚下"的认同感，反而处处刻意"假撇清"，要显示自己与皇家的距离。

还有不少表现朱元璋视人命如草芥的故事。有故事说现在的朝天宫，在元代是玄妙观，又叫永寿宫，观里道士做的素面很有名，朱元璋微服私访时去吃过，也很喜欢，可回宫让御厨照样做，总是做不出那个

传说中的马娘娘梳妆台

明孝陵享殿丹陛石,皇家气势犹在。

味道来，被他连杀了几个厨师。马娘娘怜悯厨师，叫一个聪明伶俐的小太监混进玄妙观去暗中打听素面做法，才晓得道士们是将鸡肉晒干碾成细粉，掺进面粉做面条，又以野雀子熬汤兑进面汤，味道自然鲜美，非平常素面可比。御厨照此办法做出面条虽然得以免祸，但真情泄露后，朱元璋认为玄妙观的道士欺君欺民，被他杀了个鸡犬不留，连道观也拆为平地，改建朝天宫。又有故事说朱元璋曾在淮青桥东北临河处造逍遥楼，只要看到赌博下棋者、养禽鸟者、游手游食者，尽"拘于楼上，使之逍遥"，但不供饮食，结果这些人"尽皆饿死"。

据说朱元璋自知杀人如麻，积怨太多，怕人在他死后寻仇，所以故布疑阵，下葬之际让南京十三个城门同时出棺材，其实出的都是空棺，他的真墓还在朝天宫下的地宫里。这大约要算南京人对朱皇帝一生奸诈的定评了。

有一个故事说，朱元璋填燕雀湖造皇宫时，曾埋进了一个叫田德满的活人。

传说是刘伯温和他的师傅铁冠道人，勘测风水，为朱元璋选中了南京城东这一片空地建造未来的皇宫，只是皇宫后半部正处在原燕雀湖的位置上，所以首要的工作就是得填平燕雀湖。其时燕雀湖因多年淤积，已渐成洼地，可是大批人夫昼夜挑土，按原先的估计早该填平了，哪知填来填去，那燕雀湖还是一片洼地。后来是刘伯温出主意，找到了一个名叫田德满的农民，将他连人带筐埋进湖中。"田德满"者，"填得满"也，这才将燕雀湖填平，皇宫工程得以顺利完成。这也是南京人的实在之处，以为有了一个好口彩好兆头，就一定会有好结果。

莫愁湖畔胜棋楼旧影

徐达墓碑,碑文由朱元璋撰写,更难得的是碑文间居然有句读符号。

与填燕雀湖埋进一个田德满异曲同工的，是在玄武湖中建皇册库时，埋下了一个毛老人。皇册库建在玄武湖中间的梁洲上，四面环水，不怕人祸，不怕火患，就怕鼠害。防鼠须用猫，所以朱元璋就在附近找到一个姓毛的老人，活埋进皇册库的地基下。后世清理皇册库的地基，曾发现过一对铜钩，据说就是毛老人的遗物。玄武湖梁洲上现在还有一口铜钩井，就是为纪念毛老人而得名的。

活埋了毛老人是不是能防皇册库的鼠害，不得而知。因为没有采取清淤回填的有效措施，皇宫造起来以后，就出现大面积的地基沉陷，使整个皇宫看起来前半部高而后半部低。于是有人传说，皇宫的前高后低，象征着皇家的后代不如前辈，不利于子孙。果然先是皇太子朱标死在父亲前面，后是皇太孙朱允炆被叔叔朱棣夺去皇位，下落不明。朱棣虽然在南京登基做了皇帝，但不久就筹划着在北京建造皇宫，做迁都的准备了。

传说朱棣对南京的皇宫有过评价，但不是从虚妄的征兆意义上，而是从实在的军事意义上。新皇宫建好后，朱元璋带着文武百官和儿子们去巡视，皇后马娘娘特意叮嘱朱棣不要乱说话。可是待到朱元璋要大家发表意见时，朱棣还是忍不住说了一句："紫金山上架大炮，炮炮打中后宰门。"朱元璋很不开心，便赏了他一个橘子吃。回去后马娘娘问起，朱棣照实说了，马娘娘大惊失色，说吃橘子意味着剥皮抽筋呀，连夜送朱棣出城逃走。可是城门都已关闭，马娘娘急了，抱起儿子，一抬腿跨过城墙，落脚在城北的绣球山上，一伸手就把儿子送到了长江北岸。至今挹江门外的绣球山石头上，还留有马娘娘当年踩出的脚印，足有二尺来长，深达数寸，脚印中的积水终年不涸。这也印证了前面说到的"淮

中华门瓮城俯瞰。现存规模最大的瓮城，比它更大的通济门被拆掉了。

西婆娘好大脚"。

朱元璋对自己的儿子都如此狠毒,对手下的大臣就更不用说了。有一个朱元璋火烧功臣楼的故事,说朱元璋做了皇帝后,每日惶惑不安,觉得那些开国功臣们能辅佐自己登上皇帝宝座,万一哪天变了心,不同样能辅佐别人做皇帝吗!于是动了杀机,在鼓楼附近造起一座功臣楼,要在楼上设宴为开国功臣们庆功。功臣楼造好后,刘伯温陪同朱元璋去察看,便发现不对头,这楼壁是铜铸的,楼柱是空心的,楼上的窗子又很小,一旦楼门从外面锁上,里面的人怎么也逃不出来。到了开宴的那一天,刘伯温托病未去,还悄悄对徐达说,今天你要留神,皇上到哪里,你一定要跟到哪里,寸步不能离开。果然酒过三巡,朱元璋就起身退席。徐达不声不响跟在皇帝身后。朱元璋出了门,一见徐达跟出来了,忙叫他再回去喝酒。徐达说:"皇上一达也不留吗?"朱元璋知道被徐达看出了破绽,只好带着徐达匆匆离开。这里早有人把功臣楼的大门反锁了,放火烧楼。等到楼上的功臣们发现,楼壁楼柱已被烧得滚烫,结果都困在里面被活活地烤死了。

朱元璋残害功臣,还有一个石驸马的故事。朱元璋的三女儿玉花公主,与宰相李善长的三儿子李猛青梅竹马,李猛又曾救过玉花公主的命,所以朱元璋亲口许婚,把玉花公主配给李猛。后李善长获罪,李猛也被杀害。玉花公主因为思念李猛得了痴病。一天,朱元璋让人带她去明孝陵散心,她竟将神道上的石刻武士认作李猛,用花篮套在武士手握的金瓜上,约其亲来迎娶。当夜石人真的来了。朱元璋眼看石人威猛,难以抵挡,便用缓兵之计,要石人先回府,待他择吉日送亲。石人石(实)心石(实)肺,不疑有诈,听话返回。哪知第二天朱元璋就派人去明孝陵，斩下了石武士的头。据说直到朱元璋死后下葬时，才将石人的头接上，所以今天还可以从一个金瓜武士的颈项上，看出连接的线痕。虽然小时候亲耳听老南京邻居说过这个故事，我总怀疑这个故事不是南京人编出来的，因为在南京流传的朱元璋故事中，这是一个异数，再没有与它相类似的故事。像石人一样实心实肺的南京人，似乎难得有这样的浪漫。

徐达是朱元璋最欣赏的部下，说他"开国功劳第一"，同他在莫愁湖下棋，输了棋还赏他一座"胜棋楼"。有故事说徐达那盘棋不但赢了朱元璋，而且将自己的棋子在盘面上组成了"万岁"二字。实战中用棋子在棋盘上排出"万岁"二字，是不是有人能做得到，我不敢说。但像徐达这样的开国功臣，挖空心思地去做这种事情，总让人觉得有些不对味。就算徐达不得不这样做，其心情的痛苦也可想而知。今天南京的志书中居然也以此为徐达的荣耀，文人之心，已不可论。尽管徐达煞费苦心如此奉迎朱皇帝，朱元璋最后仍然不肯让他寿终正寝，传说徐达虽然侥幸逃出了功臣楼，但不久害搭背疮时，朱元璋竟专门送了烧鹅给他吃。徐达明知烧鹅是发物，也只得含泪吃了，果然疽发身亡。

据说李善长被赐死时，太子朱标曾劝父亲不要诛杀太滥。朱元璋以棘杖掷地命太子捡拾。见太子面有难色，朱元璋教训他说，我知道你怕棘刺伤手——你要明白，我杀诸臣，就是为你除刺呀！太子说了一句不领情的话："上有尧舜之君，下有尧舜之臣。"臣下的不忠出自皇上的不仁。朱元璋大怒，追打太子，太子躲避，怀中落下一幅《负子图》，画的是当年朱元璋大战陈友谅，马娘娘背负襁褓中的朱标随军作战。朱元璋见图顾念旧情，才不再追究太子。

南京民间故事中，刻意塑造出一个贤明的马娘娘，让她来弥补朱元璋的过失。这实在是善良人民的一种善良愿望，倘还能将皇帝粉饰为明君，便将所有的过恶都推到不良的后妃头上去，实在无法为皇帝遮掩了，还要造出一个"贤后"来作为子民的希望。实则马皇后死于洪武十五年（1382年），此前朱元璋大开杀戒的已有胡惟庸一案，株连达一万多人。此后，李文忠、徐达被害死，李善长、蓝玉、冯胜等大案迭起，株连动辄数以万计。据朱皇帝自己的统计，他一生中亲手处置的凌迟枭示有几千案，弃市以下有一万多。更灭绝人性的是，朱元璋还将这些"罪臣"的妻女，都送到教坊司去做妓女，任人凌辱。《板桥杂记》中令后人想入非非的"旧院"，指的就是明初安置管理这些"官妓"的教坊司富乐院所在地。据说朱元璋写过一副题秦淮河风月亭的对联，道是："佳山佳水，佳风佳月，千秋佳地；痴声痴色，痴情痴梦，几辈痴人。"以官眷沦落而为官妓，固所谓痴。不知"兔死狐悲，物伤其类"，不知"前车之辙，后车之鉴"，反从这些官妓身上寻欢作乐者，又何尝不痴。

朱元璋与沈万三的一组故事，也为南京人所津津乐道。朱元璋给南京留下了举世无双的城墙，然而南京人对于朱元璋的建造南京城墙并没有好评。传说当时苏州巨富沈万三主动表示愿意"助筑都城三之一"，一个人承担了从正阳门（今光华门）到三山门（今水西门）长达十余公里都城城墙的修筑经费。朱元璋以一国之力与沈万三比赛，结果是沈万三负责的工程完工要快三天。朱元璋设宴为他庆功，称他为"白衣天子"，其实心里很不高兴沈万三竟敢胜过他。最有名的一个故事说修造聚宝门（今中华门）时，屡建屡塌，刘伯温献策说要将沈万三家的聚宝盆埋下去才行。沈万三当然不愿意。刘伯温出主意，让皇帝出面去借用一夜，说好一交五更就还，沈万三只好答应了。聚宝盆一到手，朱元璋便下令南京城从此不打五更，沈万三也就没法来讨还聚宝盆。

沈万三是苏州昆山人，昆山的周庄现在还有他的旧居沈厅供人参观，成为名胜。沈氏在元代末年以经商致富，据说还做海外贸易，代表着新兴的经济成分。朱元璋定都南京后，把原来的南京居民大批迁徙到安徽、云南等地去，一边将信得过的淮西乡亲迁来京都享福，一边将苏、浙等处四万五千富户迁来充实京都。沈万三当是此时迁来南京的，据说就住在城南马道街一带，现存尚有一座楠木大厅。马道街因其养马而得名，白酒坊也因其所开酒坊而得名，如今都已无迹可寻。其实昆山的沈厅也是新建的，南京人远没有那样的经营头脑。

尽管沈万三一再耗巨资于国事，但"破财"未必能"消灾"，反而更让朱皇帝耿耿于怀。他出百万两银子代皇帝犒赏军队，出资助修军营，都被皇帝认为是收买军心别有图谋，几次要杀他。朱皇帝的理论是"民富侔国，实为不祥"。马娘娘为沈万三做了有力的辩护，她说，"国家立法，所以诛不法，非以诛不祥。民富侔国，民自不祥，与国法何与？"但朱元璋最后还是借口沈万三以茅山石铺街心是"谋心"，而将他全家发配云南充军。沈万三的万贯家财就顺理成章地成了"国家"也即"朕"的财富。从朱皇帝的立场出发，"普天之下，莫非王土"，本来就是属于帝王家的财富，当然是自己管着放心、用着称心，何必要让别人代"朕"使用呢！

南京人对沈万三的兴趣，多集中在朱元璋与沈万三的明争暗斗上，比如沈家的聚宝盆，朱皇帝怎么借、怎么埋、怎么赖，说得头头是道。其实朱元璋要处置沈万三，根本不必费这么多心思。在封建社会中，商人与政客斗法，其胜负不问可知。南京人的这种心态，同他们与帝王家的疏离感有关，因为没有那种"臣诚惶诚恐死罪死罪"的感觉，才会有让沈氏与朱氏处于平等竞争态势的一厢情愿。

真正值得研究的，是朱元璋为什么一定要将沈万三们置之死地而后快？简单地说，因为沈万三们代表的是商业经济，而朱元璋所要建立的却是农业帝国。从这个意义上讲，沈万三的获罪，就不是他个人的悲剧，而是14世纪中国的悲剧了。当沉重的南京城稳固地矗立在沈万三的聚宝盆上时，中国经济发展的一大良机，也就被坚决地摒弃在大明王国的围墙之外了。

南京的民间故事家们自然认识不到这一点。在他们眼中，农民出身的朱元璋不曾忘本，毕竟还晓得重农悯农，倒是这位暴君值得表彰的大优点。有一个故事说，朱元璋微服巡查，发现收贡米的验收人为难农民，就批评他们说，天下初定，百姓财力困乏，好比刚学飞的鸟，拔不得毛，新栽上的树，动不得根，并且亲拟一份榜文，鼓励百姓用心耕作，勤事农桑，严令各级官吏不得横征暴敛。又有一个故事说，朱元璋在尚服局，发现有人乱扔蚕丝，便追查责任人，并说，你们不养蚕，不知道艰难。从焙种到抽丝，再送到京城来，不知道要花多少功夫。只知道荣华富贵，不知道艰难困苦，天下是难以坐稳的，千万必须注意节俭。这些道理，对于一个农业国度的臣民来说，是天经地义的，也是至高无上的，能够意识到并尊重这些道理的帝王，无疑就是他们的圣主明君。而朱元璋身上正是因为还有着这样的"圣明"成分，所以才能与他那些令人发指的凶残暴行，组合成为一个完整的开国君主形象。

传说中的建文帝衣钵塔,或称"前明天下大师之墓",
20世纪初还在史学界热闹过一回,现在也无迹可寻了。　　　　　　　　　　　　　　　　冯方宇 供图

失踪的皇帝

南京是个皇帝们走麦城的地方，无论说六朝还是十朝抑或十六朝，南京的帝王中亡国之君所占的比例之高，在中国的七大古都中肯定位居第一。不仅如此，在南京竟然还弄丢了一个皇帝，对于一向以史学成就自豪的中国，这更是独一无二的奇闻。

在历史悠久的中国，皇帝的地位永远是至高无上的，每个皇帝的结局也都是史家大书特书的重要内容，寿终正寝者不必说，就是亡国丧身、被篡遭弑者，也都一一记载得翔实明白。唯独明代第二世建文皇帝朱允炆失国后的踪迹，却众说纷纭，指其于南京城破之际自焚身死者言之凿凿，指其剃发出亡云游四海者亦振振有词。然而说归说，谁也拿不出真凭实据，所谓"活不见人，死不见尸"，依然是千古疑案。

建文帝朱允炆，是明太祖朱元璋的长孙，因为法定接班人——他的父亲懿文太子朱标早逝，他才会提前登台。朱元璋最初是不大喜欢这个孙子的，这孩子生下来脑袋就不端正，少了些帝王气象，史书上说他"额颅颇偏"，头歪得相当严重，"太祖抚之曰'半边月儿'"，遗憾之情溢于言表。朱允炆小时候也不聪明，学习成绩平平，所以太祖甚至产生过另选接班人的意思。最终奠定朱允炆接班人地位的，是他在父亲死后守孝三年的突出表演。按照成例，帝王守孝可以月代年，即守孝三月就可以了。朱允炆却不肯通融，"三年之内，语不扬声，笑不露齿。断

明故宫散落的角螭，也是龙子龙孙哦。

荤茹素，不御内。友爱诸弟，与同寝食"。结果深得主张"以孝治天下"的朱元璋的欢心，在他守孝结束后便立他为皇太孙。一个十六岁的少年能做出这样扬长避短的明智抉择，多半未必"出于天性"，而是出于某个谋士的指点。

朱元璋在世时，朱允炆就已经清楚地看到叔父们的虎视眈眈。他同祖父有一段著名的对话，朱元璋说，他分封诸王，让他们驻守在边境上，"可令边尘不动"。朱允炆反问："虏不靖，诸王御之，诸王不靖，孰御之？"问得一代雄主无言以对，反过来请教孙子："汝意如何？"孙子倒胸有成竹，答道："以德怀之，以礼制之。不可则削其地，又不可则变置其人，又其甚则举兵伐之。"连朱元璋都认为他的对策无懈可击。这个对策自然也是出于某位谋士之手。遗憾的是，出谋划策是一回事，落到实处又是一回事——以朱元璋的能力，实行这些对策自无困难，朱允炆却是舞不动这柄双刃剑的。

朱允炆的这位太多书生气的谋士，很可能是当时作为东宫伴读的黄子澄。许多史家都注意到这样一件事，朱允炆被立为皇太孙后，有一天在皇宫的东角门，同黄子澄议论他的叔父们，说"诸王尊属，各拥重兵，何以制之"，该怎么应对这种局面？黄子澄便引西汉七国之乱为例，论证皇帝讨伐亲王，是以强攻弱，以顺讨逆，定无往而不胜。此事一方面反映出黄子澄的迂阔，另一方面也透露出一个重要信息，即"天性纯孝"的朱允炆在这场宫廷斗争中，并非野史所描绘的纯属无辜的善良之辈，他在上台之前已经对他的叔父们抱有强烈的敌对情绪。

果然，朱允炆一登上皇帝宝座，就委派黄子澄与齐泰同参国政，并悄悄对他说："先生还记得当年东角门的话吗？"黄子澄顿首曰："不敢忘！"当即与齐泰商量对付诸王的办法，也就是史书上所说的"削藩"。"欲加之罪，何患无辞"，当此之际，诸王即思不反，又安可得哉！

在削藩的具体部署上，黄子澄又一次表现出他的迂阔。他反对齐泰擒贼先擒王、制住燕王朱棣以震慑诸王的策略，主张扫清诸王以孤立燕王、最后再消灭燕王，实质上是打草惊蛇的方针。这一战略思想仍基于他当年在东角门对形势的估计。最初的局势发展似乎证实了他的预见，一年之间，周王、岷王被废，代王、齐王被囚，湘王自焚身死。他完全没有意识到，取得这些小胜的代价，是错失了消灭最强悍也最危险对手的时机。建文元年（1399年）五月，在南京举行太祖逝世周年纪念活动，燕王为了迷惑建文君臣，决意做"舍不得儿子打不得狼"的一搏，派他的三个儿子前来南京参加。眼看大战迫在眉睫，齐泰主张将燕王三子扣作人质，黄子澄再一次表现出他的迂腐，说："不如放他们回去以迷惑燕王，便可趁机袭击取胜。"燕王见儿子们到家，大喜过望，不久就毫无顾忌地打出了当年西汉七国之乱的旗号——"清君侧"。

奢谈"汉平七国乱"的黄子澄忽略了一个决定战争胜负的重要因素，就是他手下并没有周亚夫那样的名将，而只有李景隆之辈的庸才，置将不善，宜其一败涂地。建文帝此时仍不忘扮演他"天性纯孝"的角色，一面开除朱棣的"族籍"，布告天下而讨伐之，一面又叮嘱诸将："不要让我落个杀害叔父的恶名！"以至燕王数次得以临危脱身。建文朝的另一位名臣，因后来被"诛十族"赢得流芳百世的方孝孺，则正在南京城里热心地鼓动皇帝复古，"勇行《周官》法度"，按照他考证出来的周代制度改革官僚体制，甚至连皇宫大殿和城门的名称也必改用周时旧名，被识者讥为王莽一流。其实方孝孺真没有王莽的野心和权谋，充其量不过是个读死书不知机变的迂夫子。

君臣如此，安有不败之理！

战争初期，战事主要在北京周围进行，看上去燕王没有讨到便宜。然而君臣对垒，你攻我杀，朝廷的尊严已成儿戏。朱棣何等聪明，他从"四方人心，多所观望"的局势中，很快悟到，决定这场战争胜负的关键并不在于歼灭对方有生力量，而是看谁能控制紫禁城，坐上金銮殿，于是毅然挥师南下。建文四年（1402年）六月，燕军打到南京金川门下，守城的谷王朱橞和李景隆开城门迎接，燕军轻而易举地进入京都。建文帝朱允炆走投无路，在宫中放起火来，从此没有下落。在燕王的追索下，宫女们遂将被烧死的马皇后的尸体指作建文帝，于是燕王假惺惺地叹息道："这个呆孩子，我到这里来，是为了辅佐你治国啊！"

建文帝自焚身死之说由此而来。据说朱棣登基做皇帝后，当即接受王景的建议，按照皇帝的葬礼规格殓葬了建文帝。清初修《明史》，便采取了这种说法："燕王遣中使出帝后尸于火中，越八日壬申葬之。"其实主持《明史》修撰工作的王鸿绪，并非不知有建文出亡一说，他断然以此为定论，完全是为了讨取清朝统治者的欢心。因为当时民间反清复明情绪尚浓，关于前明太子、王子、公主流落民间的传说层出不穷，时被抗清力量借为号召，使清政府颇伤脑筋。倘取建文出亡之说，便不免有为此类传言张目之嫌。王鸿绪因此颇为后世学人所不齿。到了乾隆年间，清王朝已不再需要这种伪饰，遂将这一节改定为"棣遣中使出后尸于火，诡言帝尸。越八日壬申，用学士王景言，备礼葬之。"当然，朱棣煞有介事地为建文帝举行一个殓葬仪式，是完全有可能的，这与他急急忙忙宣布建文帝被烧死一样，都是为了断绝建文朝臣的复辟念头。而

明天坛神乐观醴泉碑。
神乐观原址当在明天坛之西（今天堂村西），此碑现保存在白马石刻公园内。

实际上，南京从来就没有建造过建文帝的陵墓。早在晚明崇祯年间，有人上书皇帝，请求恢复建文帝的祭祀礼仪，崇祯皇帝反问："建文无陵，从何处祭？"可谓一语道破天机。

关于建文帝朱允炆出亡的传说，可就形象丰富得多了。有人专门炮制出两本书，一本叫《致身录》，一本叫《从亡随笔》，详细地记述了南京城破、宫中起火之后朱允炆的行迹。据说，朱允炆得知金川门失守即打算自杀，翰林院编修程济说"不如出亡"。少监王钺报告说："太祖皇帝临终时，留下一个箧子，嘱咐遇到大难时再打开，现在还收藏在奉先殿里。"群臣齐叫快拿，王钺很快抱了个红箧子过来，四周包着铁皮，用两把锁锁着，锁眼里还灌了铁汁。程济打开了箧子，里面是三张度牒，连法名都填好了，一个叫应文，一个叫应能，一个叫应贤，此外袈裟、鞋帽、剃刀俱全，还有十锭白金。箧子内壁上用朱笔写道："应文从鬼门出，其余的人从水关御沟出，傍晚时在神乐观西房会合。"朱允炆说："这真是命中注定。"程济当即为朱允炆剃光头发，化装成和尚。吴王教授杨应能愿随从朱允炆出走，监察御史叶希贤也说："我的名字中有一个贤字，应贤定是我了。"两人也都剃了发，换了袈裟。当时在场的有五六十人，都表示愿意随同出走。朱允炆遣散了大部分人，只带着九个人来到鬼门，只见岸边已停靠着一只小船，船上是神乐观道士王升。王升说："我知道来的一定是陛下啊，昨晚是太祖皇帝托梦给我，要我今天到这里来的。"于是一齐登船到太平门外神乐观。此时已是傍晚，杨应能、叶希贤等十三人不久也到了。朱允炆说，从此大家只能以师徒相称，也就不要再拘泥于君臣之礼了。群臣哭泣着答应了。兵部侍郎廖平提议挑选没有家室之累、又有武力足作保卫的几个人与朱允炆同

明天坛神乐观龙凤纹石井栏，呈六面鼓形，其形制之巨、雕琢之精，无与伦比，号称"金陵第一井栏"，或者就是醴泉的井栏？

行，其余的人遥作呼应，结果商定由杨应能、叶希贤与朱允炆三个扮作和尚者和扮成道人的程济一路，牛景先等六人负责供给衣食，其他人分散行动，从此浪迹江湖。

明代靖难之役的来龙去脉，民国年间历史学家王崇武先生的《明靖难史事考证稿》考辨甚详，然而此后仍不乏姑妄言之的文人。我在这里重述建文出亡这段故事，只是想说明，南京人在描述这场实属宫廷政变的战事时，再一次显示出他们对于胜利者的距离感。他们一味同情失国的建文帝，夸张朱棣进城后屠戮政敌的残暴，夸张方孝孺拒绝为朱棣草继位诏的正义和"灭十族"的壮烈。有一个故事说，朱棣杀了方孝孺，"令人食其肉，食肉一块，赏银一两。"有一个小吏的仆人食肉得银，归家说其事。吏闻之大怒，喝仆一声，那仆人竟"激裂其脑而死"。说故事的人自己也承认这是"乡里传说"，说不出小吏的姓名，但还是像今人传播政治笑话一样要继续传播开去。他们真诚地希望建文帝朱允炆能够远走高飞，并为他设计了多种脱身方案。有人说他是从御沟脱身的，有人说他是从地道脱身的。然而，从来没有人能确切地从南京明故宫中指出所谓"鬼门"或"地道"的位置。至于"御沟"能容人出入也很可疑，因为那必然要影响皇宫平时的安全。而方孝孺的被"灭十族"，也属演义。据《中国流人史》，至明万历间，方孝孺"被流放的后裔已达一千三百人，则其初被流放者必在百人之上"。明万历间人焦竑在《玉堂丛语》中也只说方孝孺"不屈而死"，黄子澄的"姻党戍边者四百余人"，并无诛九族的说法。

明成祖朱棣从来不曾相信他的侄儿皇帝已经葬身火海，因为他上台之后，采取了两个重要措施，一是派户部郎中胡濙"遍行天下州郡乡邑"，明为访寻仙人张邋遢，实则"隐察建文帝安在"。一是在听说朱允炆蹈海出走后，派太监郑和下西洋，访查朱允炆的确切下落——南京现在不但有因郑和府第所在而得名的马府街，而且还有当年制造远航大船的龙江宝船厂遗址。

关于郑和下西洋的记载相当丰富，还有一个正儿八经的研究会在研究，这里可以不必赘言。胡濙在外访查的时间也非常之久，尤其是永乐十四年（1416年）之前，连胡濙的母亲去世，明成祖都不许他回家奔丧，可见紧张的程度。有趣的是，胡濙明察暗访如许年，竟始终不曾找到朱允炆的踪迹，尤其这位下台皇帝还有一个明显的生理特征——"额颅颇偏"，剃了光头更可以一望而知！永乐二十一年（1423年），也就是明成祖寿终正寝的前一年，胡濙又一次进京复命，当时皇帝正在宣府行宫，胡濙飞马赶去，六十四岁的皇帝已经睡觉了，听说胡濙到来，当即起身，与胡濙一直密谈到四更天。由此可见，胡濙汇报的内容一定十分复杂曲折。倘若朱允炆已死，那就不过是几句话的事，没什么好讨论的了。

据说朱允炆后来还曾回过一次南京。那是明成祖死后，这位亡命之君长长舒出一口气，说："吾心放下矣！"此后的言行便越来越放肆，最后竟学着浪荡文人的模样，到处题起诗来。结果在正统五年（1440年），被一个名叫杨应祥的老和尚，偷了他作的诗，跑到官府去冒名顶替，拔出萝卜带出泥，于是连同真的建文帝和随行程济都被一面长枷枷了，押往京师去。途中曾经过当年的旧都南京，一恍惚间，已是三十九年，而今的国都也迁到北京去了。在北京等待他的，并不是衣锦还乡的欢娱，而是御史的廷讯。冒充建文帝的杨应祥还表示年老将死，"思葬祖父陵旁"，真的建文帝则只敢想重回云南过他的流亡生活了。结果是杨应祥送了命，有关人员一概发配去充军。朱允炆无可奈何间道出自己的真实身份，被叫来鉴别的老太监吴亮却装糊涂不肯相认。朱允炆在生死关头，只好屈尊去认奴才，说："那年我在便殿，你服侍我吃饭，我丢了一片仔鹅在地上，你两手端着壶，只得伏在地上，像狗一样舔食，你还说你不是吴亮！"急切之间，记得的偏是人家四十年前的丑态，可见朱允炆的情急与怨毒，亦可推见此君并非仁厚之辈。吴亮大哭，认了旧主，退下去就自杀了。

朱允炆被迎入西宫奉养，宫中人都称他为"老佛"。不久，他就很知趣地死了，据说是"以寿终"，"葬西山，不封不树"。依然是一个无迹可寻。

在南京做皇帝，竟能做到杳无踪迹，不能不算是千古奇闻，足供千古之人慢慢品味。

秦淮烟月，须从花槅窗中看取。

秦淮八艳

谈论一个城市的文化,自然不是非得扯上那里的名妓不可,然而要说南京的"秦淮文化",却好像难以回避"秦淮八艳"。"秦淮八艳"不仅远远地超越了"烟花文化"的范畴,而且一度颇有超越文化史范畴的声势。没有"秦淮八艳"的"秦淮文化",肯定是不完整的。

我最初接触到"秦淮八艳"这个话题,是在 1966 年,那一年新拍成的电影《桃花扇》,正好赶上"文化大革命"的锋头,成了"供内部批判"的反面教材。"批判电影"的票子向属紧张物品,不知怎么阴差阳错地竟有一张落到了我这个中学生手里,于是又紧张又兴奋地去看,而且果然见所未见,闻所未闻。熟悉的秦淮河夫子庙重新展开了它已经消弭的另一面,使历史教科书上明亡清兴那一节异常生动地活了起来,更让我生平第一次直观地看到了秦淮妓家生活的场景。尽管此后的中国文化环境,迫得我长时期地将这种记忆深埋在心底。待到 20 世纪 80 年代初,中国文化界一朝刮起发掘"秦淮八艳"的热风,当年与《桃花扇》的一面之缘立刻使我感到亲切,也就兴冲冲地跟着起劲,又想写小说又想编电视,目标则不是李香君也不是陈圆圆,而是柳如是。及至结结巴巴地读了半部《柳如是别传》,才懂得这个题目,须有学术上的大本钱才做得来。对于我们这种当求学之年无书可读的老知青,"十年一觉农家梦,赢得青春虚度名",思想积累与生活积累上的亏欠都已难弥补。

民国年间的秦淮河房,还可以看出房与河的亲密关系。 作者 供图

其时毕竟尚不知天高地厚，贸然决定从头补课，遂着手搜罗相关的史料和著述，认真研读。不料后来事情有了戏剧性的变化。一方面，"秦淮八艳"热迅速弥漫到全社会，成为那个"繁荣昌盛"初起时期的文化范本，一些"本钱"还不及我的人，竞相煞有介事地拿"秦淮八艳"大做文章，从故事、小说到电视剧，再到散文随笔，不是"才子＋佳人"，就是"流氓＋名妓"，看得人倒尽了胃口。另一方面，这也使得我意识到：严肃的文化人所关注的重点，并不在"秦淮八艳"的风流艳事，而在与她们相关涉的明、清之交的一代文化人，在于对社会腐败时期知识分子的文化抉择和社会大变革时期文化传承的探讨。可以说文化层次越高的圈子里，谈明遗民就越多，谈"秦淮八艳"就越少。当然也绝不是不谈，所谓"花径似曾缘客扫，蓬门今又为君开"也！所以我积蓄至今，仍不敢轻易动笔，必要待自己的文化素养和文化趣味达到随心所欲的境界，也要待过于世俗化的"秦淮八艳"热烟消云散。诚如陆放翁所说，"子欲作梅诗，当造幽绝境。笔端有纤尘，正恐梅未肯。"

这里所写下的零星断片，或可算一种思想笔记吧。

所谓"秦淮八艳"之说，不知其所自来。民间口耳相传，指的是明末清初活跃在南京秦淮河畔的八位女性，后人有几句口号，专赞这八位名女人，道的是：痴心才女马湘兰，侠肝义胆李香君，风骨嶙峋柳如是，侠骨芳心顾眉生，艳绝风尘董小宛，长斋绣佛卞玉京，风流女侠寇白门，倾国名姬陈圆圆。这已经很有传奇的味道了。清代咸丰年间进士叶衍兰曾作《秦淮八艳图咏》。叶衍兰是叶恭绰的祖父，叶氏祖孙所编撰的《清代学者象传》为大家所熟知。然而，这个"秦淮八艳"名单一

柳如是不愧为才女,
诗文自有其地位,书法与绘事也都可观。 作者 供图

列出,首先引起疑问的便是,作为秦淮"艳"学开山之作的经典《板桥杂记》中,有郑妥娘、李十娘、葛蕊芳、顿小文、王微波诸人,而并无柳如是、陈圆圆之辈。更有人提出质疑,以为陈圆圆固然倾城倾国,其沦落风尘、选送北都皆是姑苏韵事,何曾于秦淮河畔张艳帜?柳如是固曾流连于秦淮河畔,然其之至金陵,已在嫁钱谦益后,是以尚书夫人的身份住在礼部官署中,将其归入"秦淮八艳"名色,亦有掠美之嫌。

遂又有好事文人,援引"扬州八怪"前例,证明"八怪""八艳"同为泛指,其涵盖面是相当数量的某一类人,而并非特指某八个人,才得以自圆其说。综合多方论述,"秦淮八艳"的概念,大约可以定义如下:系指明末清初主要以南京秦淮河畔为活动环境的一批高层次艺妓,她们多有较高的文化素养和较强的政治意识,所交往的异性对象均为与那个历史阶段政局变迁和文化传承密切相关的重要人物,其悲剧性命运颇得后世文化人的同情。

"秦淮八艳"的命运能得到当代文化人的普遍同情,应该说是历史的一种进步。当明亡清兴之际,这班名女人中,颇有几位的口碑是不太妙的,亡国之前是"尤物",亡国之后就成了"祸水"。中国的传统,每当国家政事弄到不可收拾时,总能发现出"误君祸国"的女人来,自妲己以降,几乎无代无之。到了"秦淮八艳"这一代,更有一个空前的大突破,成为"祸水"的不再是狐媚深宫、擅权乱政的后妃,而换成了浪迹市井的妓女。最招物议的无疑是陈圆圆,有"诗史"之誉的吴梅村,也写下了"冲冠一怒为红颜"这样的名句,改朝换代的枢纽,似乎竟全系于一个妓女的香肩之上!直到晚清的丁传靖写《沧桑艳》,仍持此论不改。文人的"名节",同样也亏败于美色,做了"贰臣"的龚鼎孳,

李香君画像,不知谁人手笔,
给人的感觉未免轻佻了些。 作者 供图

顾媚,论嫁夫婿不弱于柳如是,
但她的才情比柳如是差太多。终于只是名妓。 作者 供图

就大言不惭地将降清之咎推给顾横波："我本欲死节，奈小妾不肯！"董小宛则更玄，居然能把新朝的顺治皇帝迷惑得舍弃帝位上五台山做和尚……

然而，"真理前进一步就变成谬误"，到了20世纪的八九十年代，"秦淮八艳"摇身一变，在某些文人的笔下又成了爱国、救国的英雄，民族气节的典范——同样是妓女的香肩，同样是过重的负荷，三百几十年的历史沧桑，中国的文人怎么就没有长进？

"秦淮八艳"中，最得当代知识分子青睐的，无疑为柳如是。特别是20世纪末，随着陈寅恪先生的"出土"，《柳如是别传》也常被人挂在口边。不断有从没见过这部名著而又想赶这趟时髦车的人来向我打听或借阅，我总是劝他们放开这个念头。说句刻薄点的话，今天的中国文人中，能读通《柳如是别传》者，也已稀如星凤。至于柳如是确立自己文学史地位的作品，就更是难得听人提及。当然这并不妨碍某些人的热爱柳如是，因为描写柳如是与钱谦益、柳如是与陈子龙风流艳事的逸闻、传说、故事要易见也易读得多。据说还拍过柳如是的电视剧，我没有看到，不知当代有哪一位女明星，有底气能够扮演柳如是。到了2000年初，南京的一个非文化部门居然又在筹拍"秦淮八艳"，据报纸上登出的简介，就可知此剧定属"戏说"无疑。从"戏说"皇帝发展到"戏说"妓女，已是每况愈下，而"戏说"妓女究竟能"说"出什么名堂？让人真想缀一句当代"娱记"的套话："我们将拭目以待！"

以柳如是为主人翁的长篇小说也很出版了几部，仅身在南京的作家就完成了两部。写得最好的则要数刘斯奋的《白门柳》。《白门柳》第一部《夕阳芳草》于 1984 年出版，正是"秦淮八艳"热气蒸腾的时候，出版社的头脑大约也跟着热了一下，初版印了十四万册，尽管书价只要人民币二元六角，然而许多年间，在南京的特价书柜上，都摆着降价待沽的《白门柳》。所以 1991 年出版的第二部《秋露危城》只印了三千六百册，南京好像就没有进货。即此可见近二十年间"秦淮八艳"热的实质，大量"热爱"柳如是的人们，是连正经小说也不要读的。倒是一些胡编乱造、恶俗滥情的"八艳故事"一度大为畅销，使古代的妓女成了今日的明星。这些人的"热爱"焦点在什么地方，也就不言自明了。现在已经可以比较清楚地看出，当时抒写"秦淮八艳"的文字，大致处在两个层面上。一个是为了完整地反映和探究明、清之交那个时代的真实面貌和某些文化人的命运，不能不涉及"秦淮八艳"，另一个则是以"秦淮八艳"为对象，意在借"名妓"效应以获取市场效益。知识分子与市民在这里找到了一个共同感兴趣的观察对象，使出于不同角度的视线在"秦淮八艳"身上产生了一个交点。然而无论怎样精心包装过的妓女，从上方俯视和从下方仰视，看到的东西肯定是截然不同的。

"秦淮八艳"中，最为市民百姓所熟悉的，大约还是李香君。这当然与从戏剧到电影又到电视的《桃花扇》分不开。孔尚任换了一个角度，着力张扬名士艳女们的爱国情怀，致使不少人误以为《桃花扇》真是"南都信史"。除了专治明史者，中国人对于短命的弘光小朝廷的了解，恐怕或多或少都会受到《桃花扇》的影响，于是李香君便成了"秦淮八艳"中领袖群伦的人物。平心而论，历史毕竟也只是历史学家的历史，因此不妨将《桃花扇》看作传奇家的南明史。我们至少可以从中看出，在孔氏生活的那个时代，汉族知识分子的某种心态。其实在康熙皇帝平定三藩之乱后，所谓的"前明遗老"已失去政治上的意义，他们对于明代史事不能忘情的絮絮叨叨，至多只能算作挽歌一曲罢了。"桃花扇底送南朝"，使遗老和贰臣们得以在酒旗歌扇之间，对于自己真实的和伪装的心理重负，从此都有一个交代。王士禛有诗："新歌细字写冰纨，小部君王带笑看。千载秦淮呜咽水，不应仍恨孔都官。"《桃花扇》在当时的大受欢迎也就不奇怪了。

这就不免引出一个耐人寻味的新问题：20世纪八九十年代的中国、当时的中国知识分子、当时的中国人一度沉浸进"秦淮八艳"热，又是出于什么需要呢？

是因为当时的中国，真的需要"秦淮八艳"式的"爱国精神"和"民族气节"吗？抑或时代所需要的，只不过是"秦淮八艳"的生活方式？

南京是"秦淮八艳"的发祥之地，"秦淮文化"似乎也少不了"八艳精神"的支撑，夫子庙更是需要"八艳风采"的点缀。然而，"秦淮八艳"毕竟只是一群妓女，无论采用怎样高明的包装和促销方式，她们所经营的仍然是自己的肉体而不是精神。作为当时身处社会最底层的人物，"秦淮八艳"的遗迹也就绝不会有谁刻意保留下来以供凭吊。但是，商业需求的力量是无穷的，"秦淮烟月无新旧，脂香粉腻满东流"。结果就有人应运而生地"发现"出了那座地处来燕桥畔钞库街三十八号的"媚香楼"，经整修辟为"李香君纪念馆"。

这座建筑最初是作为保存较好的清代秦淮河房整修的，较切实的考证结果，以为其是晚清某袁姓道台的私宅。晚清官场纵然腐败，想还不至于有以妓寨为官宅的。在成为所谓"媚香楼"之前，这里曾经挂过

传为媚香楼的河房,临河面的回廊与美人靠。

"晚晴楼"的匾额,因其时该地属秦淮区老干部局,楼名源自"人间重晚晴"的诗句。而真正的媚香楼旧址,其实并不是什么秘密。20世纪初,有人在石坝街河房"周河厅"附近掘地时,曾发现媚香楼的地界石碑,此后并经过一班著名文人学士的考证。名动江南的如社"第七次雅集"的命题,就是"限访媚香楼遗址题",调寄高阳台,廖凤舒、石云轩、林铁尊、仇亮卿、吴瞿安、陈匪石、夏蔚如、唐圭璋、卢冀野等朝野雅士俱有词作吟咏。从他们的词作中可以看出,媚香楼的遗址在30年代即已"柳共桥湮,兰随壁坏","石瘦苔荒,垂杨不绾春愁","剩夕阳门巷欹斜,阅兴亡,一角红楼,犹是儿家"。当年的妓院媚香楼本无重建的必要,有关部门不想花钱重建媚香楼也无可非议,但又要藉"媚香楼"的招牌敛财,故而有意含糊其词,竟用一座晚清的官宅来误导游客,使他们以为现李香君纪念馆那座晚清官宅建筑,就是三个半世纪前的妓院媚香楼。

夫子庙毕竟是一个商业区,商业需求与文化需求毕竟属于两个范畴。所谓"文化搭台,经济唱戏","搭台"的"文化"自免不了遭"唱戏"的"经济"挟持。指望借此发展文化,就未免过于天真。长期处于文人视野中的"秦淮八艳",在被挖掘完其商业价值之后,如今已渐渐淡出市场关注,复归为知识分子的研究对象。无论这对于"秦淮八艳"和夫子庙意味着什么,对于南京文化,应该是一件幸事。

复建的芥子园,池畔月榭。

芥子园外话李渔

李渔算是我的大同乡,祖籍浙江兰溪。他五十岁左右从杭州迁来南京,客居达二十年之久。这或许是我当初会对他发生兴趣的原因之一。

他早年即享文名,有"神童"之誉,然而科场并不顺利。清初遂举家迁杭州,以刊印销售自己的作品为生。他的拟话本小说集《无声戏》《十二楼》,论者或以为高于冯梦龙、凌濛初所纂辑的"三言二拍",传奇作品《风筝误》《怜香伴》《奈何天》等脍炙人口,被吴梅先生推许为有清一代第一人。所以他的著作颇受市场欢迎,甚至常被书商盗版所困扰。南京地处南北东西交通枢纽,在当时又是重要的图书集散中心,对于李渔的出版经销活动和追究盗版当然都更为便利。客居南京期间,他不但继续进行传奇作品的创作,而且写出了他美学思想与人生经验结晶的《闲情偶寄》。他营建的芥子园书肆,不仅刊印他自己的著作,而且精刻精印《水浒传》《三国志演义》《西游记》《金瓶梅》等名著,凡芥子园刻本书籍现在全都被列入善本书目,可见其在中国出版史上的地位不容低估。芥子园自制的笺简极雅致,而《芥子园画传》更被俞剑华先生在《中国绘画史》中誉为"吾国空前绝后之画学教科书"。此外还有一部被人聚讼至今的《肉蒲团》。这本书故弄玄虚地题着"情痴反正道人编次""情死还魂社友批评",康熙年间的刘廷玑《在园杂志》中却认定其为李渔的作品。鲁迅先生在《中国小说史略》中也说:"《肉蒲团》

意想颇似李渔。"研究中国通俗小说史的孙楷第先生以为刘廷玑的生活年代距李渔甚近，"所言当属可靠，虽只此一证，可为定谳也"，竟破了学术研究中"孤证不足为凭"的例。

芥子园是李渔在南京所建的私家园林，园名取"须弥芥子"之意。以小见大、以小喻大最是造园精义，李渔曾在北京为贾胶侯规划过"半亩园"，同时代的龚贤也在南京清凉山下造"半亩园"。李笠翁对他的园林艺术极自负，曾对人说他"生平有两绝技"，"一则辨审音乐，一则置造园亭……因地制宜，不拘成见，一榱一桷，必全出自己裁，使经其地入其室者，如读湖上笠翁之书，虽乏高才，颇饶别致"。在《闲情偶寄》的《居室部》中，他不厌其烦地举出芥子园中实例以证明他独到的园林美学精髓。这倒不是"老王卖瓜"。李渔生性巧慧，胸有丘壑，而且周游全国时，留心考察过各地的名园建筑，积累了满肚子的泉石经纶。他又注重实践，亲手营建过数处园林，而金陵芥子园是他一生中居住最久的地方，也是他从事艺术活动的主要场所。李笠翁的朋友、也是戏曲家的尤侗曾说："入芥子园者，见所未见，读《闲情偶寄》者，闻所未闻。"现代造园大师童寯也说"李笠翁为真通其技之人"。当然童寯并没有能亲见芥子园的风貌。连芥子园究竟是什么时候湮没的，也未见有谁说得清楚。人们只能根据李渔为芥子园撰写的那副门联："孙楚楼边觞月地，孝侯台畔读书人。"推测芥子园的所在地，应当在南京城南周处台附近。

南京的文化人有时真也很可骇怪，对于与他的老师一起投降敌国做贰臣的周处，他们仍盛赞其"读书精神"，为他保存下这么一座读书台，而对于仅仅"立身不谨"的李渔却如此苛求。对于"立身不谨"有过于李渔的"秦淮八艳"的面首们倾注极大热情,也并不妨碍他们毫不在意地冷落李渔。这种文化现象,或许也该引起探究南京文化以至中国文化者的兴趣吧?

当时人对于李渔的聪明多艺非不赏识,恰恰相反,貌似公允的评价是说他"聪明过于学问",所以才会在喧嚣纷扰的市场经济大潮中"立身不谨",弄得声名狼藉。到最近半个世纪,李渔更因曾与袁枚一块被鲁迅先生判作"帮闲文人",而被某些拉大旗作虎皮者践踏得抬不起头。

平心而论,到了李渔这个份儿上,还被人说成学问与聪明不成比例,可以肯定问题不是出在学问的缺少或聪明的富余,而是在其他什么地方有些不对头。

定居南京阶段,当是李渔戏剧活动的鼎盛时期。他不仅又写出了《比目鱼》《凤求凰》《慎鸾交》《巧团圆》等新传奇作品,刻印发卖,而且亲自带领着一个戏班子到处演出。尤西堂说他"携女乐一部,自度梨园法曲,红弦翠袖,烛影参差,望者以为神仙中人","南里北曲中,无不知李十郎者",可见影响之大。李渔对昆曲的发展,起了不容忽视的作用。按今天的说法,他可以当之无愧地被冠以戏曲家、戏曲理论家、戏曲活动家诸头衔,若再开放些,不妨再加上一个戏曲改革家。李渔的剧作,传世的有《笠翁十种曲》,也有人以为当多至十五或十六种的,都能风行一时,久演不衰,不是没有缘故的。清人说他"能吐人不能吐之句,用人不敢用之字,摹人欲摹而摹不出之情,绘人欲绘而绘不工之态状,且结想撷词,段段出人意表,又语语在人意中",确非虚誉。

李渔的文化活动以戏曲为最著名,他大约可以算作中国第一位专

芥子园,取意于"芥子纳须弥",最得小中见大之趣。

芥子园回廊

写喜剧的剧作家。但他也因戏曲而倒霉，因为他并非"为艺术而艺术"乃至"为艺术而生活"的艺术家，而是借此为谋生手段，最多只能算是"为生活而艺术"。说来也难怪，他的戏曲小说和其他著作虽然受人欢迎，但只能自己不惜工本精刻精印了来卖，一版又只能印上几百部，收入毕竟有限。所以李渔只好发挥自己通晓音律的特长，组织剧团，自编自导，训练有素，再带到新贵阔佬府上演出，打他们的抽丰——这当然态度要好，少不得低三下四，脸皮还要厚，少不得奴颜婢膝。因此颇为当时的正人君子看不起。衣食丰足的正派文人切齿痛恨他的不能安贫自守，"游荡江湖，人以俳优目之"，甚至破口大骂："李生渔者……性龌龊善逢迎……常挟小妓三四人，遇贵游子弟，便令隔帘度曲，或使之捧觞行酒，并纵谈房中术，诱赚重价。其行甚秽，真士林所不齿者！"以致后世的研究者踪迹李渔，也还像在茫茫的半融雪地中跋涉，说不准哪一步就会踏入水坑泥潭，溅得你满身污秽。其实说穿了，古往今来，知识分子有几个能不"逢迎"当朝权贵？只不过"逢迎"的方式有所不同而已。正如毛泽东同志所指出的，"皮之不存，毛将焉附？"知识分子总得依附于统治阶级，所以他们只配享有"识时务者为俊杰"的自由，而绝没有"良禽择木而栖"的自由。过分苛求李渔，是没有什么道理的。

20世纪末，李渔大有时来运转之势。一家出版社选印了李渔的几个喜剧，并且做了大块文章捧他："正因为李笠翁充分了解到喜剧的社会价值，所以才以毕生精力从事喜剧创作，在剧坛中独树一帜"，甚至是"自觉地以喜剧为手段，来实现文艺劝惩教化的社会功能"。这就未免太抬举李渔了。其实李渔自己说得很清楚,"传奇原为消愁设,费尽杖头歌一阕。何事将钱买哭声,反令变喜成悲咽。惟我填词不卖愁,一夫不笑是吾忧。举世尽成弥勒佛,度人秃笔始堪投。"他创作的目的很明确,就是要让达官贵人们看得高兴,好讨几文钱使。倘若弄得哭哭啼啼凄凄惨惨戚戚,谁又会欢迎他呢?近年大受市民欢迎的琼瑶剧,不仍然都有一个令人心满意足的大团圆结局?而且已有"先进"理论家一反悲剧高尚的旧调,高唱起"喜剧高于悲剧"的新腔。因为他们敏锐地意识到,在市场经济社会中,喜剧休闲娱乐的开发价值远高于悲剧的教化价值,文艺理论只有附着于喜剧才有可能继续分得一杯半杯残羹。回过头来看李渔生活的年代,岂不也正是市场经济抬头繁荣的时代?在这一点上,李渔诚可谓文化人中的先知先觉者。

既做喜剧,就难免要出什么人的洋相。李渔最担心的,便是看戏的新贵阔佬们"对号入座",故而处处打预防针:"文中科诨处,不过借笔成趣,观者勿疑其有所指刺也!"并且洋洋洒洒地做了一篇四六骈文《曲部誓词》:"是用沥血鸣神,剖心告世:稍有一毫所指,甘为三世之瘖。即漏显诛,难逭阴罚!"拿来世和阴间的大报应作抵押,其诚恳程度,远过于当今某些长篇小说和电视连续剧前煞有介事标出的"本故事纯属虚构"云云的挡箭牌。想来当其时的观众,一定是可以心安理得地忍受他的嬉笑怒骂的了。我不知道李渔自己信不信这一套,因为不久就有人直指他移居南京前后所写的《奈何天》中的主人公"阙里侯",系影射当朝衍圣公,"扮演丑恶,备极不堪",且借诽谤以行勒索。

《奈何天》所写这位财主阙素封,字里侯,"疤面、糟鼻、驼背、跷足","诸丑俱备,三臭毕集",人送混名"阙不全",又为他做了篇"十不全"的像赞,"通国相传,以为笑柄"。然而当不得他"富也富到极处","只怕你没银子用的时节,全不阙的相公,又要来寻我这阙不全的财主!"大约李渔这位总是闹穷的才子,去打抽丰时受过他的奚落,才如此入骨地写了他出来。这位"阙不全"的财主仗着有钱,接连骗娶了三位绝色佳人到家,而三位绝色佳人难以承受这份恩爱,一个个义无反顾地逃进静室参禅。写到这里全剧才得一半。妙就妙在李渔却单将这上半部刻印了发卖,于是一时间举世哄传。人所共知,阙里是孔子故里,"阙里侯"自非孔氏莫属。衍圣公大人面子上实在不好过,只好托人找李渔求情,宁愿大把的银子送去给他使用。李渔既得了钱,果然大显神通,调动一切可以调动的力量,为"阙不全"的财主效劳。于是在戏的下半部里,李渔便笔锋一转,写那位阙财主因为管家代他广积阴德,纳饷输边,不但被朝廷封为"尚义君",而且感动天帝,特派了"变形使者"下凡,替他改造容貌,脱胎换骨,于是合家欢喜。这当真是"有钱使得神推磨"了。此种影射故事,大约也只有在当时法制不健全的社会环境下,才能演成喜剧。倘在西方,李渔少不得因了"诽谤罪"去吃官司,只怕人家的腰包掏不成,自己还得掏腰包。不过换句话说,若是法制完全消灭,李渔也不至于敢玩这种花样。远的不说了,试想十年浩劫中,"影射"这顶帽子何其沉重乃尔!什么人如果沾上了影射当朝"衍圣公"这等人物的嫌疑,只怕立马"罪该万死,死有余辜"了。

对于李渔的这些花样该作何种评价,自有专家学者去费心。笔者在这里只想揣测一下,李渔和袁枚这两位"真正的帮闲",何以都选择南京作为他们的安身立命之处。

芥子园,曲径通幽。

一方面，南京虽然号称"人文荟萃之地"，可南京本地人中难得出大文化人，从郭璞、刘勰、萧统到李煜，从王安石、叶梦得到焦竑、周亮工、黄虞稷，以及晚于李渔的吴敬梓、袁枚、曹雪芹、钱大昕、魏源、方苞、杨文会、缪荃孙、吴梅、柳诒徵、朱希祖、汪辟疆，都不是南京籍。这在全国各大历史文化名城中，也要算一个值得关注的特例。或许正是由于南京籍的文化人不成气候，使外地文化人易于进入这个文化环境，而先进入者的"门户开放"宗旨，又吸引了更多的后来者。从某种意义上说，南京的文化繁荣，正得益于这种无可奈何的兼收并蓄。

换一个角度看，活跃于南京的文化人，又多数是属于"帮闲"类的文化人。这在明、清两代尤为明显。"帮忙"的文化人，多已去了天子脚下的北京，留在南京或专程前来投奔南京的，不是无意"帮忙"的，就是人家不想要他"帮忙"的。中国的文化人受了孔老夫子的教化，都不能像"瓠瓜"一样"系而不食"，就是打出"隐士"的旗号来，说白了也还是想藉此扬名，走一走"曲线帮闲"的道路。既然世上有着南京这样能容文化人以"帮闲"安身立命的地方，他们怎么会不趋之若鹜呢！

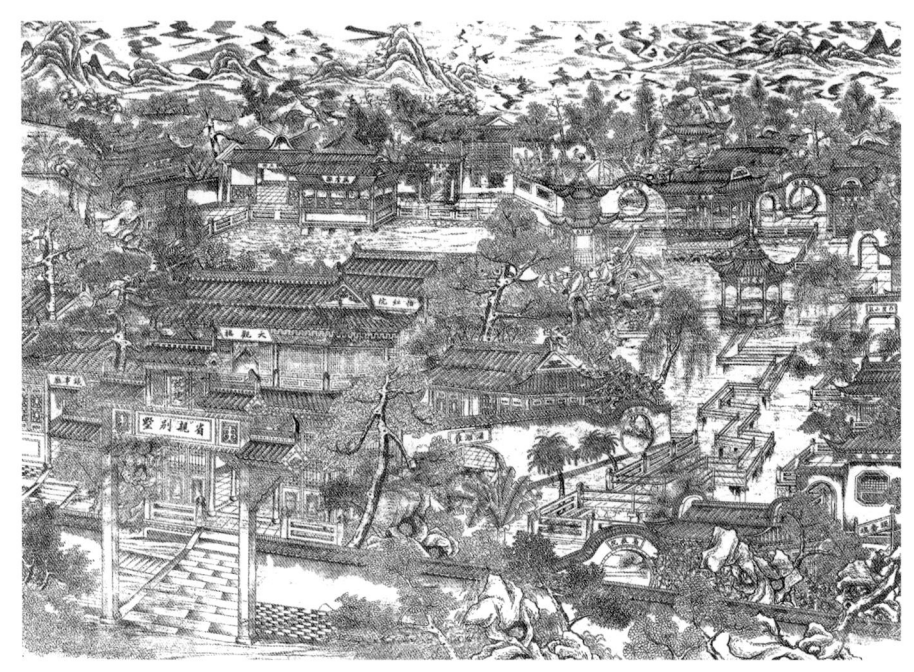

清代版画《大观园精细全图》。按袁枚的说法,随园是在大观园旧址上建起来的。　　作者 供图

踪迹随园

与李渔同样荣膺"真正的帮闲"尊号的文人袁枚,也是一位长期客居南京的浙江人,在时代上比李渔要晚大约一个世纪。他对于南京的热爱比李渔更为彻底,不但生前一住五十年,而且死后的墓园也就建在了南京。

我最初得知袁枚的名字,是在20世纪50年代末,那时我还是个十来岁的孩子,星期天与同学们上五台山去玩,途经百步坡,就会看到小仓山南岭那几个土坟包,刻着"清故袁随园先生墓道"的石柱和"皇清诰授奉政大夫显考袁简斋之墓"的墓碑。听大人说,这位袁随园先生是清代的一位大诗人。在那个全民赋诗的年代里,"诗人"已经令人神往,何况"大诗人"!然而这位"大诗人"究竟写过什么诗,我们不知道,父亲也说不上来,只特别叮嘱我不要到外面去乱讲。转眼便是三年大饥馑,饿跑了全中国的浪漫诗意。及至考进金陵中学上高中,校址正接干河沿南,距随园不过一箭之地,才有老师偶或提起这干河沿正当随园门户。二百年前,从南京的热闹市区到随园,势必出北门桥顺干河沿西行。其时干河沿并未全成"干河",夏秋多雨时节,仍是城西之水过北门桥东入杨吴城濠的通道,一水盈盈,两岸稻田成片。故袁枚曾有诗云:"北门桥转水田西,路少行人鸟渐啼。遥望行云遮半岭,此中楼阁有高低。"然而没等我高中毕业,"文化大革命"狼烟大起,几位有点国学根底的语文老师都成了牛鬼蛇神,百步坡上的袁氏墓园也被夷为平地。此后是长达八年的下乡插队,"接受贫下中农的再教育","彻底改造世界观",焉敢有梦到随园。

随园重新进入人们的视野,已是20世纪80年代初,红学界关于大观园究竟在南京还是在北京的争论中。"南派"所持论点,就有以为袁枚的随园所在即曹家故址、大观园即随园前身的。一时间探幽发微之说纷出,颇能引人入胜。

简而言之,读过孔尚任《桃花扇》的人,都会记得其中的一位风云人物——名列"明末五秀才"之首的吴应箕。正是这位吴秀才,看中了城西乌龙潭"自然风景"的清幽,"其地枕流面山,旁近人家,桃花满篱落,觉桃源鸡犬在指顾间",遂在乌龙潭东部筑园以居,人称"吴氏园"。入清以后,历任江宁织造的曹家,正是从吴氏园的基址向东扩展,成为闻名遐迩的"织造府花园","水竹花木颇胜,亭馆绰约,布置亦佳",吸引了许多游人。周汝昌先生执定"芳园筑向帝城西",南京的织造府花园岂不正在"帝城西"?至雍正年间曹家得罪被抄,房地家园等皇帝搬不走的不动产,都落到继任江宁织造的隋赫德手中,曹织造园也就成了隋织造园。隋赫德曾有"奴才蒙皇上洪恩,将曹寅家产都赏了奴才"的自供,足为凭据。隋赫德好景不长,仅仅四年以后又被抄家,织造园无人承继,渐渐荒圮,直到三十年后的乾隆年间,袁枚买下荒园故址,改"隋"为"随"。随园的来龙去脉,应该说是相当清晰的。袁枚的朋友、豫良亲王次子爱新觉罗·裕瑞说:"闻袁简斋家随园,前属隋家者,隋家之前即曹家故址也,约在康熙年间。书(指《红楼梦》)中所称大观园者,盖假托此园耳。"作《题〈红楼梦〉诗序》的明义也说:"曹子雪芹……其先人为江宁织府,其所谓大观园者,即今随园故址。"以当时人叙当时事,似应比后人自作聪明的摸索揣测为可信。

当时号称三百亩的随园,在太平天国时期重新被辟为稻田,很有些"将被颠倒了的历史重新颠倒过来"的意味。太平天国的仇视随园,据说是因为袁枚的一个孙子,在苏州某县做县太爷,曾经挫过太平军的锋芒。当然也可能是困处围城之中,为求粮食以饱口腹之际,自不会顾及都城中的风光。说句笑话,太平天国能将《天朝田亩制度》付诸实践的唯一区域,大约就是随园。随园的园林楼阁,那以后就再不剩什么痕迹了。但直到 20 世纪末,新辟的广州路北侧,从青岛路西行,迤逦直到上海路的小仓山北岭上,还有一条名为随园的小街道。

当年随园的范围,自然远不止这逼仄的一细条。据袁枚《随园记》:"金陵自北门桥西行二里,得小仓山。山自清凉胚胎,分两岭而上,尽桥而止,蜿蜒狭长,中有清池水田,俗号干河沿。"也就是说,小仓山是清凉山的东脉,分南、北两支,迤逦直至北门桥,中间低洼处俗称"干河",当时西通乌龙潭,东连杨吴城濠,是南京城东、西方向的重要泄水道。这条"干河",20 世纪 50 年代在小仓山南岭建五台山体育场时已被拦腰截断,使西端的乌龙潭几成死水一潭。五台山迄东,我在金陵中学读书时,还剩下一条纵步可越的大阳沟,后逐渐被完全填平,成了一条逼仄的小巷,地名仍叫干河沿。故而清凉山至随家仓一带,每逢夏秋暴雨,都会水漫金山,直到上世纪末广州路再次扩建后才有所好转。

干河沿南是 19 世纪末建校的教会中学金陵中学,北沿隔一重住房,就是新辟的广州路。从袁枚留下的《随园图》可以看出,当年随园的位

百步坡上的袁枚墓园,
今已不存,只留下这墓道石柱的照片。　　　作者 供图

置,就在这条广州路的两侧,西起乌龙潭,东过青岛路,小仓山南、北二岭均在园内,主要建筑则在小仓山北岭的南坡上。袁氏墓园所在的百步坡,或许就因为"茔离园仅百步"而得名。

袁枚会看中小仓山颓败的隋园,不仅在于它本身的景观,更在于"借景",也就是袁枚所说的:"凡称金陵之盛者,南曰雨花台,西南曰莫愁湖,北曰钟山,东曰冶城,东北曰孝陵、曰鸡鸣寺,登小仓山,诸景隆然上浮,凡江湖之大,云烟之变,非山之所有者,皆山之所有也。"南京的城市山林,登小仓山可尽收眼底,难怪从曹织造园到隋织造园到随园都会游人如织了。

袁枚买到手的隋园,已经全然荒圮,待到成为袁枚命名的随园,其营构建筑,充分体现了袁枚"性灵派"的审美观和艺术观。令袁枚最为得意的,就是一个"随"字:"随其高为置江楼,随其下为置溪亭,随其夹涧为之桥,随其湍流为之舟,随其地之隆中而欹侧也,为缀峰岫,随其蓊郁而旷也,为设宧窔。或扶而起之,或挤而止之,皆随其丰杀繁瘠,就势取景,而莫之夭阏者,故仍名为随园,同其音,易其义。"当年随园的风貌,今天已经无从身历其境,只能从袁枚和同时代人的诗文中去揣测。最详尽完整的材料,除了《随园六记》,大约就要算袁枚所作的《随园二十四咏》诗,诗中所咏景点,有仓山云舍、书仓、金石藏、小眠斋、绿晓阁、柳谷、群玉山头、竹请客、因树为屋、双湖、柏亭、奇礓石、回波闸、澄碧泉、小栖霞、南台、水精域、渡鹤桥、泛航、香界、盘之中、嶙山红雪、蔚蓝天、凉室。从这些景点近乎直白的命名,可以看出袁枚并不刻意作风雅的文字游戏,而多就其实景或用途着眼,一目了然。还有一件让袁枚自豪自夸的,是他的随园中,率先用上了玻璃。"水精域"得名于窗上镶的白玻璃,"蔚蓝天"得名于窗上镶的蓝玻璃,窗镶五色玻璃处干脆就叫"玻璃世界","一时咏者甚多"。他自己也有诗:"朱藤花压读书堂,分得桐荫半亩凉。新制玻璃窗六扇,关窗依旧月如霜。"直到咸丰年间王韬描写租界景物,仍将"华堂大厦、茶楼酒室无不以玻璃为窗牖"当作稀奇事,同治年间沈宝禾仍为装上了玻璃窗而大发感慨。乾隆年间的袁枚就能拥有如许之多的玻璃窗确非寻常事,不仅说明他有足够的财力,也说明他有足够的见识。据说袁枚在世时,随园连围墙也不修,从来不安排人巡查,任风云栖止,任游人出入,实在是难得的旷达。

袁枚活着时,就因种种"异端"而为人所不容。现如今已家喻户晓的正面人物"宰相刘罗锅"在江宁做官时,就"闻其荡佚,将访而按之",打算以法律手段制裁袁枚,幸而有朋友从中劝说,他才得以逃过这一劫。袁枚的朋友赵翼曾在酒醉之际写过一篇"控词",说袁枚"既满腰缠,即辞手版。园伦宛委,占来好山好水,乡觅温柔,不论是男是女。盛名所至,轶事斯传。借风雅以售其贪婪,假觞咏以恣其饕餮……结交要路公卿,虎将亦称诗伯,引诱良家子女,蛾眉都拜门生"。辞官不做是因为腰包捞足了,风雅聚会是为了骗钱,不但玩弄女色而且玩弄男色,甚至勾引良家女子……每一条都足以令袁枚身败名裂。这本不过是朋友间的戏言,竟也成为后人攻击袁枚的口实。袁枚在《随园诗话》中说:"俗称女子不宜为诗,陋哉言乎!圣人以《关雎》《葛覃》《卷耳》冠三百篇之首,皆女子之诗。第恐针黹之余,不暇弄笔墨,而又无人唱和而表章之,则淹没而不宣者多矣。"《随园诗话》中有十分之五六是记载女子吟咏的故事,这后来成为章学诚攻击袁枚为"无耻妄人"的口实。可见袁枚的同时代人,都不认为袁枚是封建正统的"帮闲"。

确实,袁枚多妻妾(有名可稽者就不下十人)的生活实践,以今人眼光看,是不足取法。然而在他所处的那个时代,则并不特别出奇出格,出奇出格的只是他的公开宣言而已。人家都是只做不说,"闷声大发财",唯有他则是又说又做。他鼓励女性参加文学活动,所收女弟子达五十多人,并积极加以表彰,编辑出版了二十位女诗人的诗选集,在当时极其难得,今天也应予以肯定。他颇有点像同时代人曹雪芹笔下的贾宝玉,对女性是真心爱之,得到心爱的女子喜不自胜,且希望大家都能知道他的欢乐,这倒真有点诗人的赤子之心,比之"假道学"们要真诚可爱得多。

袁枚去世后,一度更成为文坛的攻击目标,且攻击者中不少都是他的故旧和门人,一时间颇有"众叛亲离"的味道。不过细想起来,也并不奇怪。这些人会成为袁枚的朋友和学生,或者真的是与袁枚有同心同好,或者就是藉袁枚的理论以为自己放浪放荡的借口。《清史列传·文苑传》说"后进之士未学其才能,先学其放荡",当是事实。总之袁枚在世时,他们"背靠大树好乘凉",愿意以这种"风流才子"的面目立身于世。待到袁枚这棵大树一倒,他们没有力量也没有勇气抵挡全社会旧传统的强大压力,坚持不住,为了逃脱围剿,解脱自己,最便捷的办法就是"反戈一击",以背叛袁枚的方式换取回到旧营垒中去的通行证。从同道和友谊的角度说,这是袁枚的悲剧,换一个角度看,则这正是袁枚的先觉和伟大之处。

袁枚在三十三岁的盛年即辞官退隐,也是为人所攻击的口实之一。

对于他辞官的原因，古人和今人有过各种揣测，如赵翼就说过袁枚是腰包捞足了辞官的。其实袁枚自己说得很清楚，他辞官的原因主要是两条，一条是不愿"为大官作奴"，一条是决意"以文章报国"。

李白曾在诗中宣言"安能摧眉折腰事权贵"，袁枚的辞官，亦有此意。他在给朋友的信中说，他在江宁做县官，"民事少，供张储偫多。民事，仆所能也，供张储偫，仆所不能也……窃自念曰，苦吾身以为吾民，吾心甘焉，尔今之昧宵昏而犯霜露者，不过台参耳，迎送耳，为大官作奴耳。彼数百万待治之民，犹齁齁熟睡而不知也。于是身往而心不随，且行且愠，而孰知西迎者又东误矣，全具者又缺供矣，怵人之先者已落人之后矣，不踧膝奔窜便瞠目受嗔。及至日昳始归，而环辕而号者，老弱万计，争来牵衣，忍不秉烛坐判使宁家耶？判毕入内，簿领山积，又敢不加朱墨围略一过吾目耶？甫脱衣息，而驿券报某官至某所，则又遽然觉，齰然行。一月之中，失膳饮节、违高堂定省者，旦旦然矣，而还暇课农巡乡如古循吏之云乎哉？"历来进入官场者，都会遇到"苦吾身以为吾民"还是"为大官作奴"的矛盾，只有以卑躬屈膝、迎来送往为能事者，才能官运亨通，所谓"笑骂由人笑骂，好官我自为之"。像袁枚这样以民事为乐、官事为苦的人，必定碰壁难行。

袁枚辞官的另一个原因，是择定文学为终身事业，以此安身立命。他说："功业报国，文章亦报国，而文章之著作为尤难……所谓以文章报国者，非必如《贞符》《典引》刻意颂谀而已，但使有鸿丽辨达之作，卓绝古今，使人称某朝文有某氏，则亦未必非邦家之光！仆官赤紧以来，每过书肆，如渴骥见泉，身未往而心已赴，得少休焉，重寻故物，或未干贤者之讥乎？"不但认为"立言"比"立德"和"立功"更困难,而且将"代圣贤立言"改换为诗文创作,都是要让正统派道学家痛心疾首的。他在诗中说"身依堂上衰年母,日补人间未读书",当是真实心情的写照。至于他以奉养老母和自己身体不好为要求退休的借口,不过是这些原因在当时显得更为冠冕堂皇也更易获得批准而已。

一个"身往而心不随",一个"身未往而心已赴",决定了袁枚人生道路的抉择。这大约都不能算定袁枚为"帮闲"的依据吧?

袁枚有生之年,随园始终是南京一个重要的文化活动中心。当时人记载说,"四方士至江南,必造随园投诗文,几无虚日",过往江南的文人学士,罕有不到此一游的。"文宴诗歌,无间朝夕,远近以诗文质者,户外屦常满","主持坛坫数十年,世谓古往今来极山水林泉之乐、享文学之名,未有如先生者"。袁枚受到当时文化界的如此厚爱,并不是徒负虚名,平心而论,他确有过人的文化贡献。

袁枚崇尚思想自由,南宋以来儒家用于垄断思想界的"道统"说,被袁枚批驳得体无完肤。他尖锐地指出"道统"论的矛盾:"道者,乃空虚无形之物,曰某传统,某受统,谁见其荷于肩而担于背欤?尧、舜、禹、皋并时而生,是一时有四统也,统不太密欤?孔、孟后直接程、朱,是千年无一统,统不太疏欤?"他举赴长安可以乘船也可以骑马为例,说明合乎"道"的绝不止于一家一派的学说,并且推而广之,以为"夫所谓不朽者,非必周、孔而后不朽也,羿之射,秋之弈,俞跗之医,皆可以不朽也。使必待周、孔而后可以不朽,则宇宙间安得有此纷纷之周、孔哉?"所以他提出"艺即道之有形者也,精求之,何艺非道?貌袭之,道艺两失",精于一艺,就是有道,就可不朽。针对道学

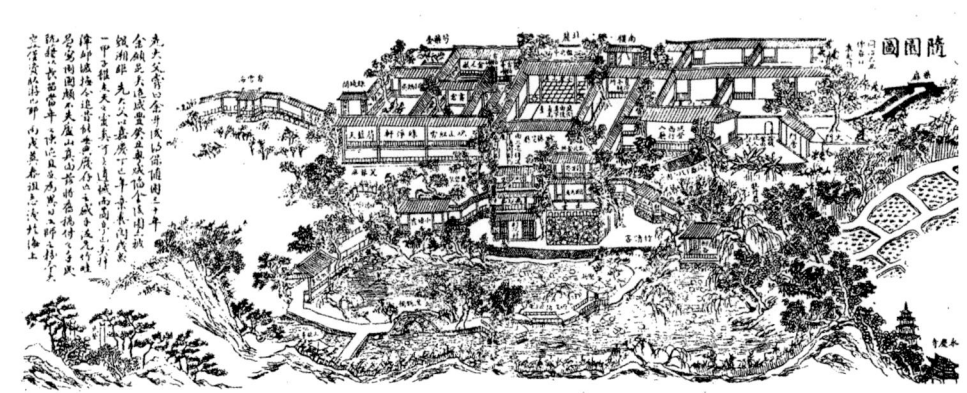

袁起绘《随园图》,基本写实。
曹雪芹应该是见过随园的。将此图与《大观园精细全图》对照来看,亦一趣事。

作者 供图

家的"人欲净尽,天理流行",袁枚针锋相对地提出,"天下之所以丛丛然望治乎圣人,圣人之所以殷殷然治天下者,何哉?无他,情欲而已矣","使众人无情欲,则人类久绝,而天下不必治。使圣人无情欲,则漠不相关,而亦不肯治天下"。袁枚的这些论述,今天看来不足为奇,在当时则可谓"破天荒",是要担待着"大逆不道"罪名的。

生活在乾隆年间的袁枚已经笃信"格物以致其知","先致知而后诚意",主张用科学家求知求理的态度与方法来应对人生问题。他对"因私而害知"的一段论述,今天仍然很值得一读:"所谓私者,非货利而已也,自贤、自智、强不知以为知,私矣。矫俗、矜廉、避嫌、好胜,私矣。喜功名之己出,惧他人之我先,私矣。气质之粗、学术之偏,私矣。私即不公,不公则不明。货利之私,知其不可犯而犯之者,其害于明也浅。意见之私,不知其不可而犯之者,其害于明也深。"这些道理,对于净化今天的社会文化环境,尤其有意义。

对于当时士人进身之阶的八股文,袁枚也很看不起,他一反传统的"文以载道"的论调,提出文学完全可以脱离德行的范畴而自有其独立的价值。他主张诗写"真性情","诗人者,不失其赤子之心者也"。袁枚的"性灵说",现在已公认为清初文坛上的重要理论。

由"真性情"出发,袁枚旗帜鲜明地提出男女爱情为诗的生命。他说:"诗者,由情生者也,有必不可解之情,而后有必不可朽之诗。情所最先,莫如男女。"宋儒曾责白居易《杭州诗》"忆妓者多,忆民者少",袁枚的同时代人沈德潜选《国朝诗别裁集》,不选王次回的诗,"以为艳体,不足垂教"。袁枚以其人之道治其人之身,将道学家奉为经典的《诗经》和奉为圣贤的周文王拿出来作实证,辩驳道:"然则文王'寤寐求之'，至于'转展反侧'，何以不忆王季、太王而忆淑女耶？""使文王生于今，遇先生，危矣哉！"这反击该是很有力量的。

袁枚可谓著作等身。《随园三十种》中，属于袁枚自己作品的有十二种，除了人们所熟悉的《子不语》(《新齐谐》)正、续集和《随园诗话》正、补编，还有《小仓山房文集》《小仓山房外集》《小仓山房诗集》《袁太史稿》《随园尺牍》《牍外余言》《随园随笔》《随园食单》。此外据传为袁氏作品的还有《随园戏墨》《随园外史志异》等几种，恐怕都不太可靠。"三十种"中的其余十八种，系袁枚所编的他人作品，除《续同人集》和《随园八十寿言》外，多是"一门风流"的袁氏家人弟子的诗词集。近来有出版社在策划"文化家族丛书"，袁枚一家，该是当之无愧的。最能体现袁枚文学成就的还是诗。他从二十一岁开始作诗，到八十二岁病危时止，六十余年间吟咏不绝，写下了四千四百八十四首诗。其间确不乏为人所诟病的应酬之作，但也绝不是徒负盛名，其"如了悟小儿，天口成语"的"浪漫天真，自然可爱"，充分体现了他"性灵说"的创作观。前人对他的七律评价尤高，以为是杜甫、李商隐、陆游之后的又一个新阶段。乾、嘉间诗人舒铁云撰《乾嘉诗坛点将录》，以袁枚比附"及时雨"，"其雨及时，不择地而施"，虽属游戏，亦可见袁枚在当时诗坛的地位。

中国文学史上有几种诗人，常为人所理直气壮地称道的，如李白寄情于山川景物，杜甫寄情于国家政事，陆游寄情于民族情结……然而像袁枚这样，直接以男女爱情为诗歌的重要内容，尽管别开生面，却难得人公然首肯，即便心中赞同，说出口来也成了"犹抱琵琶半遮面"。后来更因"帮闲"的帽子，使人尤不敢过高地评价他的文化地位。所以袁枚在南京的遗迹，今人破坏起来简直就理所当然。三百亩的随园就不说了，百步坡上的袁氏墓园，则并不是非铲除不可的。可是1956年曾被列入江苏省文物保护单位的袁枚墓，在1982年竟又被撤销了蒙受这种保护的资格。据说袁枚墓在1973年曾经被南京文物保管委员会发掘清理，此后在建造五台山体育馆时被完全毁坏了遗迹。倘若袁枚稍能得到文化界的重视，事情大约就不会这么简单，其墓园即使在动乱时期被毁，也会重新恢复起来的。中国人喜欢说盖棺论定，二百年后的今天，该是给已无棺可盖的袁枚一个公正结论的时候了。

从另一角度说，南京历史上的一些著名文人，比如李煜在"仓皇辞庙日""挥泪对宫娥"，颇为论者所不齿，以为他没有"挥泪对江山"，"是全无心肝者"。余怀的《板桥杂记》，明明怀念的是妓家风景，论者却一定要解释为"故国之思"。李渔的戏剧小说以情为主，一直为人所不屑，他在南京生活二十年，竟没有让他留下任何痕迹。袁枚的直面男女之情的艺术理论和审美思想，也成为当时以至后世文人攻击的对象。这些人物的是非得失，自有专家去考较论证，我在这里想说的是，他们不约而同地都出现于南京，不也是一个值得关注的有趣的文化现象吗？

乌龙潭清末旧影　　　　　　　　　据1910年日本出版的《金陵胜观》，乐淘乐书店 供图

水木清华龙蟠里

人们常常将太平天国建都南京,视为南京历史上的一个重要时期。然而,南京自有其悠久的历史和璀璨的文化,不会因为添加或减少一个王朝,影响其辉光。平心而论,太平天国的建都南京,仅仅对于太平天国才是一件大事。从历史的演进看,太平天国连推翻清王朝的统治也没有做到,反过来还增强了统治阶级及其后备军知识分子阶层间的凝聚力。它也不曾丰富南京的城市文化,恰恰相反,太平天国时期是南京城市文化的重灾期,它崇信拜上帝教,只听从天父天兄天王教训,将与其教义不合的历史文化遗产都视为"异端邪说",不惜毁弃。南京城内几乎所有有形的历史文化载体都被毁于一旦。清中期南京两座著名的藏书楼,甘熙的津逮楼,朱绪曾的开有益斋,就都是被太平天国烧掉的。同治中兴,江南文化的复兴正是肇始于南京,金陵官书局成为各省官书局的先导,金陵刻经处则是中国佛教与佛学复兴的象征。今天南京城内能够看到的传统建筑,多是同治以后复建的。

清政府第一次被迫将开启国门的钥匙呈交给西方侵略者的地方,就是南京。其时间,则在太平天国定都南京之前十余年。尽管它没有给南京留下多少有形的遗迹,但它给南京打下的精神烙印则极其深重。

1842年8月,当那支耀武扬威的英国舰队溯长江而上,停泊在南京仪凤门外草鞋峡中时,侵略者的坚船利炮,与南京城古老厚重的城墙，形成的是两个阵营、两种制度、两个世代的对抗。

坚船利炮是进攻性武器。这支不可一世的无敌舰队，几乎已经巡游过半个世界，使大英帝国的殖民地遍布全球，能够大言不惭地自命为"日不落国"！为了资本的原始积累，不择手段打开中国国门是他们的既定方针。

城墙是防御性建筑。中华民族是爱好和平的民族，他们希望别人不来干预自己的生活，也从不打算过问人家的生活。只要力所能及，中国的住宅一定会砌上院墙，中国的县城也一定会砌上城墙，中国甚至还有一座超级大墙——万里长城！遗憾的是，周长世界第一的南京城墙，自从明代初年建成后，到这时还不曾经历过真正血与火的洗礼。南京城墙发挥军事上的防卫作用，是若干年后的事。其中最著名的两次，一是太平天国的天京保卫战，一是中华民国的南京保卫战。两次保卫战都以守城者的败退告结束，都太迟地证明了一个道理：中国古老的防卫措施，已无法抵御新型进攻性武器的打击。

中国，要想自立于世界民族之林，就得另找出路。

清廷和侵略者在南京下关静海寺中的握手言欢，使南京这个曾以悠久的历史文化为自豪的千年古都，在揭开中国近代史的第一页时，记下的便是永远摆脱不了的丧权辱国之痛。

以历史的眼光看，《南京条约》给南京、给中国带来的，不仅仅是屈辱。

中国从此面临着前所未有的大变局。马克思曾敏锐地指出，"与外界完全隔绝曾经是保存旧中国的首要条件"，这个"首要条件"一旦丧失，封建中国这具木乃伊一旦裸露在新鲜空气之中，就必然面临着风化瓦解的命运。

"五口通商"的实现，意味着清王朝闭关锁国政策的破产。中国的国门不得不向国际贸易开放，与西洋的物质产品一起涌进中国的，必然还有洋人的精神文化产品。与此同时，鸦片战争的失败在中国有识之士当中引起了强烈的反思，也促使中国人睁开眼睛去看世界，看看"化外蛮邦"究竟为什么能打败我们这"天朝上国"！西方的精神文化比物质文化更吸引着他们的热切关注。

对于侵略者而言，向中国输出西方的精神文化产品，或许是为了宣示他们的进步与优越，但结果并不如他们所希望，也更非保守顽固派所想象的是以"精神鸦片"进一步麻醉了中国人民。一个现成的例子就是太平天国，天国的精神武器恰恰正是天主教教义和中国愚昧迷信结合而生的怪胎，更兼运用它的人所追求的只是自身命运的改变，而非国家民族命运的改变，所以会给中国造成那样一场浩劫。

也许是南京人过分沉醉于六朝烟水的悠远与辉煌，对于近代史上的文化遗迹，就显得漫不经心，甚至相当冷漠。比如说，有多少人还记得，第一次鸦片战争中与林则徐并肩作战的邓廷桢，就安葬在南京东郊邓家山下？有多少人还记得，第二次鸦片战争中"不死不降不走"、终于被俘至印度绝食身亡的两广总督叶名琛也是南京人？有多少人还记得，谭嗣同的代表作、也是资产阶级维新派的重要著作《仁学》，就是在南京完成的？有多少人还能记得，淮海路东端金陵刻经处那一座幽静的小院里，曾经活跃着谭嗣同、杨仁山、章太炎、苏曼殊们雄健的身影？有多少人还能记得，维新派最早的学术团体之一金陵测量学会就设在南京花牌楼？有多少人还能记得，鸡鸣寺中的豁蒙楼，是为纪念"戊戌六君子"之一的杨锐而建？

静海寺、天妃宫与阅江楼

乌龙潭与龙蟠里俯瞰。当年的水木清华,已陷入高楼大厦的包围之中。

中国近代思想文化史上的先行者，无可奈何地意识到，南京如果还想有希望，就必须从"掩却禅关，不闻时事，一任天涯陆沉，朝与市"的倦睡酸吟、脂粉铅华中挣脱出来，必须另外开拓一方天地，另行培育一种铮铮风骨。

他们不约而同选择的，恰恰是石头城下、乌龙潭畔的龙蟠里。

"虎踞龙盘"石头城，是南京城市的源头，也是近代南京文化最后一页辉煌之所在。

自从清代乾隆年间诗人袁枚在乌龙潭东兴建随园，城西这一片"水木清华"境界，便逐渐取代了夫子庙一带的秦淮河房，成为南京城里的人文荟萃之地。赵翼、沈德潜、黄景仁、法式善、罗聘、钱大昕等一代学者名士，都曾在这里留下墨迹。

桐城派散文大师方苞，在乌龙潭附近的来兹庵读书，方氏宗祠就建在龙蟠里。讽刺小说家吴敬梓也很欣赏此地风光，他的朋友、《儒林外史》中牛布衣的原型朱卉（草衣）就住在这一带，两人死后都葬在清凉山麓。曾与金和一起集资刊印《儒林外史》并为其作笺注的薛慰农，在龙蟠里建有薛庐……

在开风气之先的一代有识之士中，最为重要的人物，当数力主"经世致用"、革新变法的湖南人魏源。

魏源堪称第一个使中国人睁开眼睛看世界的中国人！而当时的魏源，就定居在龙蟠里。

清代道光年间，魏源是禁烟派的主要代表人物，也是林则徐最诚挚的朋友。

作为爱国志士的魏源忧心如焚，痛切地指出鸦片的严重危害，怒斥反对禁烟的权臣们为不顾国家存亡的民族败类！第一次鸦片战争以中国失败而告终。魏源不胜悲愤，闭门著书，将一腔热血倾注于《圣武记》的写作之中。这本"告成于海夷就款江宁之月"的书，站在中华民族面临西方列强侵略蹂躏的现实基础上，从总结历史经验的角度，为人们提供了反侵略的思想和方法。正是魏源在《圣武记》中提出的"师夷长技以制夷"的主张，成为后来洋务运动的主要思想武器。他所断言的"小变则小革，大变则大革；小革则小治，大革则大治"，至今仍不无借鉴意义。

林则徐在广州禁烟期间，为了解敌情，曾"日日使人刺探西事，翻译西书，又购其新闻纸"，不遗余力地收集外国资料，编译成一部《四洲志》书稿。他在被贬戍新疆途经镇江时，将这部书稿托付给前去为他送行的魏源，请魏源在此基础上，编撰一部更全面、更详尽介绍世界情况的著作。魏源不负友人之托，披阅十载，最后完成了一百卷的《海国图志》，书中不但较全面地介绍了世界各国的政治、历史、地理概况，而且介绍了大量西方自然科学知识，堪称当时的世界知识百科全书，为关心时务的知识分子所必读。作者对西方民主制度的赞美，和"使东海之民犹西海之民"的希望，更是难能可贵。值得一提的是，此书完成后的五十年间，在中国出版了十三个版本，而此书完成后的二十年间，在日本已翻译出版了二十三个版本。我们至少可以说，《海国图志》不但对中国的洋务运动、维新变法以至辛亥革命都曾产生积极的影响，而且对推动日本的明治维新起了相当重要的作用。同样值得一提的是，在20世纪的后五十年间，曹雪芹"披阅十载"而成的一部长篇小说，有数以万计（十万计？）的中国人在研究，"新"发现、"新"理论层出不穷，可魏源"披阅十载"而成的一部在历史上产生过巨大作用的经世之作，却被中国人不经意地遗忘在近代史博物馆的柜底里。这就不仅是南京，也是中国当代文化发展的一个怪圈。

追寻南京近代文明史的踪迹，总是使我们不能忽略龙蟠里。

还是在清代道光年间，时任两江总督的陶澍，为了提供一个让读书人"用经史古文相磨砺"的场所，他就没有选择夫子庙，而是选择了龙蟠里西侧的盋山，在那里创建了惜阴书舍。

太平天国剿灭"异端"的圣火烧光了龙蟠里一带的文化胜迹，也烧掉了惜阴书舍。然而天国灭亡之后，出现的是更大规模的惜阴书院。

正是由此肇端，这一方土地，到了光绪年间，成为南京"新学"的根据地，成为南京最早的改良学校之一。数十年间，不但聚集了冯桂芬、胡培翚、汪士铎、薛时雨、马沅等著名学者在此讲学，而且也确实培养出了一批新式人才。

甲午战败，改良派思想家认识到"风气未开，人才未备，一切新政自无以实行"，于是主张变法要从"振兴教育、培养人材、启迪民智"入手，在设学会、办学校、开报馆的同时，也学习西方资产阶级的办法，开办面向社会的公共图书馆。南京的文化人，在时任两江总督的端方支持下，由著名学者、藏书家缪荃孙主持，在惜阴书院的基础上筹建江南图书馆，以七万余元购下号称晚清四大藏书家之一的钱塘丁氏八千卷楼全部藏书，又用三万多两白银建造起四十四间具有民族风格的藏书楼，光绪三十四年（1908年）奏朝廷获准定名，宣统二年（1910年）八月十八日正式开馆接待读者。江南图书馆是我国最早建馆的现代公共

龙蟠里旧时风貌。我小时候还赶得上看见，如今也面目全非了。这其中罗尔纲功不可没。　　作者 供图

金陵刻经处内的杨仁山先生墓塔。这个小院的辉煌绝不仅限于佛经的印刷。

图书馆之一，而规模和影响则是当时最大的。该馆后又购得武昌范氏木樨香馆藏书及宋教仁先生遗书等，到民国初年藏书已超过十万册。

江南图书馆的一大特点，是所藏珍本古籍允许读者对勘抄录。鲁迅先生就常到这里借阅古书，并借抄过《谢氏〈后汉书〉补逸》和《湘中怨》《异梦记》《秦梦记》等唐人传奇。进入民国后图书馆名称虽屡有更易，这一传统始终未变。民国年间该馆的主要负责人，是被黄裳誉为"盋山一老"的柳诒徵，一位博学而热心奖掖后生的长者，许多知名教授和学者都曾得到过他的指导和帮助。该馆还以"盋山精舍"的名义，自印过多种馆藏秘籍和乡邦文献。20世纪末，这里曾作为南京图书馆的特藏部，并建起了新的藏书和阅览室。

除了魏源故居小卷阿，原江南图书馆的四十四间藏书楼，大约是龙蟠里硕果仅存的近代文化遗迹了。

魏源故居终于重建,只有这院门依旧,但"小卷阿"门额已不可见。

小卷阿

在乌龙潭畔素朴的文人书斋中相聚，与在秦淮河畔旖旎迷人的妓家河房中相聚，滋味和意境，是大相径庭的。

正因为乌龙潭畔的文化胜迹属于较高的文化层次，所以它注定了不会如"秦淮八艳"那样风行一时、家喻户晓。

所以，秦淮河畔传说为李香君卖笑的妓院媚香楼，会有人热心地考证修复视如拱璧，而龙蟠里中确系魏源故居的"小卷阿"，则不断遭到蚕食和破坏。

这恰恰又证明了一个真理：人们对于不能理解其价值的东西，毁损起来总是更加不知心痛。

这算不算南京文化的一个缺憾呢？

这已不仅是龙蟠里的悲哀，更是南京文化的悲哀，中国文化的悲哀。

对于魏源的评价，再次暴露了中国文化的一个大弊端，那就是根深蒂固的专制意识和与之相应的从众意识。在魏源之后的一个半世纪中，就连中国文化人，也越来越变得重运动而轻启蒙。即使对于"五四"这样伟大的启蒙时期，也被"总结"得只剩下了"运动"而迷失了根本性的启蒙内涵。重运动使人轻易盲从而热衷于大轰大嗡，轻启蒙使人缺乏起码的判断力而极易被卷入不知其然的运动。运动使得一大批不学无术的混混儿能够出人头地，他们为了巩固现有的地位、觊觎更高的地位，不断发起更大的运动。为此他们必须让大众永远保持蒙昧与盲从,他们本能地仇视、至少也是无视或贬低一切启蒙活动和启蒙者,也就不奇怪了。

到 20 世纪末,龙蟠里二十号宅院,魏源的故居已只剩下了一个狭小荒圮的角落,一块历尽浩劫的"小卷阿"砖雕门楣。

魏源的原籍,是"惟楚有材,于斯为盛"的湖南,但他一生中主要居住和活动的舞台,却在"吴头楚尾"的南京,就在这个如今已经很难想象当时面貌的大杂院中。

站在这个破败、逼仄的庭院中,不禁会令人想起"穷则思变"的古训。南京的文物保护部门或许正是为了让人相信,魏源一定须置身于这样的环境之中,才会如此深切地感受到清廷的腐败和国势的衰微,所以有意无意地任其凋零。

魏源的历史地位用不着我再多说。毫无疑问,龙蟠里的这一座小屋,无论对于中国近代思想史,还是对于中国改革史,都应该是一个永远值得纪念的地方。其意义,至少也不会低于作为中华民族屈辱标志的静海寺。

而魏源故居被毁弃的经过,不仅对于南京文化,而且对于近半个世纪来中国文化的某种走向,都有着沉重的典型意义。今天藉以反思,更不无借鉴价值。

确切地说,魏源故居的被破坏,始于 20 世纪 50 年代初。

罗尔纲先生的《太平天国史迹调查集》(三联书店 1958 年 5 月第一版, 1978 年年 6 月第二次印刷)中,《普渡庵调查记》一文,详细地记载下了当时关于魏氏故居的纠纷和他介入此事的来龙去脉。

先是在 1950 年 12 月，南京市太平天国起义百年纪念展览会筹备期间，魏源的曾孙、年近八旬的魏伯和带了太平天国天王玉玺和幼天王玉玺的拓印本去筹备委员会报告，说天京城破后，有一个太平天国的掌玺元妃逃到他祖父魏耆家，后魏耆把自家的房子分一半做普渡庵，供元妃出家。这一份玉玺拓印本，就是元妃所拓密藏者。

1953 年 6 月，魏伯和与其堂妹魏昭、魏韬，普渡庵前住持道明、现住持如纯联名写信给江苏省主席，重提元妃在普渡庵出家事，并有近邻颜鲁公祠住持果修、教忠祠方策（方苞后人）等作证，请求政府对普渡庵史迹"付员予以深密研究，示置保留，以发扬人民之革命精神，而存历史之遗迹"。罗尔纲仅就魏氏所提供材料"进行历史考证"，得出的结论是："太平天国并无'元妃'之称，太平天国也没有一个作为天王宫中领袖的'元妃熊氏'其人"，"从太平天国选妃制度和回避仪仗制度以及洪秀全的历史考证来看"，魏氏所说熊氏与天王相遇经过亦不可能发生。

同年 11 月，魏伯和对罗尔纲的考证有意见，重新补充材料，再次上书省、市政府和南京市文物保管委员会。于是罗先生再作考证，文管会复行调查，结论仍是否定的。

1954 年 4 月，魏伯和与堂妹魏昭、魏韬上书政府，建议保护太平天国历史遗址普渡庵，并辟清凉山乌龙潭一带为风景区。

1955 年 2 月 28 日，魏伯和直接上书毛泽东主席，表示对罗尔纲的考证有意见，请政府另派专员调查。然而这个调查任务最终仍落到了罗尔纲的手里。罗先生做文字推究，以为魏氏几次所述元妃经历不尽符合，一一比照分析后指为"信口雌黄""荒唐虚诞"。特别值得重视的，

魏源故居一角。魏氏最后族人魏韬女士所住小屋,2002年被拆除。　　　　　作者 供图

重建的魏源故居后院

是罗氏的这样一个结论：假使此人"确是天王宫中的人的话，她不仅不是'统领宫中'的'元妃'，也不是天王八十八个后妃中的任何一个王妃，她的身份只不过是一个宫女而已"。

且不说洪秀全后宫泛滥，至今未见专家确切数点出这"八十八个后妃"的名姓，也不说这"八十八个后妃"中人是否都能如罗尔纲先生那样如数家珍般详尽确切地诉说天王宫中情事，即便魏氏所营救的"只不过是一个宫女而已"，"宫女"的革命意义就一定不如那"八十八个后妃"中的"任何一个"？魏氏的营救活动因此就没有价值？"王妃"的藏身地可以论定为"革命遗址"，而"宫女"的藏身地就不够"革命"的级别？

不仅如此，罗尔纲们还要进一步推求魏氏"虚捏"的"动机"，用一个多月的时间，在龙蟠里一带调查了二十四人，尽管有证人在清代光绪年间就听说过"元妃"在普渡庵出家事，有证人在民国年间已听说过此事，有证人在解放之初与魏氏并无利害关系之际已听说过此事，罗氏坚信不疑的则是部分证人关于魏氏为了保住房产不被第四中学等单位收去而"虚捏"的说法，据此"动机"更反证出魏氏说法为"虚捏"。

事实上，连提供这一"动机"的人也明确地说，第四中学等单位收房子是1953年的事——而与魏氏向政府有关部门报告元妃出家事，罗尔纲的文章中写得清清楚楚，始于1950年12月。

再退一步说，即便魏氏境界不高，只是出于保存旧宅的目的，在当时的大环境下，不得不"虚捏"出一个"王妃"的故事。那么作为理应了解魏源历史地位的近代史研究专家罗尔纲先生，明知魏伯和是"清代道光名进士魏源的曾孙"，明知龙蟠里小卷阿是魏源的故居，何以不能

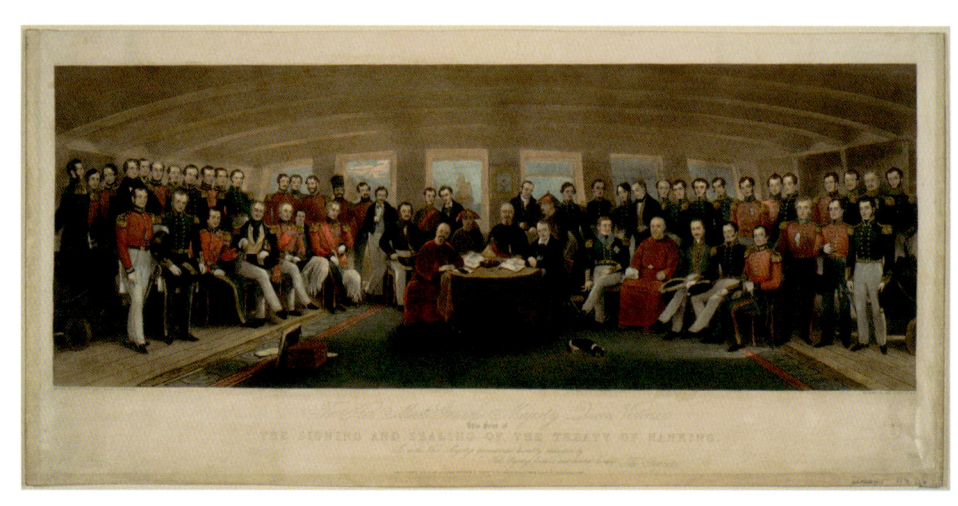

西洋人所绘《南京条约签记图》，画面中的国人笑得真是可爱。

仗义执言，提出适当的保护意见？令人难以理解的是，罗先生反而揪住"元妃"事件死缠硬打，卖弄似的详加琐屑考证，最终导致魏源故居被瓜剖而豆分，残余部分得不到保护修缮，且不断遭受蚕食。而魏昭、魏韬两姊妹从此被人视为"存心不良""为人阴险""狡猾"之辈，终身未嫁，以致魏源的一支就此断绝。

沦入悲剧的远不止于魏氏姊妹。当时被卷入这一事件的，就有魏氏近邻、同为清代文化名人后代的方策（方苞后裔）、薛兆麟（薛时雨后裔）、顾传贤（顾云后裔）等，这些人从魏源故居事件中均受到了深刻的"教育"，当他们的祖宅面临同样命运之际，竟再没有人提出过异议。

沦入悲剧的远不止于一个龙蟠里。罗尔纲先生在这篇大文章的末尾，煞有介事地总结了"两个体会"：

"第一，做历史工作者不能不加考证就相信传说。"从理论上说这一条自无可非议。

"第二，依靠群众是彻底解决问题的方法……总之，历史考证可以否定他的种种虚谬，但历史考证却无法揭穿他作伪的根由。要把他作伪的根由追寻到水落石出，只有依靠群众，深入到群众中去做缜密的细致的调查，群众的眼睛是雪亮的，群众的观察是尖锐的，只有依靠群众，才能够彻底地解决问题。"从这番话中，我们已大略可以看到此后各次政治运动中用"群众力量"解决学术争论和文化问题的端倪。

必须说明的是，20世纪50年代的当事人，如今均已不在人世。笔者除了曾听魏韬先生简略地叙说事件经过外，上面引述的事实与文字，全部根据罗尔纲先生的文章。

对于魏源故居的被毁弃，我不得不说，罗尔纲先生有着无可推卸的责任。

我对罗尔纲先生曾经有着足够的崇敬，买下并认真阅读过他的几乎全部著作，他对于太平天国史研究的贡献举世瞩目，无须我赘言。但是对于魏源故居问题的处理，确实是他的人生与学术生涯的败笔。

首先，作为一个中国近代史的资深研究者，他不应该对魏源在中国近代史上的地位没有正确的评价和适当的重视，不该不明白，保存魏源故居的意义决不会低于保存任何一座太平天国王府。

其次，作为一位研究太平天国史的权威，他理应懂得，太平天国的宫女与王妃都是太平天国起义的参加者，通俗地说，都是"革命者"。当清兵破城之际，保护宫女和保护王妃同样足以导致危险，因而保护者的行为同样应该给予表彰。

第三，作为一个文化人，率先将群众运动的方式引入历史问题的探讨，以推求"动机"而不是尊重事实的态度处理历史疑难问题，都显示出其自身的异化。

我无意苛求于前人。不过，即使在20世纪50年代初，罗尔纲先生迫于某种外界压力或出于自身局限不得不这样做，那么经过此后一系列政治运动，尤其是经过"文化大革命"的十年浩劫，经过党的十一届三中全会以来的拨乱反正，他对此总应该有所反省，有所觉悟，有所忏悔。我始终希望能看到罗尔纲先生自己对此事做出一个交代。然而直到罗先生晚年对自己学术生涯进行总结之际，直到他最后出版的著作集中，对于此事仍持津津乐道的态度，这就不能不让人深感遗憾了。

魏源的曾孙女魏韬，曾经在我的笔记本上写下这样的两首诗：

隔代依存住白门，水云天复旧山邮。
挥金只是当斗事，固守常经恐负恩。

荆楚移家驻白门，筑居依水傍山村。
文章事业垂千古，骨肉今唯一线存。

当魏源家族的最后传人魏韬于 1994 年辞世之后，魏氏这一支便完全断绝了。魏韬所住临街的两间房，也即最后属于魏家的房屋，在 21 世纪初龙蟠里道路拓宽时被拆除，魏源的遗物都被运往湖南隆回魏源祖籍地了。

或许，南京的历史太过久远，南京的珍贵文化遗产太过丰富，从物质意义上说，魏氏故居那几间破烂平房确实算不上什么。然而它的精神意义，即使在南京这样的历史文化名城中，能与之相比的又有多少呢？即使在某个历史阶段中不为人们所理解所重视，为什么直至今日仍得不到应有的重视与保护呢？

魏源已不再需要任何物质的有形的纪念，他早就为自己构筑下足够宏伟的精神丰碑。南京人的忘却魏源，魏源故居的濒临湮灭，显示出的不过是今天南京人对于这位历史人物、这座宏伟丰碑、这种时代精神的态度而已。

从某种意义上说，魏源故居的毁弃，也正标志着南京这座城市近代辉煌的最后终结。

南京，晨曦初现。

颐和路公馆区俯瞰。

赛珍珠故居，位于南京大学校园内。

维修后的甘熙故居全景。
甘氏津逮楼也重建了,只是不再有藏书。

2009年在江宁织造府旧址上落成的江宁织造博物馆。

从六朝古都到文学之都

2019年10月31日,南京入选联合国创意城市网络"文学之都",成为中国第一个荣膺"文学之都"称号的城市。创意城市网络下设设计、文学、音乐、手工艺与民间艺术、电影、媒体艺术、美食等七大门类,"文学之都"可说是其中"含金量"最高的一类。

当此之际,夫子庙的"天下文枢"牌坊更令南京人引为自豪,吴敬梓的"金陵菜佣酒保,都有六朝烟水气"也成为热点话题。南京能成为"文学之都",丰厚的历史文脉自是基础,当下的文学繁荣及成果的传播与分享,同样是重要因素。更值得思考的是,如何抓住机遇,因势利导,在这个世界性的平台上,促使南京城市文化和建设更上层楼。我有幸在2017年南京申报"文学之都"之始,即参与其事,梳理南京文脉,促进南京文事,宣传南京成就,对申报成功后的推进与建设,也有思考和倡议。

由六朝古都到"文学之都",是古都南京的又一次华丽转身。

南京与文学的渊源可谓与生俱来,六朝时期南京文学成就已达到一个高峰。其时中国社会面临大动荡、大分裂,中华民族处于危难之中,专制一统的社会秩序削弱,人的思想意识因之得以解放,固有文化传统与不断涌入的外来文化成分两相激荡,融为潮流,给人以千变万化、异彩炫目的感觉。以南京为中心的东晋南朝,兼容并蓄,荟萃精英,成为中华文明史上继春秋战国之后又一个百花齐放、百家争鸣的时期。中国文学史上具有开创意义的经典，第一部文学理论专著《文心雕龙》，第一部诗歌评论专著《诗品》，第一部志人小说集《世说新语》，现存最早的文学作品总集《昭明文选》，第一部儿童启蒙读物《千字文》等，都诞生于南京。南朝宋国子学实行"四学并建"，设立有史以来第一个文学馆，文学与儒学、史学、哲学分离，更是体现文学自觉的一个重要标志。可以说，南京是为中国文学创立早期规范的城市。

作为中国新兴文化中心的南京，在中原地区被战乱毁坏殆尽之际存亡续绝，也是使文明传承免于断裂危险的不可或缺环节。正因为此，"金陵怀古"会成为中国文学史上的一个重要母题。在中国历史上，南京一再显示这一特质。南京可谓建都历史跨度最大的中国古都，自东吴肇建，到辛亥定都，长达一千七八百年，从封建社会前期，直到民主革命时期。这种顽强的生命力或者说再生能力，在于南京的政治地位虽有起伏，但古都遗址犹存，经济特别是文化脉络从未断绝。更重要的是，南京的每一次复兴，其意义远不止于一座城市的复兴，而且为中华民族、中华文明的复兴，提供一个坚实的基地。六朝如此。南唐如此。元朝后期，一方面军阀混战，一方面农民起义群雄逐鹿，最后是以南京为基地的朱元璋，建立了明王朝。清朝末年，人心思变，辛亥革命爆发，新生的中华民国又一次选择了南京。

南京的历史文化地位，吸引着古往今来的文人骚客，激发着他们的创作灵感。唐、宋以降，中国重要的诗人作家，几乎都曾到访南京，不少人甚至定居南京、终老南京，留下不胜枚举的璀璨诗文，成为一种不容忽视的文学现象。明朝初年在南京编撰的《永乐大典》，是"世界有史以来最大的百科全书"。清初李渔的美学著作《闲情偶寄》，在昆曲发展、园林营造和精致生活诸方面都有划时代意义。具有世界影响的古典文学名著《红楼梦》，作者曹雪芹在南京生活十几年，作品的主要环境背景就是南京。中国第一部长篇讽刺小说《儒林外史》同样出现于南京。据统计，南京作家的作品及与南京相关的文学作品，总数超过一万部。

从六朝开始，南京就是一个文教昌明的都市，朝廷官学的设立，民间私学的兴盛，都为人才培养创造了有利条件。明清时期的江南贡院，是中国考生数量最多、质量最高的科举文化中心，当之无愧的"天下文枢"。榜样的力量，对南京的社会阅读风尚、居民文化素养产生深刻影响。科举服务行业成为举足轻重的支柱产业，耳濡目染，所以"六朝烟水气"被誉为南京的市民气质。现当代南京文教同样成为文学事业发展的坚实基础，据教育部第四次全国高校学科评估结果，南京大学中国语言文学学科排名第五（戏剧与影视文学排名第四），南京师范大学中国语言文学学科排名第十二，南京艺术学院戏剧影视学学科排名第八，东南大学、南京林业大学、晓庄学院、南广学院等数十所高校的中国语言文学、戏剧影视文学、哲学、新闻传播学等学科专业，在校生超过十万人。众多高校成为文学活动的重要阵地，活跃着数以千计的文学社团和协会、学会组织。

读书风气浓厚，求学人数众多，图书需求量大，南京自宋代即成为重要的图书集散中心，明代更与杭州、建阳并称全国三大出版重镇，可考的书坊达一百五十余家，出版图书品种、数量远超杭州与建阳。尤其是万历年间，金陵派雕版技艺臻于巅峰，创制出饾版、拱花这一世界上最早的套版彩印技术，图书出版质量在全国首屈一指。中国文化史上的许多重要经典,都在南京刊印成书,风行天下。图书的普及便利了社会阅读,也产生了许多著名的作家、学者和藏书家。南京的现代图书馆事业同样率先发展,光绪三十四年(1908年)经朝廷定名的江南图书馆,宣统二年(1910年)正式开馆,其规模和影响在当时都是最大的,民国时期馆名虽多次变易,热心为读者服务的好传统始终未变,缪荃孙、柳诒徵、贺昌群等学者先后主持该馆,为众多学人求学苦读提供了一方难得的天地。

南京作家群被誉为中国文学界的"团体冠军",业余从事文学创作的作家(包括网络作家)数以千计,在全国具有重大影响的作家达数十人。南京人均购书量连年名列全国前茅,活跃的民间读书会有五百多个,在其他城市也是少见的。不少读书会组织丰富多彩的"阅读行走"活动,秉承"读万卷书,行万里路"传统,结合当代人的文化需求,在文学名著的阅读、分享与传播上,做出了成功的尝试,成为沟通作家与读者的良好渠道,也是"文学之都"的亮丽风景。古往今来,南京对文学的包容,南京人对文学的挚爱,都是令人感动的。

文学资源成为南京出版行业发展的重要推动力。南京现有十三家出版社,凤凰出版传媒集团经济规模连续数年在中国出版行业中排名第一,在"世界出版业五十强"中名列前茅。译林出版社是中外文学交流领域最具品牌影响力的专业出版社。20世纪中叶以来,在南京翻译出版的世界文学名著不胜枚举,诸多中国文学名著和当代文学佳作也在南京译成外文走向世界,如杨宪益、戴乃迭夫妇译为英文的《红楼梦》,至今仍被认为最好的译本。南京书籍装帧设计家多次荣获"世界最美的书""中国最美的书"等奖项。

网络文学原创、在线阅读和内容分发领域南京亦居全国前列，有多个互联网文学创作、阅读、作品加工、版权开发的线上运营综合平台，全省网络文学出版产业营收超十亿元。南京的民营学术书店声名卓著，先锋书店、大众书局、万象书坊等在全国以至全世界都有影响。创立于1996年的先锋书店，不但是南京的文化名片，有十余家连锁门店，还屡被邀往浙江、安徽、云南等地开设分店。南京五台山先锋书店总店先后获评"世界十大最美书店""全球十二家最美书店""全球最酷书店""中国年度最美书店"等。

2009年9月，以南京金陵刻经处和扬州广陵书社为代表的中国雕版印刷技艺被列入联合国教科文组织人类非物质文化遗产代表名录，是对南京出版事业辉煌历史和文脉传承的肯定。

南京的文脉瑰丽，还在于这座城市从东吴建都开始，就是一个跨江发展、面向大海的襟怀开阔的城市。中国四大古都中，唯一具有海洋文化因子的，就是南京。

六朝时期，石头津天生良港，千帆云集。东吴的远航船队，南下南洋，北上渤海。东晋南朝石头城下，曾迎送过二十多个国家和地区的一百多批使节，比《清明上河图》更多出一分异国风情。外国人在购求儒家和佛教经典之外，还聘请中国的学者、画师、高僧、工匠去外国传授。梁朝皇帝画家萧绎画有《职贡图》，画面中有倭国、百济、波斯等三十余国使臣形象，六朝青瓷和陶俑中，皆出现过外国人物造像，是中外文化交流的切实反映。明洪武年间和平外交，永乐、宣德年间七下西洋，决策地、造船地、起锚地都在南京。

明代万历年间，意大利"科学家传教士"利玛窦来华，被认为是第二次中外文明相融合的起始点。利玛窦三次到南京，第三次在南京居留一年多，得以观光祭孔大典的预演，与大报恩寺名僧雪浪大师作哲学论辩。他带来了令中国人耳目一新的新科学知识，焦竑、李贽、徐光启、叶向高等学者名士曾与他进行平等交流和探讨，开阔了眼界。状元焦竑是当时关注西学的学者之一，他的得意门生徐光启在南京与利玛窦建立了深厚的友谊，后两人合作将《几何原本》译成中文。徐光启因之成为晚明重要的科学家、中西文化交流的先驱者。利玛窦绘制的中国历史上第一幅中文世界地图，在南京重新修订，并由他的中国朋友翻刻成《山海舆地全图》，流传各地。

悠久的海洋文化传统，使南京在中外文化交流史上具有举足轻重的地位。近现代西风东渐，与传统文化碰撞激荡，在洋务运动中得风气之先的南京，又一次臻于文化兴盛的高峰。现代教育率先成长，新文化、新文学渐成时代主流，吸引了一大批追求新学的青年知识分子。南京可说是鲁迅与周作人兄弟接受新教育、新文化的起点，也是他们留学日本、走向世界的起点。不同程度受到南京文化熏陶、为现当代南京文脉传承做出贡献的前辈作家、学者，可以排出一个长长的名单：王伯沆、陈独秀、柳诒徵、梅光迪、吴宓、吴梅、黄侃、胡小石、陈中凡、陶行知、陈鹤琴、吴贻芳、张恨水、张闻天、朱自清、俞平伯、唐圭璋、胡风、巴金、卢前、朱偰、阿垅、曾昭燏、陈瘦竹、钱钟书、程千帆、赵瑞蕻、高晓声、余光中、董健……与南京有着不解之缘的美国女作家赛珍珠，在金陵大学任教期间完成长篇小说《大地》，1932年荣获普利策奖，1938年荣获诺贝尔文学奖。赛珍珠曾说自己"以同情心和感情来说，是个中国人"，而《大地》则是一部最早直接、全面叙写中国农村与农民生活的小说。

南京荣膺"文学之都"称号，固然是实至名归，但这个称号不仅是荣誉，更是一种责任，一个起点，或者说提升南京文学事业、城市文化的新平台。

在商量申报工作时，译林出版社前总编刘锋先生向我推荐了《伦敦传》，还说起伦敦有二十六条文学之路。我对这一创意大感兴趣，南京如果排文学之路，肯定不止二十六条。此后我利用各种机会宣传南京的文学地标和文学之路，2020年以来，南京"文学之都"促进中心、市发改委、社科联、文投集团、出版集团等都曾就此进行调研，认为以多种形式设置文学地标，是展示南京"文学之都"形象的好方式。

南京的文学地标，据我所知，目前可以认定的尚有近两百处，其中有古今作家的居留地，有文学名著的诞生地，有文学活动的发生地，有作品内容的相关场景。其现存情况大致可分几类。一类是建筑、实体保存尚好，如颜鲁公祠、崔致远双女坟、李璟顺陵、王安石半山园、张孝祥墓、方孝孺墓、龚贤扫叶楼、甘熙故居、张之洞、杨锐豁蒙楼、张佩纶（张爱玲）故居、李瑞清墓、于右任故居、朱希祖、朱偰故居、谭延闿墓、鲁迅纪念馆、陶行知纪念馆及陶行知墓、赛珍珠故居、钱穆母校钟英中学、巴金、胡风母校南师附中、陶行知、程千帆母校金陵中学、余光中母校南京五中等，尤其是重要的作家、学者群体活动地，如夫子庙、中国科举博物馆、金陵刻经处、江南图书馆、中央大学（今东南大学）、金陵大学（今南京大学）、金陵女子文理学院（今南京师范大学）、

海军部。鲁迅早年求学的江南水师学堂即在院内。

新落成的金陵图书馆　　　　　　　　　　　　　　　　　方飞 摄

中央研究院、总统府、公余联欢社等，风貌保存都较完好，而且除少数几个外，都能正常对公众开放。

一类是近年得以维修或重建，如王献之桃叶渡、昭明太子读书台、李煜、王安石清凉寺、焦竑崇正书院、朱之蕃故居、李渔芥子园、姚鼐纪念馆、江宁织造博物馆、香林寺、曹雪芹纪念馆、吴敬梓秦淮水亭、魏源故居、愚园具并诗社、李瑞清梅庵、俞平伯、朱自清秦淮造像、万籁鸣故居等，其中多数可以观光游览，但也有几处长年空关，或有名无实。

一类是建筑亟待维修或保护，如周处读书台、南宋贡院遗址、谭延闿故居、王伯沆故居等。周处读书台可算现存时代最早的文学地标，保护规划已做过几轮，至今尚未能落实。近年考古发现的南宋贡院遗址，在南宋属规模最高、规模最大的贡院，正在制定保护方案。王伯沆故居虽辟为王伯沆、周法高纪念馆，但仅靠年过八旬的王绵女士撑持，终不是长久之计。谭延闿故居建筑尚存，近年空置，周边成了垃圾场。

一类是遗址地点明确，但缺少相应标识，如石头城、台城、长干里、定林寺、昭明太子墓、凤凰台、无想山、赏心亭、焦状元巷、江宁府学、钟山书院、惜阴书院、教忠祠、随园及袁枚墓、浦口火车站、丹凤街、卢前故居、三山街与状元境旧书坊等。

总体而言，文学地标的规模通常不算大，能够作为独立景观的不多，而且分布比较散，位置常在背街小巷，像洒落在市井中的珍珠，所以长期以来得不到应有的重视。首先要做的工作就是确认文学地标，可以用"文学之都"的LOGO设计制作统一的铭牌，扫描上面的二维码，既可以看到本文学地标的详细介绍，也可以得到附近或相关文学地标的

先锋书店，世界最美书店，南京文化地标。 钱小华 摄

信息。有建筑或实体存在的地标，挂牌即可，已无实体的遗址可以考虑设计形式多样的标志物。每个重要文学地标所在的街巷都可以命名为文学之路，也可以就近或按主题串连若干地标成为文学之路，并绘制出版相应的"南京文学地图"。不仅历史上的文学地标，当下的文学场所与景观也应该融入人们的生活，如南京图书馆、金陵图书馆，南京博物院、南京市博物馆，湖南路凤凰出版集团、凤凰广场、凤凰云书坊，太平门文都书店，明城墙中的台城书房等阅读空间以及条件适当的大小书店。串点成线，编线为网，形成一个系统完整的"文学之都"空间展示网络。

现在就可以形成文旅线路的文学之路，至少有这样几条，如六朝博物馆、总统府、南京图书馆、江宁织造博物馆、1912街区一线，三山街、状元境、夫子庙、中国科举博物馆一线，老门东周处读书台、王伯沆故居、芥子园、姚鼐纪念馆、万籁鸣故居一线，清凉山、虎踞关、龙蟠里、乌龙潭、先锋书店一线，东南大学、南京大学、唯楚书店、学人书店、南京师范大学一线。又如民间读书组织群学书院和悦的读书会等设计的"跟着唐诗看南京"，已经成为热门文旅线路。此外还可设计《红楼梦》《儒林外史》《桃花扇》《丹凤街》等名著为主题的行走线路。

文学之路的意义，远不止于一种别具特色的文化旅游线路，更重要的是让市民和游人随时随地可以邂逅文学地标，了解南京的文学底蕴，感受文学氛围的熏陶。文学之都并不神秘也不遥远，就在我们身边，作品的感召，作家的榜样，会让人们在柴米油盐之外，看到大海和星空。这才是文学之都应有的魅力。

整合文学地标和文学之路资源，可以说是"文学之都"建设的基础工作。目前所面临的最大难点，在于现存地标的管理隶属关系各个不同，仅靠区、镇或某系统往往无从实施，需要全市统筹，分工合作。而制订全面规划，尤须具备专业知识和长远眼光。

"文学之都"这张新的世界性名片，有利于明确南京的城市定位。从20世纪80年代起，南京各界数次探讨城市文化定位，一直是众说纷纭。从"秦淮文化"到"佛教之都"，从"悲情城市"到"和平之城"，从"博爱之都"到"人文绿都"，虽然都有一定的道理，但也都未能完整、准确地体现南京的丰厚文化底蕴，难以由此确定南京的长远发展方向。而"文学之都"的命名，给了南京精准的城市定位，既符合南京在当今中国的地位，也最有利于发掘、运用南京的历史文化资源，促进未来的可持续发展，而以往所提出的各种城市定位，都可以整合进这个平台。

联合国教科文组织考量"文学之都"的标准，除了文学的历史积淀和文脉传承，更看重文学对于城市的当下和未来发展的价值与意义。也就是说，成为"文学之都"的南京，文学对于城市的未来发展具有什么意义，而南京文学在世界创意城市网络中又能发挥什么作用。据此而言，"文学之都"的建设不是南京文化工作的一个子项目，而应作为南京的基本城市定位，一个发展方向，各项工作的指归。

"文学之都"建设千头万绪，需要做的事情很多。促进文学创作，加强文学分享，拓展中外交流，固是题中应有之义。而"文学之都"没有一部文学史，没有一座文学博物馆，不免令人遗憾。"文学之都经典文库"已在陆续出版，南京又在建设"博物馆之城"，组织专家撰写

《南京文学史》、筹建文学博物馆理当首先提上议事日程。

文学博物馆的选址，最理想的莫过龙蟠里江南图书馆旧址，20世纪初建造的两排四十四间藏书楼适用于藏品保存，20世纪末建造的阅览室可用于展品陈列。与之相邻的乌龙潭公园，现有颜鲁公祠、曹雪芹纪念馆、魏源故居三个重要文学地标，似可以命名为文学公园。也有朋友提出将鼓楼广场命名为文学广场，那对于南京人一定会产生强烈的震撼。凡此种种，都是为了加强市民对"文学之都"的文化认同，让"文学之都"融入市民的日常生活，每个人对"文学之都"的理念、内涵、使命与责任，都能熟稔于心，都能参与其中，同心协力守护瑰丽文都。

出版后记

再版一本二十年来不断修订、印行的名家名作，如何在保持原作风格、精髓的前提下出新、出色、出彩，是我们编辑《家住六朝烟水间》的最大课题。幸运的是，我们遇到了德国摄影家赫达·莫里逊（Hedda Morrison，1908—1991）和中国摄影家冯方宇。

确切地说，是冯方宇把赫达·莫里逊带到了我们面前。2021年初，设计师曲闵民听说我们正在为《家住六朝烟水间》配图，便推荐了青年摄影家冯方宇的作品。冯方宇是土生土长的南京人，多年来孜孜不倦地拍摄、记录南京城市变迁，其作品以历史感、时间感、叙事性、艺术性和隐喻性在坊间颇具影响力，他拍摄的南京城墙、大桥和各类历史遗迹均让人过目不忘。他说："历史上拍摄南京的摄影师，在艺术性上我推崇的是赫达·莫里逊。"正是他的这句话，启发我们确立了编辑思路：以作者薛冰的文字为基础，加入莫里逊与冯方宇的摄影作品，建构一个文字与影像、历史与现实相互对照、呼应的叙事空间，呈现一个多维度、多视角的"六朝烟水间"。

我们在网络上查询得知，赫达·莫里逊于已于1991年去世，但她早在20世纪80年代便将自己的一万多张中国大陆的影像资料捐给了哈佛大学的燕京图书馆（关于中国香港和东南亚地区的照片和底片则捐给了美国康奈尔大学）。在朋友的帮助下，我们在2021年5月辗转联系上了燕京图书馆，获得了相关图片的使用许可。在冯方宇的帮助下，我们从一千多张南京历史影像中选取了与《家住六朝烟水间》文字相关的黑白照片一百多张，又在此基础上，选用了冯方宇的相关彩色图片一百多张，经过精心设计、编排，形成中西、新老摄影家在不同时空的对话，使得本书的形式具有独特的张力和冲击力。

鉴于赫达·莫里逊在中国少有人知，我们在此有必要简单介绍她的生平。赫达·莫里逊原名赫达·汉默尔（Hedda Hammer，莫里逊为其夫姓），1908年出生于德国的斯图加特，从小患有小儿麻痹症，腿部残疾，体弱多病，但热爱摄影，大学就读于慕尼黑的摄影学院。1929年，因为纳粹势力在德国膨胀，莫里逊下决心离开自己的国家。与当时德国年轻人多选择去西方国家不同的是，莫里逊决定到东方。1933年，年仅二十五岁的她带一柄雨伞、一把手枪，只身前往北京，在德国商人哈同的照相馆担任经理工作。在北京期间，赫达·莫里逊住在当时的法国领事家中，工作之余经常单独外出摄影。她随身携带性能良好的双镜头Rolleiflex和Rolleicord（拍摄建筑时会用一台Linhof Satzplasmat），除了拍摄北京城，她还去了京郊的西山、承德等地，在后来的十几年间更是去了石家庄、太原、云冈、济南、威海、青岛、泰安、泰山、西安、秦岭、南京等地。莫里逊所到之处，醉心于拍摄市井、建筑、街道、手工艺人、寺庙、集市和乡村风光，她的作品以对光线敏锐的直觉、强而有力的立足点和细腻平衡的构图而独树一帜。1938年，莫里逊离开了哈同图片社，开始为当地的外国商人、艺术家提供摄影服务。1946年她和英国人阿利斯泰尔·莫里逊（Alistair Morrison）结婚，之后离开北京，赴香港居住了一年多，后来随丈夫去了马来西亚婆罗洲的沙捞越，在那里定居近二十年，20世纪70年代，她和丈夫最后移居澳大利亚的堪培拉，直到去世。值得一提的是，她的公公乔治·欧内斯特·莫里逊（George Ernest Morrison，1862—1920）曾在1897年任英国《泰晤士报》驻北京记者，1912年还被聘为袁世凯政府的政治顾问，人称"老莫里逊"。

赫达·莫里逊是在1944年夏天到的南京。1945年，她还在上海用德语出版了一本名为《南京》的摄影集。1987年，她在《一个摄影师的中国之旅 1933—1946》（*Travels of A Photographer in China 1933—1946*，牛津出版社）中回忆道：

南京人是什么样的？我发现他们和我更熟悉的北京人一样友善、亲切。南京人口最密集的地区在城南。这座城市以前是一个重要的工艺中心，以生产精美的丝绸产品而闻名。在日本入侵之前的数年里，这里的工业得到了长足的发展，即使在日本人占领下，这里仍然是一个重要的商业与贸易中心。我在那里的时候，官方通报的人口是66.4万。这个数字可能是虚报。因为在1937年，也就是南京大屠杀前不久，国民党通报的官方人口数字只有100万多一点。……

我在南京度过了非常愉快的时光。尽管这座城市一再遭受破坏，但它仍然是一个非常美丽的、充满历史气息的地方，置身其中，你会很容易理解为什么几个世纪以来它一直是中国文化的主要中心。

关于作者

薛冰，著名学者、作家。浙江绍兴人，定居南京七十余年。

1980年开始发表作品，1990年加入中国作家协会。1984年调入江苏省作协创作联络部工作，1992年任《雨花》杂志编辑，1996年参与创办《东方文化周刊》，任编辑部主任、副总编辑，2000年任《江苏省志·文学志》副主编，2002年任江苏省作协专业作家。曾任南京市作协副主席，南京市历史文化名城保护专家委员会委员、南京市地方志学会副会长，现任江苏省地方志学会常务理事。南京市申报世界文学之都，担任申都特聘专家。南京文投集团重刊《十竹斋笺谱》，担任十竹斋传习所所长。著有长篇小说《群芳劫》《天长地久》《青铜梦》，中短篇小说集《爱情故事》，文化随笔《旧书笔谭》《止水轩书影》《家住六朝烟水间》《淘书随录》《江南牌坊》《金陵女儿》《金陵书话》《书事：近现代版本杂谈》，历史专著《南京城市史》等六十余部。

关于本书

南京作家薛冰集四十年南京史、志、地理、文化研究与写作的经验，将南京的山川形势、人物风流、名胜古迹化作篇篇优美的史话，娓娓道来一座沧桑古城的前世今生。全书以时间为经，从东吴肇建到辛亥定都，从六朝古都、十代都会到今天的世界文学之都，以空间为纬，从秦淮文化到钟山文化再到清凉山文化，细致梳理南京的人脉、文脉、史脉、地脉，构建南京的城市灵魂。本书出版二十余年来长销不衰，已成南京文化经典读本。

图书在版编目（CIP）数据

家住六朝烟水间 / 薛冰著. -- 北京：北京联合出版公司, 2022.7（2023.10重印）

ISBN 978-7-5596-6175-3

Ⅰ. ①家… Ⅱ. ①薛… Ⅲ. ①随笔—作品集—中国—当代 Ⅳ. ①I267.1

中国版本图书馆CIP数据核字(2022)第072203号

家住六朝烟水间

作　　者：薛冰
出 品 人：赵红仕
选题策划：后浪出版公司
出版统筹：吴兴元
特约编辑：雷淑容
责任编辑：高霁月
营销推广：ONEBOOK
装帧制造：墨白空间·杨阳

北京联合出版公司出版
（北京市西城区德外大街83号楼9层　100088）
天津图文方嘉印刷有限公司　新华书店经销
字数300千字　880毫米×1230毫米　1/32　15印张
2022年7月第1版　2023年10月第4次印刷
ISBN 978-7-5596-6175-3
定价：128.00元

后浪出版咨询（北京）有限责任公司　版权所有，侵权必究
投诉信箱：copyright@hinabook.com　fawu@hinabook.com
未经书面许可，不得以任何方式转载、复制、翻印本书部分或全部内容
本书若有印、装质量问题，请与本公司联系调换，电话010-64072833